황금과 재

1

L'Or et la cendre
by Eliette Abécassis

Copyright ⓒ Eliette Abécassis, Paris, 1997
Korean Translation Copyright ⓒ MUNHAKDONGNE Publishing Corp., 2005

This Korean Edition is published by arrangement
with Eliette Abécassis through Sibylle Books Literary Agency.
All Rights Reserved.

이 도서의 국립중앙도서관 출판시도서목록(CIP)은
e-CIP 홈페이지(http://www.nl.go.kr/cip.php)에서 이용하실 수 있습니다.
(CIP제어번호: CIP2005001220)

엘리에트 아베카시스 장편소설

홍상희 옮김

문학동네

차례

L ' o r   e t   l a   c e n d r e
E l i e t t e   A b é c a s s i s

제1권

제2권

클레르 랄루를 기념하며,
예타 슈나이더에게
나의 감사와 충심을 바친다.

그리고 나는 또한 악(惡)의 근원을 찾아내려 했다.
그러나 좀처럼 찾아내지 못했다.
내가 찾는 방법 바로 그 속에
악이 있다는 것을 알지 못했던 것이다.

성 아우구스티누스

눈이 부셨다. 화염 같은 분노로 얼굴이 활활 타올랐다. 입술로 손을 가져갔다. 피였다. 내 눈은 창문을 꿰뚫고 있었다. 별도 그 빛을 잃어 배일에 싸인 듯 침울한 밤이었다. 멀리서 우르릉거리는 소리가 들렸다. 거대한 군중의 소리, 흡사 군대 소리 같았다. 어쩌면 그건 단순히 고함 소리이거나 성난 개들이 짖는 소리일 수도 있다. 그게 아니라면 검은 궁륭 아래서 내가 울부짖는 소리인지도 모르겠다. 이 풍요로운 밤은 결코 나에게서 떠나지 않을 것이다.

그것은 파란색과 보라색의 그림자에 잠긴 덩어리였다. 내가 알고 있는 것하고는 조금도 닮지 않은 부드러운 실루엣. 그것은 사람의 몸통이었다. 뼈는 끊어져 있었고, 내장은 밀랍처럼 흘러내렸으며, 눈은 공포로 으깨져 있었다. 살갗을 벗긴 표본의 안팎이 내 눈에 적나라하게 드러났다. 마치 푸줏간에 걸린 고기처럼 모든 것이 다 보였다. 소름이 끼치도록 정확하게 그은 날카로운 칼솜씨였다. 살해된 남자는 가상의 직선에 따라 세심하게 절단돼 있었다. 몸 한가운데 갈비뼈 아래쪽이 수평으로 베어져 두 부분으로 잘려 있었다.

분명 푸주한의 솜씨였다. 대칭의 법칙을 알고 논리학과 기하학에 정통한, 용의주도하고 냉혹하며 조직적인 푸주한이었다. 그것은 인간의 몸의 변형이며, 인간을 '반쪽'으로 축소해놓은 것이었다.

그것이 보여주고 있는 것은 죽음이 아니었다. 이 메시지 앞에서 죽음 자체는 보잘것없었다.

누가? 왜?

여기 우리 앞에, 신비의 열쇠가, 창조와 종말의 근원이, 상처 위의 피처럼 번진 고통을 통해, 압축기에서 뿜어져나오는 포도주처럼 분출하는 스캔들 속에 누워 있었다.

나는 그 잘린 부분에 다가가서, 실러의 반쪽 몸 위로 넘어질 듯 몸을 구부렸다. 코피가 흐르기 시작했다.

나는 화장실 세면대에서 손을 씻었다. 거울 속에 비친 내 얼굴은 피로 범벅이 되어 잘 알아볼 수조차 없었다. 두 눈과 입술, 코 위에 시커먼 핏덩이들이 달라붙어 있었던 것이다.

물로 씻어내자 핏자국은 이내 사라졌다. 그러나 옷과, 가문(家紋)이 새겨진 반지에 스며든 핏자국은 지울 수 없었다.

그가 죽은 지 이미 여러 달이 지났다. 그러나 살인의 수수께끼는 여전히 미궁 속을 헤매고 있었다. 최고의 팀들이 맡았으니, 수사 방법에 문제가 있는 건 아니었다. FBI와 CIA가 프랑스, 이탈리아, 독일의 경찰과 공조하여 수사를 전담했다. 그러나 이렇다 할 성과가 없었다. 어떤 흔적도 소홀히 지나치지 않고 프랑스, 독일, 이탈리아, 미국의 정당들, 종교단체들, 학계까지 샅샅이 조사했지만, 작은 단서조차 건지질 못했다.

그는 주모자를 알 수 없는 이 범죄가 옛 사제들만이 쫓을 수 있는 저주를 퍼뜨리고 있다고 말했다. 피는 피를 부르고 처벌받지 않은 살인은 복수를 자초하는 법. 그리하여 악은 지상에 유포되는 것이다. 악은 곪은 상처처럼, 페스트처럼 퍼지면서 공포를 흩뿌린다. 악은 지배자다. 악은 전달하고 가르치며, 위대한 교육자와도 같이 죄 짓는 자와 죄 짓지 않는 자들 사이에 신봉자들을 만든다. 악은 앞으로 전진한다. 뱀처럼 슬그머니 스며들고, 동풍처럼 불어오고, 강물처럼 파편들을 휩쓸면서 흘러간다. 악은 거짓말처럼 불어나고, 악마를 낳는 악마인 새로운 계약을 끝없이 체결한다.

그는 무엇보다도 신(神)을 믿어야 한다고 했다. 욥처럼 살 것, 사랑하기 위해 영원히 사랑하고, 모든 것을 무릅쓰고 살아갈 것. 부당함 속에서도 불평하지 말고 한탄하지도 말고, 나만 사랑할 것. 어둠 한가운데서도 신에게 감사하고 이유 없이 조건 없이, 희망도 후회도 없이 그를 경배할 것.
아니다, 이것은 그가 한 말이 아니다. 그는 자신이 신을 우롱했다고 했다. 살아 있는 한 결코 자신의 분개를 증명하는 일을 멈추지 않을 거라고 했다. 만약 신이 존재한다면 신은 역사에서 부재자일 수밖에 없다고 했다. 그러나 만약 신이 무능하다면, 과연 신은 누구란 말인가?

그가 말했다. 죽음은 독일에서 온 거장(巨匠)이다.*

루마니아 태생의 독일 시인 파울 첼란의 시 「죽음의 푸가」에 나오는 일절.

1부

1

우리는 스스로 악을 저지르는 것일까, 혹은 우리 안에 살고 있는 누군가의 영향을 받는 것일까?

내가 이 노트를 소유하고 있는 것처럼 이 불길한 노트는 나를 소유하고 있다. 이 노트의 도입부는 바로 이런 질문으로 시작한다. 우리는 자유로운 의지에 따라 의식적으로 악을 행하는 것일까? 아니면 이상한 힘, 우리가 흔히 말하는 악마적 존재가 우리 안에 살고 있는 것일까?

나는 하루 종일, 밤늦게까지 이 노트를 넘기고 있다. 이 노트는 저주받은 책, 사람들이 신의 계율을 기록해놓은 책, 또 그 비밀을 보존하고 전파하기 위해 대대로 전해지는 책들 중 하나다. 이 노트는 강렬한 자주색 종이로 되어 있는데, 너무나 강렬해서 눈이 탈 정도이다. 보통 사람의 눈에는 불 같은 빛깔밖에는 보이지 않는다. 악마의 비법들은 공표되지 않기 때문이다. 거기에 흰 글씨로 씌어진 단어들을 드러나게 하려면 우선 악마와 사투를 벌여야 한다. 어두운 방 안에서 웃통을 벗고 지칠 때까지 싸워야 한다. 읽으면 읽을수록 더 알고 싶은 욕망이 생기기 때문에, 이 책은 마법사에게도 권하는 법이 없다. 물론 마법사는 주술을 걸다 지치는 한이 있더라도 이 책을 읽고 싶어한다. 그러나 그 주문은 그가 마술을 걸고 싶어했던 자보다 훨씬 더 피가 모자란 그 자신에게로 되돌아온다. 그는 자기 자신의 희생제물이 되는 것이다. 이 책에서 비밀을 뽑아내려는 자는 자신이 책보다 훨씬 더 강하다는 것을 보여줘야 한다. 글자들이 새까만 색으로 나타나게 하려면 각 페이지들을 미친 말을 길들이듯 하고 채찍질해야 한다. 사투는 몇 시간, 몇 달 혹은 몇 년이 걸릴 수도 있다. 어떤 자들은 결코 그 끝에 이르지 못하고, 어떤 자들은 숨을 헐떡이며 사투를 벌이지만 회복에 수일이 걸린다. 어쨌든 이 노트 중 한 권이라도 갖고 있는 사람은 사제의 구원 없이는 그 속에서 빠져나올 수 없다.

사람들은 이런 종류의 책을 '살아 있다'고 말하기도 한다. 그래서 이런 책을 지배하려는 마음을 억제하고, 마음대로 열람하도록 방치하는 것을 꺼린다. 각 페이지 아랫부분에는 이렇게 씌어 있다. 감히 할 수 있다면, 페이지를 넘겨라.

예전에 나는 역사학자였다. 현재와는 너무나 거리가 먼 이야기라 때때로 나도 믿을 수가 없을 정도다. 내 독방, 그것은 세상의 끝이다. 그 속에는 다른 리듬, 다른 공간이 존재하며, 바싹 마른 존재, 새로운 인간이자 토론회와 강연, 도서관과 고문서들의 세계를 주파했던 자의 후예가 있다. 고통의 시련과 투쟁이 나를 변화시켰다. 나는 나 자신을 유심히 바라본다. 그렇다. 나는 나 자신을 바라보며, 나에게서 그 과거를 도려내기 위해 스스로를 채찍질한다. 또한 회피의 유혹을 극복하고 적을 제압하기 위해 스스로를 괴롭힌다.

나는 나 자신을 기억한다. 그리고 아주 다른 사람처럼 나 자신을 응시한다. 이 생에서 내가 할 수 있었던 일에 대해, 내가 존재할 수 있었던 것에 대해 자주 놀라움을 금치 못한다. 나는 동방의 바람에 휩쓸려 멀리 떨어진 다른 대륙의 해안으로 추방당했었다. 노도 없는 작은 배, 선원도 없고 키잡이도 없는 신세였다.

이 생 이전에 나는 수많은 것들을 보았다. 내가 어떻게 은총을 입었으며 또 왜 그것을 잃었는지 더이상 알 수 없을 만큼 시련도 겪었다. 그러나 이 계시, 이 직감은 이성으로는 설명할 수 없는 불가사의한 것이 아닌가? 왜 나는 순수성을 경험하려 했던가? 어찌하여 나 자신의 상실을 바랐던가? 왜 고통을 넘어 훨씬 더 친밀한 타자와의 결합을 늘 바랐던가? 왜 나는 내 어둠의 밑바닥에서 투명성을 추구했던가? 그리고 내 예전 모습을 말소하기 위해 모든 민감한 욕구를 버리게 되었는가? 물론 영혼은 자신의 문턱을 넘을 수 없다. 그리고 당신 없이는, 당신이 내게 맡기고 길을 열어준 그 특별한 역할 없이는 나는 나의 진실을, 나의 첫 사명을 되찾을 수 없었을 것이다. 그렇다. 당신 없이 낮은 결코 밤을 낳지 못했을 것이다. 석양이기도 하고 질밍의 주현절*이기도 한 그 정신적 결합 속에서 낮은 밤과 결혼하지 못했을 것이다. 나의 은신처인 당신의 왕국에서는 모든 것이 무한한 자유를 누린다.

나는 온통 눈부신 수많은 불의 대지들을 지나왔다. 만약 내가 내 과

---

* 1월 6일. 가톨릭의 축일로, 동방박사 세 사람이 아기 예수에게 황금과 몰약과 향료를 바친 날.

거의 삶을 위해 죽기로 결정했다면, 바로 그 빛을 더이상 보지 않기 위해서일 것이다.

나의 죄, 나는 그것이 신의 시선 아래서 발가벗겨지기를 원한다.

진정 처음부터 시작해야 한다면, 나는 바로 그에 관해 이야기해야만 한다. 그가 모든 것의 근원이기 때문이다. 그는 기원이며 종말이다. 그는 발명자이고 스승이다.

그가 시계 제조인이라면, 우리는 톱니바퀴에 불과하다.

나는 그 구조물을 잘 알고 있다. 그것은 음모와 배은망덕, 불성실, 배신, 절도와 범죄의 구조물이다. 견고한 건조물을 구성하고 있는 그 모든 것은 변화—진주 같은 아침이슬, 먼지의 소용돌이, 그리고 다시는 돌아오지 않는 강들과 대하처럼 흘러가는 낮과 밤—를 넘어 계속된다.

나는 지금 이상한 연기, 검은 연기의 베일을 통해서 그를 생각한다. 나는 두 눈을 떼지 않은 채 그 연기가 증발하는 것을 응시한다. 연기는 아주 높이 하늘 저 멀리 증발한다. 나 없이. 나는 사금(沙金)을 날려보내는 한숨이다.

나는 그를 우연히 만났다. 어느 날 그는 거기, 내 앞에 있었다. 거울을 들여다보듯 그는 나를 응시했고, 나는 이유도 모른 채 그의 눈빛에 응했다. 이상한 명백함이나 공모, 혹은 인지(認知) 때문이었을 수도 있다.

펠릭스 베르너는 누구인가? 그후 나는 자주 이 질문에 대답해야만 했다.

펠릭스 베르너는 내게 친구 이상이었다. 우리는 거의 매일 만나 이야기를 나누었다. 토론을 하고 식사도 함께 했으며 서로 전적으로 신뢰했다. 나는 그의 오피스텔 열쇠를 가지고 있었고, 그는 내 아파트 열쇠를 갖고 있었다. 그 이전에 내가 의지했던 사람이라고는 아무도 없었을뿐더러, 그만큼 내 말을 경청하고 나를 이해해준 사람도 없었다. 그는 내가 되지 못한 모든 것이었고, 내가 되고 싶어한 모든 것이었다. 다시 말해 그는 개성 있는 남자, 위엄과 기품을 겸비하고 선천적인 힘을 가진 활화산 같은 남자였다. 나는 조심성이 없고 때때로 과민했으며 약간은 염세적이었다. 반면 그는 개방적이고 관대했다. 그는 다른 사람들에게 이야기하는 것을 겁내지 않았고 사람들에게 다가가 그들을 사랑했으며, 그렇게 함으로써 높게 평가받는 것에 익숙했다. 나는 고독했다. 비타협적인 내 성격이 인간이라는 종(種)을 사랑하도록 내버려두지 않았다. 하지만 그것만이 진실은 아니었다. 나는 남자들에게 영향력을 가지고 있었고, 여자들도 내게 매력을 느꼈다. 반면 펠릭스에겐 카리스마가 있었다.

나는 그의 지성, 그의 통찰력을 찬미했다. 그는 자신의 사상으로 빛이 났으며 그의 직감은 가히 천재적이었다.

그는 나를 놀라게 했다. 그를 만난다는 생각은 나를 기쁨으로 가득 채웠고, 그가 한 말들은 그와 헤어시고 난 후에도 오랫동안 나를 따라다녔다. 그와 함께 있을 때, 나는 나 자신이 가득 채워지는 느낌을 받았다. 그는 우리를 정신적인 존재로 만드는 그런 사람이었다. 영감을 불어넣어주기도 했고 때때로 자신을 불안에 빠뜨리는 특별한 충만감에 사로잡히기도 했다. 그는 담배를 피우고, 길을 걷고, 글을 쓰고, 이야기했다. 그는 모든 것을 동시에 다룰 줄 알았다. 왜냐하면 그는 삶 자체였기 때문이다. 재능 있는 자들의 약간 빗나간 짐승 같은 욕구도 포함해서.

그는 나와는 정반대였으며 나의 보완자였다. 그가 외향적이고 수다스럽다면, 나는 수줍음이 많고 앞에 나서길 꺼리며 사색적이었다. 그는 현실적이고 조직적이었지만, 나는 몽상적이고 방심하는 타입이었다. 내가 고독하고 무모한 행동과 상상의 여행 속으로 도피하는 경향이 있었다면, 그는 현실에 관심을 집중했다. 그는 모든 신문을 읽었고, 세상에서 일어나는 일에 훤했으며, 각 나라의 정치적 사회적 문제들을 속속들이 알고 있었다.

그의 머리칼은 굵고 길었으며, 짙은 갈색이었다. 눈동자는 어두웠고 하얀 피부 위로 광대뼈가 튀어나와 있었다. 입술은 두툼했고 웃을 때마다 보조개가 패었다. 내 머리카락은 밤색이며 굽슬굽슬했고, 얼굴은 삼각형이었다. 코는 곧게 섰으며 이마도 우뚝 솟아 있고 쉼없이 킥킥거리며 웃는 걸로 유명했다. 그는 하드 콘택트 렌즈로 근시를 감추었지만, 나는 금속성 광채가 번득이는 안경으로 근시를 강조했다. 그는 어깨가 넓은, 육상선수 같은 풍채였다. 나는 연약하지는 않지만 그렇다고 아주 튼튼하지도 않았다. 그는 외모에도 신경을 써 양복점에서 검은색이나 회색 양복을 사입었고, 원색 와이셔츠에 넥타이는 매지 않았다. 나는 트위드 재킷에 검은색 터틀넥과 그에 잘 어울리는 코르덴 바지를 즐겨 입었다. 그는 호색가에 멋쟁이였다. 이야기하면서 시선 끌기를 좋아하고 시내에서 저녁을 먹으며 놀기 좋아하는 사람이었다. 파리지앵인 그는 사교계 칵테일 파티의 단골 손님이었고 여자와 고급 포도주를 좋아했다. 또한 그는 토론을 매우 즐겼다. 마시고 춤추며 끝없이 계속되는 저녁을 매우 좋아했다. 반면 나는 사람들과 함께 있는 것보다 책과 함께 있는 것을 더 좋아했다. 그리고 감상적인 관계보다는 유동적인 관계를 더 좋아했다. 36세에 나는 이미 독신생활의 틀이 잡혔다. 그 생활이 내겐 전혀 불편하지 않았다.

우리는 오만했다. 우리는 젊음과 이상과 자유의 깃발을 높이 쳐들고 있었다. 세상은 우리의 것이었다. 길을 걸을 때도 그 길이 모두 우리 것인 양 걸었다. 여자들에게 말을 걸 때도 마치 그녀들이 우리에게 빚진 것이라도 있는 것처럼 굴었다. 남자들을 이용할 때도 우리가 그의 말을 들어준 것으로 생각했다. 우리는 치러야 할 전투는 없었어도, 전투동지처럼 묶여 있었다. 살인이 일어나기 전까지는 그랬다. 그 사건은 우리 인생의 전환점을 표시하는 낙인임이 틀림없었다.

펠릭스는 큰 일간신문사에서 일하고 있었다. 문학면을 담당했던 그는 그후 복잡한 범죄 및 사건 조사반 전담 기자가 되었다. 나는 역사학자로, 제2차 세계대전과 나치 독일 치하의 유대인 말살 사건 전문가였다.

혹자들은 '홀로코스트'*에 대해 이야기한다. 그러나 나는 종종 펠릭스에게 그것은 신에게 바치는 희생물과는 아무런 상관이 없다고, 나치들이 저지른 유대인 살해에는 종교적 의미가 없다고 설명했다.

그것은 파괴와 비탄과 증오의 쇼아**였다.

---

* 제물, 희생물이라는 뜻.
** Shoah. 히브리어로 '참사' 또는 '파괴'라는 뜻으로, 제2차 세계대전중 나치 체제하에서 저질러진 체계적인 유대인 학살을 가리킨다. 요즘에는 '홀로코스트'보다 더 많이 사용되고 있다.

2

1995년 1월 27일, 내가 펠릭스 베르너와 만난 지 육 개월이 넘었을 때였다. 카를 루돌프 실러라는 자가 살해되었다. 독일의 정치인이며 유명한 신학자인 그는 전 세계에 알려진 공인이었다. 그는 가로로 두 토막 나 있었는데, 하반신이 베를린에 있는 그의 아파트에서 발견되었다. 상반신은 어디 있는지 찾을 수 없었다.

학계가 온통 떠들썩했다. 학계는 신문에 보도되기 전에 그 소식을 잠재우려 했다. 끔찍하고 몰상식한 사건이었으므로, 중세에 떠돌았던 것 같은 일종의 루머, 한바탕 소문으로 생각될 수도 있을 터였다. 나 역시 펠릭스가 사실을 확인하기 전까지는 의혹을 품고 있었다.

"자네, 개인적으로 그 사람을 아나? 그 사람과 만난 적이 있었나?"

어느 날 저녁 그가 전화로 나에게 물었다.

신문사에서 그 살인사건을 취재하라는 지시를 받은 그는 베를린 행 첫 비행기에 오를 채비를 하고 있었다.

"쇼아 관련 강연회와 학회 때 그와 이야기할 기회가 있었지. 그리고 내가 잘 알고 지내는 페를망 씨 집에서도 몇 번 만난 적이 있는데, 인상적인 사람이었어. 작고 마른 체격에 초췌한 얼굴이었는데 이목구비가 섬세하고 이마와 두 눈가엔 주름이 깊었지. 그는 이야기를 시작하자마자 청중을 매혹시켰어. 갑자기 생동감이 넘쳐흘렀고 그로부터 발산된 일종의 힘과 폭력이 그를 거의 아름답게까지 보이게 했지. 그는 독일에서 부상하는 유능한 인물이었고 진정한 웅변가였어…… 사람들은 그에게 빛나는 미래가 보장되어 있다고 예견했었지."

그가 담배에 불을 댕기는 소리가 들렸다.

"참 이상해. 이 잔혹한 살인사건 속에는 나를 불안하게 만드는, 치밀하게 정돈된 뭔가가 있는 것 같아."

연기를 내뿜으며 그는 말했다.

"분명 미친 사람 짓이겠지……"

"그렇지 않으면 심판을 집행한 것이든가…… 나는 이 일이 몹시 혼란스럽게 느껴지네."

"그래. 모든 게 혼란스럽긴 하네, 펠릭스……"

펠릭스에게는 내가 일종의 튕겨나가는 성향이라고 부르는 어떤 경향이 있었다. 신문기사 한 줄에 격분해 펄쩍 뛰기도 했고 길거리의 거지 때문에 마음이 온통 뒤흔들리기도 했다. 그는 지구의 반대쪽 끝에서 저질러진 불의를 개인적인 모욕으로 받아들였다. 모든 것이 그의 관심사였고 모든 것이 그를 감동시켰다. 그에겐 모든 것이 중요하게 여겨졌다. 사건들은 그에게 끝없는 반향을 불러일으켰고, 점점 더 깊이, 그의 영혼 가장 심원한 곳에서 메아리가 되어 울렸다. 나는 그것을 느낄 수 있었다. 그는 그 사건들을 살과 육신 속에서 온몸으로 겪었다. 나는 처음엔 놀란 나머지 그를 흥분하기 쉽고 열광적인 사람으로 치부했다. 나는 훨씬 침착하고 신중하며 덜 충동적인 것을 자랑으로 생각했고, 자기 주변에서 일어나는 일에 깊이 관련되어 있다고 느끼는 사람들을 이해할 수 없었다.

나는 달랐다. 나는 때때로 모든 것이 내 위로 미끄러져 가버리는 듯한 느낌을 받곤 했다. 무슨 사건이건 간에 나는 거기에 완전하게 빠지지 못했다. 나는 풍랑이 심한 바다 위에 떠 있는 평온한 배, 폭풍우의 피해를 모면한 나무, 고약한 냄새를 풍기는 시체 더미 위를 나는 갈매기와도 같았다.

이틀 후, 그는 독일에서 돌아왔다. 범죄가 일어난 장소에는 접근조차 못 하고 중요한 정보도 얻지 못한 빈손으로. 실러의 아파트는 외부인의 접근이 금지된 채 감시받고 있었다. 예심이 개시되었고 희생자의 동료들이 신문을 받았다. 실러에겐 부인도 아이도 없었다. 십중팔구 그는 신학을 가르치는 대학과 자신이 속한 정당을 오가며 인생을 보낸 것 같았다. 살인사건이 공표된 후 가장 큰 혼란에 빠진 것은 정당이었다. 그 사건은 모든 신문에 대서특필되어 온 나라를 발칵 뒤집어놓았고, 카를 루돌프 실러는 대중의 이목을 집중시켰다. 수많은 책을 쓴 이 남자는 일종의 예언자로 인식되어왔으며, 대중매체에 자주 등장해 권위적인 목소리로 발언을 일삼던 것으로도 유명했다.

이 소식은 프랑스에서도 센세이션을 불러일으켰다. 발행 부수가 많은 한 신문사는 어떻게 구했는지 절단된 시체의 사진까지 실어 큰 성과를 올렸다. 실러에 관한 모든 기사는 가치가 있었으며, 범죄학자들이 텔레비전 뉴스에 초대되어 나름대로 살인자의 생김새와 심리상태를 설명했다. 어떤 사람들은 그가 지적이고 교양 있는, 은퇴하여 시골에 혼자 살고 있는 자라고 했고 어떤 사람들은 그를 미친 사람, 반사회적인 정신병자, 아파트에 오물을 쌓아놓는 항문기적 사디스트라고 했다. 강박적으로 살인을 저지르는 히스테리 환자라고 하는 사람도 있었다.

펠릭스가 돌아온 후 우리는 우리의 아지트, 우리가 숭배하는 장소가 된 뤼테시아 호텔 바에서 만났다. 우리가 처음 만날 당시 내가 약속장소로 정해준 곳이었다. 파리의 중심지인 이곳이 침략을 받아 군사령관의 연회 장수가 되어버렸던 암울한 시절을 '기념하기' 위해서였다. 우리는 늦은 음모의 장소로 너무 활기 넘치는 커다란 홀보다는 부드러운 불빛이 감도는 작고 조용한 홀을 선호했다. 그곳에서 우리는 커다란 가죽 안락의자에 파묻혀 진피즈를 마시고 시가를 피웠다. 그때부터 모든 것은 하나의 의례가 되었다.

밤 열한시경 빨간 제복을 입은 종업원의 무심한 시선을 받으며 나는 라스파유 대로(大路) 쪽 출입구인 커다란 회전문을 밀었다. 그리고 엄숙한 발걸음으로 두꺼운 양탄자와 벨에포크*의 가장 세련된 스타일의 값비싼 가구가 있는 뤼테시아 호텔, 시간을 초월한 그 세계로 들어갔다. 나는 온통 거울과 유리로 된 크리스털 광채가 번쩍이는 홀을 시나 안쪽의 작은 홀과 이어지는 문으로 갔다. 그 홀은 직사각형이었는데 너무 어두워서 바와 낮은 탁자와 아르데코 풍의 안락의자들이 거의 눈에 들어오지 않았다. 온갖 음모를 꾸미기에 적합한 장소였다. 그곳은 이제 루이 14세 시대의 무도회장이 아니라 1930년대 부르주아 식이며, 외국

---

* 20세기 초, 파리의 황금시대를 일컫는 말.

인들로 하여금 파리 생활을 하고 있다는 실감이 들게 하는 약간은 퇴폐적인 사람들이 몇 년 동안 꾸준히 찾는 그런 장소였다. 또한 하이힐을 신고 매혹적인 미소를 짓는 여인에게 친근하게 굴어도 되고, 취하지도 않은 프랑스 여인을 위층으로 억지로 데려가고 싶은 충동이 드는 장소이기도 했다. 그곳은 그런 것을 원했던 자들, 그리고 그 몽상을 더욱더 현실적으로, 훨씬 더 놀라운 것으로 만들기 위해 그 몽상에 참여했던 자들에게만 존재했던, 파리의 낭만이 가진 이미지 그대로였다. 그런데 지금 우리는 피 묻은 군화에 짓밟힌 이곳을 되찾고, 우리 성소(聖所)의 가죽 소파 아래 음흉하게 깔려 있는 빨간 양탄자의 마모를 달래기 위해 부름을 받고 여기에 와 있는 것이다.

시가 연기 사이로 펠릭스의 강렬한 시선이 나를 응시했다. 그의 동공이 왼쪽 오른쪽으로 매우 빠르게 움직였다. 그리고 마침내 시커먼 우물처럼 모든 것을 빨아들이는 한 지점에 고정되었다.

"독일 경찰은 아주 작은 흔적도 섣불리 처리하지 않았네. 아직 시체의 나머지 반쪽을 찾지 못했어. 그들은 아주 비협조적인데다 사건을 무마해버리려는 듯한 인상을 줬어."

그가 내게 말했다.

"정말인가?"

"실러는 정부를 격렬하게 비판했기 때문에 정부에게 밉보였어. 덕분에 인기는 상승했지만, 그의 자연보호-종교 정당과 더불어 차기 선거에 심각한 위협이 되었던 거지. 그의 죽음은 독일 정부에겐 커다란 짐을 던 것이라 생각돼……"

"그와 가까운 사람들이나 친지들은 만나볼 수 있었나?"

"많이는 못 만났어. 수도사로 오십 년을 지낸 그의 동료 프란츠 신부를 만났을 뿐이네."

"그 신부가 말해준 것 중 관심을 끌 만한 거라도 있었나?"

"물론일세. 그는 창조에 대해 생각해보라고 하더군. 땅, 바다, 공기와 별, 나무 같은 존재하는 모든 것을 말이야……"

"그래, 나도 알겠네…… 창공, 천사와 정신적인 존재들……"

"……그 거대한 전체가 무한을 가득 채우지. 그는 그 모든 것들과 대면하고 있는 악을 검토해보라고 했네. 선한 신이 어떻게 악을 창조할 수 있었을까? 이것은 풀리지 않는 의문이야. 각설하고, 그 사람으로선 찾을 필요가 없지. 우리는 결코 실러의 죽음에 얽힌 수수께끼를 풀 수 없을 걸세…… 살인자를 찾아낼 수는 있겠지. 또 그에게 벌도 내리고. 하지만 그뿐이야."

"그건 숙명론 같은걸. 그런데 자네 뭘 그리 생각하나?"

"행동에 나서야 할 것 같네."

"행동에 나서다니?"

나는 놀라서 물었다.

그는 시가에 다시 불을 붙이며 조용히 대답했다.

"저대로 내버려두면 안 돼, 알겠나? 요컨대, 끝난 일이 아니라는 걸세."

"무슨 뜻으로 하는 말인가? 실러에게 일어난 살인사건이 끔찍하다는 건 나도 잘 알아. 범인을 찾지 못한 것도 안타까운 일이고. 그렇지만 그건 우리 일이 아니잖나."

"우리 일이 아니라구?"

그가 언성을 높였다.

"그 말은 1942년 바로 이곳에서 사람들이 했던 말이야. 모르겠나?

사람들은 그 무슨 일도 자신과는 상관없는 일이라고 느끼지. 센 강에 이민자들을 던져버리고 터키인들의 막사에 불을 질러 그 인종을 모두 쓸어내버려도 그건 우리 일이 아니야. 만약 한 남자를 두 토막으로 동강내 죽인다 해도 그건 우리 일이 아니야. 그런 식으로 자신에게도 똑같은 일이 일어날 때까지 내버려두는 거지."

그는 한순간도 내게서 시선을 떼지 않았다. 불안의 그림자가 그의 얼굴 위에서 흔들렸다. 그의 시선은 테이블 위에서 타들어가는 불꽃의 흔들리는 이미지를 거울처럼 반사하고 있었다. 그것은 눈이 아니었다. 그것은 바다, 불과 화염의 바다였고 홍수 속의 성난 물결이었으며, 폭풍우 속에서 불타고 있는 황폐한 대양이었다.

그가 다시 말문을 열었다.

"나는 그 일들이 어떻게 시작됐고 또 어떻게 끝날지 너무나 잘 알고 있어. 역사학자와 신문기자인 우리가 역사의 교훈을 끌어낼 수 없다면 도대체 누가 그 일을 하겠나?"

"자네 지금 무슨 제안을 하는 건가?"

내가 물었다.

"수사 과정에서 여러 번 사미 페를망의 이름이 언급되었네. 필경 그자는 실러와 가까운 사이였을 거야. 그자를 안다고 했지?"

"알고 있네."

"내게 그자를 소개해줄 수 있나?"

나는 잠시 심사숙고했다.

"좋아, 사미 페를망과 한번 약속을 잡아보겠네. 하지만 별로 환대받지는 못하리라는 걸 자네도 곧 알게 될 걸세."

"무슨 말인가?"

"미나 페를망과 사미 페를망, 이 두 사람은 수용소에서 살아남은 생존자야. 그들은 종전 후에 프랑스에 도착했지. 나는 로츠의 유대인 박해에 관한 논문을 연구하면서 그들을 만난 적이 있어. 몇 차례 만난 후 우리는 호감을 갖게 되었고 그때부터 나는 종종 그들을 방문하곤 했네. 그들은 매력적인 사람들이야. 하지만……"

"하지만?"

"내가 그들에 관해 알게 되기까진 몇 달에 걸친 대담이 필요했어. 처음에 사미는 좀처럼 입을 열지 않았어. 미나가 모든 것을 이야기했지. 질문한 주제는 빼고 말이야. 대담은 대부분 침묵으로 중단되었어. 그러나 나는 차츰 미나의 신뢰를 얻게 되었고 미나는 내게 자신의 이야기를 해주었네. 그러나 사미에 대해선……"

나는 잠시 말을 중단했다. 펠릭스가 시가 연기를 내뿜었다. 연기 뒤에서 그의 두 눈이 잠시 흔들렸다.

"사미에 대해선, 아무것도 얻은 게 없어."

3

1995년 1월 30일 오후 다섯시 삼십분, 혹한이 몰아치던 날이었다. 우리는 사미와 미나 페를망이 살고 있는 마레 쪽으로 걸어갔다. 우리는 로지에 가(街) 7번지에서 발길을 멈췄다.

대들보가 가로질러 있는 천장이 높은 아파트였다. 작년에 처음 이 아파트에 왔을 때, 나는 내가 유대인의 집에 들어와 있다는 사실을 실감하지 않을 수 없었다. 책꽂이 위의 촛대 때문은 아니었다. 기도중인 성인(聖人)들의 판화도, 오래된 히브리어 책들 때문도 아니었다. 그것은 내 마음을 묘하게 동요시키는 분위기, 꼭 집어 규정할 수 없는 분위기 탓이었다. 물건 하나하나가 일련의 신비를 간직하고 있었다. 그것은 마치 노년을 지나온 영원처럼, 매우 오래된 골동품처럼, 그곳에 존재하면서 오랜 역사를 간직하고 있는 특권과도 같은 것이었다. 또한 그것은 이미 지나갔으나 그것의 수호자와 보관자였던 이들이 불꽃과 기이한 충성심으로 재창조한 세계의 신비한 역사와도 같았다.

　제2차 세계대전을 전공 주제로 정하기 전까지 나는 한 번도 유대인들과 밀접한 접촉을 시도하거나 관계를 유지해본 적이 없었다. 그들은 내게 역사나 유물, 박물관의 한 부분 같은 소재에 지나지 않았다. 우리 가족은 유대인들에 대해 이야기할 때, 그들이 별세계 사람들인 양 말했고 나도 유대인을 만날 때면 그런 차이를 확실하게 자각하곤 했다. 그 사람의 특색을 말할 때 파리 사람이라든가 금발 혹은 교수라고 이야기할 수 있음에도 유대인이라는 범주가 우선 머리에 떠올랐기 때문이다. 나는 최초로 역사교수 자격시험에 응시했던 한 유대인 학생을 기억한다. 그해 나는 교수 자격을 얻지 못했다. 헝가리인지 폴란드인지에서 온 그 청년은 12세기까지 거슬러올라가는 프랑스 혁명의 족보를 나보다 훨씬 더 잘 알고 있었다. 그 청년은 프랑스 역사에 대해선 최고라고 자신했던 나보다 훨씬 나았다.

　나는 "텅 빈 동방에서 나의 권태는 어떻게 될까"라는 라신의 시(詩)의 순수성을 유대인들은 포착할 수 없다고 말한 드뤼몽과 바레스와 모라스를 생각했다.

　라신은 내 나라, 나의 대지, 나의 조국이다. 라신의 시보다 더 '프랑스적'인 것은 없다. 그런데 유대인들이 나보다 더 프랑스 역사에 정통해 있었던 것이다. 라틴어와 그리스어를 배우며 자란 유대인들이 라신을 애독한, 그의 후예인 나보다 훨씬 더 세련된 불어를 구사했으며, 내 육신, 내 피인 라신에 도취되어 있었다. 무슨 권리로? 나는 자문했다. 파란 눈동자와 금발 수염, 전쟁과 사랑을 위해 만들어진 넓은 어깨를 가진 프랑스 청년들과 썩은 입을 가진 낡은 유대의 우상!…… 그는 이해하지 않으려고 기를 썼다! 왜냐하면 그는 배신당하고 마법에 걸린 프랑스가 가장 나쁘다고 믿었으니까.

내가 야만의 역사를 전공으로 택해 몰두한 것은 바로 이해하기 위해서였다. 그리고 연구를 하면서 나는 수백 명의 생존자들과 만났으며 그중 몇몇 사람들과는 친구가 되었다.

펠릭스는 그런 노인들에 대한 나의 공경과 충성심을 높이 샀다. 어느 날 그는 자신의 어린 시절의 진정한 영웅이었던 할아버지에 대해 들려주었다. 그의 교육을 전담한 사람은 다름아닌 할아버지였다. 그의 할아버지는 오랜 시간 동안 프랑스 대혁명 당시의 열정으로 그에게 프랑스 혁명과 그후의 혁명, 그리고 인터내셔널* 혁명에 대해 들려주었다. 할아버지는 35세 때 '유대인들의 친구'라는 이유로 드랑시 수용소에 삼 개월 동안 수감되었다.

할아버지는 유대인들에게 의무적으로 노란 별을 달게 하는 데 반대했다. 그는 유대인도 아니면서 '고이' '스윙' '대니' 혹은 '130' 등의 배지를 마음대로 다는 부류의 사람이었다. 강제 수용되기 전에 유대인들이 감금되어 있던 드랑시의 비위생적인 수용소에서 그는 자신과 똑같은 수많은 종류의 '유대인 친구들'을 만났다. 전기공, 학생, 건축기사 혹은 빵집 주인들이었다. 그는 자신들이 그곳 수용민들에게 동지애 어린 포옹과 눈물로 받아들여졌음을 감동적으로 이야기했다. 유대인의 친구들은 부역에서 면제되었다. 그들이 유대인을 돕기 위해 들통을 집으려고 하면 대여섯 명의 유대인이 달려와 '당신은 하지 마세요, 하지 마세요'라고 애원하며 손에서 그것을 빼앗아갔다.

또한 할아버지는 펠릭스에게 레지스탕스, 위조 서류, 지하신문에 대

---

*사회주의 계열 근로자 및 사회주의 단체의 국제적 조직.

해서도 이야기해주었다. 고사리가 수액을 흘리는 소나무 우거진 높은 고원과 신비의 바다으로 잠기는 좁은 길들, 대호(對壕)가 마련되어 있던 경작하기 좋은 땅, 지하에 갇혀 암흑 속에서 눈에 띄지 않게, 그러나 능동적으로 살아가는 생활에 대해 이야기했다. 현실세계의 어둠 속에서 약해진 눈이 멀 정도로 너무나 밝은 태양의 그늘에서 그들은 작은 돌파구를 뚫었다. 몸은 비록 코레즈의 얼음 같은 추위 속에서 움츠리고 있었지만, 그들은 인간적인 열기와 이상(理想)의 불로 거의 타는 듯 뜨거워하며 투쟁했다. 그는 석유 램프 불빛 아래서 마취도 하지 않고 총알을 빼낸 이야기며 붙잡혀 고문당하고 살해된 동지들 이야기도 떠올렸다. 매 순간의 공포, 겁먹은 눈초리, 땀에 젖은 손, 그리고 때때로 살인을 해야 했던 부조리한 불가피성에 대해서도 이야기했다. 자신이 목덜미에 총을 쏘아 쓰러뜨린 젊은 오베르뉴 사람의 죽음도 회상했다. 그의 윗옷 주머니에서 발견한, 장소와 이름 그리고 매복 계획들이 상세하게 적힌 편지를 그는 그때까지도 간직하고 있었다. 그리고 떨리는 손으로 자신이 항상 지니고 다니던 편지봉투를 펠릭스에게 내밀었다. 클레르몽 페랑*의 '아주머니'는 게슈타포의 주소를 가지고 있었다.

할아버지가 돌아가셨을 때, 펠릭스는 이 세상에 혼자 남겨진 느낌이었다. 그는 어린 시절의 빛이었던 할아버지의 삶과 생각에 충실히겠다고 맹세했다.

이런 사건들, 펠릭스의 이야기, 내가 아는 연로한 생존자들의 이야기를 들으면서 나는 하나의 사실을 발견했다. 그들은 아버지였고 어머니였으며 입양으로 맺어진 가족이었다. 나는 그것을 통해 세상을, 이 광

---

* 프랑스 오베르뉴 주(州)에 있는 도시.

대한 인간 세상을 배웠다.

미나 페를망은 바르샤바의 부르주아 계층 출신으로 열여섯 살 때 체포되어 아우슈비츠로 이송되던 날까지 레지스탕스로 싸웠다. 독일에서 태어난 사미는 아우슈비츠 2호 비르케나우에서 이 년을 보냈다. 그것은 상당히 긴 기간이었다. 생존의 희망은 오래지 않아 찾아왔고 전쟁이 끝나자 가족이 없던 미나는 파리로의 망명을 결정했다. 그곳에서 그녀는 사미를 만났다. 그들에겐 자녀가 세 명 있는데 나는 본 적이 없다. 벨라와 폴이라는 이름의 두 아들과 리자라는 딸이었다. 딸의 이름은 외할머니 이름을 그대로 붙인 것이었다.

사미는 은퇴한 회계사이고, 신학을 가르치는 그의 부인 미나는 쇼아에 대한 여러 편의 저서를 출간했다.

미나는 우리를 따뜻하게 맞이하며 홍차를 권했다. 통통하고 쾌활한 그녀는 짧게 자른 금발머리를 하고 있었다. 연보라색 투피스와 같은 빛깔의 보석으로 한결 부각된 그녀의 두 눈은 아주 반짝거리는 파란색이었다. 우리는 그녀에게서 세심함과 열정, 강한 의지, 일종의 반항심과도 같은 내면의 격렬함을 느낄 수 있었다. 신중하고 차갑게 거리를 두고 있는 그녀의 남편과는 대조적이었다. 나는 첫눈에 미나가 신비론자임을, 최고의 조화 속으로 투신한 유대 신비론자라는 것을 직감했다. 그녀는 선택받은 자들 축에 속했다. 신은 그들을 위해 자신의 존재를 친밀한 차원에서 드러내는 것이다. 나중에야 나는 그녀가 자신의 의지와 상관없이 이스라엘의 역사와 운명을 얼마만큼 직접적으로 체험했는지를 알게 되었다. 그녀에게 이스라엘의 운명은 우주의 참극 중 가장 순수하고 최고로 완성된 표현이었다.

그녀는 사미와 우리를 남겨두고 방에서 나갔다. 펠릭스는 카를 루돌프 실러에 관해 그에게 질문하려고 여러 번 시도했지만, 단단한 벽과 완강한 침묵에 부딪힐 뿐이었다. 그가 얻은 것은 내리간 눈꺼풀에 감춰진 시선과 꼭 다문 입뿐이었다. 나는 침묵을 메우기 위한 최후의 수단으로 히틀러에 대해 쓰고 있던 나의 논문과 최종 결론에 관한 이야기를 꺼냈다. 그러나 그다지 성공은 거두지 못했다.

그는 일흔 살쯤 되어 보였다. 엄격하고 초췌한 그의 얼굴에 패어 있는 주름은 이마와 눈가, 그리고 입 주위에 그늘진 깊은 구렁을 만들었다. 그러나 그를 바라보고 있으면 그 구렁들이 얼굴의 진정한 윤곽인 듯 느껴지고 눈, 코, 입, 그리고 또다른 윤곽들은 희미한 스케치 같았다. 그것은 미소나 우수로 고조된 잔잔한 수면 위의 파도도, 밭고랑도 아니었다. 침몰하는 심연도, 인간의 손으로 판 도랑도 아니었다. 그것은 피부 위에 세워진 무덤, 암흑의 유골 단지, 고통의 덩어리였다. 그의 짧게 깎은 회색 머리칼과 곧고 딱딱하게 야윈 몸은 자코메티의 작품들을 연상시켰다. 큰 걸음으로 한 세기를 걷는 바싹 마른 인간들, 그을음이 떨어지는 시커먼 해골들, 맥없이 떼는 발걸음, 고통의 기억 위에 세워진 절망적일 정도로 가느다란 팔다리.

이윽고 미나가 쟁반을 들고 다시 늘어왔다.

"페를망 부인, 자녀분들은 무슨 일을 하고 있습니까?"

그녀가 우리에게 홍차를 따르자 펠릭스가 물었다.

"막내 리자는 곧 돌아올 거예요. 그애는 최근에 여기서 아주 가까운 곳에 아틀리에를 얻어서 거의 매일 조각 작업이 끝나면 우리를 보러 온답니다. 폴은 잘나가는 소아과에서 진료를 하고 있지요. 그리고 장남인 벨라는……"

미나는 머뭇거렸다.

"벨라는 지금 여기 없어요."

그녀는 딱 잘라 말했다.

갑자기 그녀가 자리에서 일어나더니 창가로 다가가서 밖을 내다보았다. 아주 어릴 때부터 딸을 애지중지해왔다는 것을 알 수 있었다.

"우리 딸, 저기 오네요."

그녀가 안심하며 말했다.

내가 리자를 만난 것은 1995년 1월 30일 오후 다섯시 오십오분이었다. 나는 그녀에 대한 말을 자주 들었지만, 실제로 만난 건 그때가 처음이었다.

리자 페를망, 아슈케나지 유대인,* 쇼아 생존자들의 딸.

이후에 내가 하게 될 모든 말 중에서 한 가지만 기억해주길 바란다. 나는 리자를 진정으로 사랑했다. 그녀 외엔 결코 아무도 사랑하지 않았다.

그전엔 모든 것이 달랐다. 나는 죽음을 믿지 않았듯이 사랑도 믿지 않았다. 나는 그것을 신화요 서구적인 발견, 소설과 영화, 향수 광고 따위를 위한 축복받은 빵 정도로밖에 생각하지 않았다. 사랑, 그것은 내게 성가신 존재였다. 순정적인 사랑에 흥분한 남자들의 어리석음을 볼 때마다 나는 운이 좋아봤자 그 끝은 부르주아적인 아파트에 부인과 아이, 개와 애인 정도이리라는 것을 알고 있었던 것이다. 사랑은 기독교의 화신이며, 이교도와 싸우기 위한 편리한 발명품이라는 것을 어느 날 읽게 된 후로 나는 사랑이나 열정 따위를 믿지 않았다. 나에게 트리스

---

* 북동 유럽계 유대인.

탄과 이졸데, 로미오와 줄리엣은 모두 기독교적 인물들이었다. 나는 그들의 열렬한 사랑과 예수의 사랑 사이에 어떤 차이점도 찾아낼 수 없었다.

더이상 무슨 말이 필요하겠는가? 사랑은 가장 평범하고 가장 특별하며 가장 묘사적이고 가장 놀라운, 그리고 가장 단순하고 가장 불가해한 것을 창출해낸다. 처음 본 순간, 나는 그녀의 첫 미소에 거의 매료되다시피 했다. 단지 매료된 것이다. 사랑은 조화의 신이었다.

그녀는 비단 망토 같은 자주색 외투를 소파 팔걸이 위에 걸쳤다. 그녀는 신선함을 후광처럼 발하며 내 바로 옆에 사뿐히 앉았다.

페를망 부부는 우리 맞은편 안락의자에 앉았다. 나는 리자에게 자리를 좀 내주기 위해 펠릭스 쪽으로 가볍게 옮겨 앉았다. 그렇지만 그녀와 나 사이의 거리는 불과 몇 센티미터밖에 되지 않았다. 그녀의 어깨가 거의 나에게 닿을 정도였다. 그녀는 속이 비치는 하얀 블라우스와 검정색 새틴 스커트를 입고 있었다. 길고 새까만 생머리가 양쪽 어깨까지 내려와 있었다.

그녀는 스트뤼델* 조각을 작은 접시에 칼로 조심스럽게 담고 내 쪽으로 몸을 돌렸다.

"이것 좀 드시겠어요?"

몇 초 동안 나는 말을 잃고 멍하니 입만 벌리고 있었다. 심장은 튀어나올 듯이 가슴속에서 펄떡거렸으며, 내 눈은 순수의 대양 속에 빠져버리고 말았다.

---

* 배 또는 사과파이의 일종.

나는 오늘에야 그 모든 것을 순서대로 재구성할 수 있을 것 같다. 그녀의 청회색 눈동자에 떠오르던 호기심, 얇은 입술에 미소를 머금은 호의적인 모습, 새까만 머리카락과 대조를 이루던 새하얀 피부. 그러나 그 당시엔 그런 아름다운 구성을 자각하지 못했다. 당시 내가 본 것은 피카소의 그림과 유사했다. 두 눈이 얼굴을 거의 다 휩쓸고, 코는 이마 한가운데에 거꾸로 붙어 있고, 입은 옆으로 쏠려 있고, 색깔들이 소용돌이쳤다. 그리고 온 세상이 그 주위를 맴돌고 있었다.

그녀는 한 마디씩 떼어가며 질문을 되풀이했다.
"홍차하고 스트뤼델 좀 드시겠어요?"
펠릭스가 나를 구원해주었다.
"조금만요, 리자. 고마워요."
"고마워요."
나는 마치 메아리인 양 바보같이 더듬더듬 따라 말했다.
"리자, 당신 일은 잘돼가나요?"
펠릭스가 물었다.
나는 태연한 척하려고 찻잔과 잔받침을 들었다. 그러나 손이 떨려서 다시 낮은 탁자 위에 그것들을 내려놓아야만 했다.
"아주 잘돼가요. 방금 독일 프라이부르크 시로부터 쇼아에 대한 기념 건조물을 만들어달라는 주문을 받았어요. 좀 미친 것처럼 보이는 계획이죠. 거대한 납 원기둥에 사람들이 사인을 하고, 자기가 하고 싶은 말을 적는 거예요. 그런 후에 그 원기둥이 완전히 보이지 않을 때까지 땅속에 조금씩 조금씩 박아넣는 거죠."

그녀는 느릿느릿 손짓을 해가면서 이야기했다. 그리고 약간 불규칙하게 난 하얀 이빨이 다 드러나도록 미소를 지으며 말을 맺었다.

"또다른 계획은 베를린 시내 한가운데, 히틀러의 벙커에서 멀지 않은 포츠담 광장에 쇼아 기념관을 세우는 거예요. 일 년 전쯤에 내가 독일 조각가와의 공동작업을 제안했었어요. 이스라엘의 마사다*에서 가져온 작은 바위들 위에 죽은 유대인들의 이름을 새긴 거대한 무덤을 만드는 거죠."

우리가 의구심 어린 표정을 짓자 그녀는 덧붙였다.

"유대인들에겐 전통적으로 무덤 위에 작은 돌들을 올려놓는 관습이 있어요. 우리들이 지나온 길과 신심 깊은 우리 존재에 대한 표지이죠."

"그 계획이 받아들여졌나요?"

펠릭스가 물었다.

"처음엔 호응이 있었어요. 하지만 지금은 정책 담당자들이 그것은 독일인들에게 무거운 기억을 강요하여 복수하려고 하는 학대받은 유대인 세대의 주장이라고 말해요. 나는 이 기념물이 나치 치하에서 죽은 육백만 유대인들에 대한 기억을 영원히 전해줄 수 있을지, 오히려 그 시기를 매장시켜버리는 데 이용되지는 않을지 자문하기 시작했어요. 나는 통일 독일이 과거에 연연하지 않고 너욱 자유롭게 미래를 향해 나아가는 것이 더 좋다고 생각해요."

그녀는 갑자기 말을 중단하더니 훨씬 더 심각한 어조로 중얼거렸다.

"엄마, 과거를 들먹여 죄송한데요, 벨라 오빠한테서 소식 없어요? 오빠를 못 본 지 오래됐어요. 전화도 받지 않아요……"

---

* 이스라엘 남동부에 있는 고대의 산상 요새.

"나도 그애가 어디 있는지 모르겠다. 요 근래에 정부 개편 때문에 몹시 바빴거든."

미나가 뉘우치는 모습으로 대답했다.

"엄마는 인권선언 자문위원회의 고문으로 임명되셨어요."

리자가 내 쪽을 돌아보며 설명해주었다.

"그래. 준비할 것도 해야 할 일도 많지."

미나가 말을 받았다.

"준비할 게 뭔지 우리에게 얘기해주실래요? 혹시 국가기밀인가요?"

리자가 물었다.

"위원회는 외국인에 대한 새로운 법을 결정하기 위해 정부에 의해 소집됐단다. 우리는 대부분의 국경이 봉쇄되어 있고 이민자들의 권리가 여전히 제한받고 있다고 주장하고 있어."

미나가 대답했다.

그녀는 사미에게 시선을 던졌다. 그는 여태껏 한마디도 하지 않았다. 안락의자에 파묻혀 냉랭하고 거의 무관심한 시선으로 우리를 바라보고 있을 뿐이었다.

"그래."

생각에 잠긴 모습으로 미나가 말을 이었다.

"요즘 프랑스에는 이상한 분위기가 감돌고 있어. 공동묘지의 신성모독 행위와 인종차별, 민족주의에 그 굉장한 다니엘 신부까지 말이야. 다니엘 신부는 선(善)의 국가적 표상이었잖아. 그런데 그가 자신의 한 친구가 내건 반(反)유대인 주장을 공개적으로 지지한 거야. 그 와중에 어떤 사람들은 그가 좀더 명확하게 볼 수 있도록 도와주었고, 금기를 다시 문제삼은 용기를 가진 자라며 그를 '성인'으로 치켜세울 방법을 모색하고 있지."

그녀는 펠릭스 쪽으로 몸을 돌리며, "혹시 당신이 이 사건을 터뜨리는 데 기여한 사람 아닌가요?"라고 물었다.

"사실은 얼마 전부터 그를 미행했었어요. 그래서 이 모든 것이 그리 새삼스럽지는 않습니다."

펠릭스가 대답했다.

"그가 늙어서 그런다고 생각하세요?"

미나가 물었다.

"아니, 전혀 그렇지 않아요. 저는 그가 그것을 깊이 확신하고 있다고 생각합니다."

"맞아요. 최근 프랑스엔 좋지 않은 분위기가 팽배해 있어요. 이상하게도 1930년대를 연상시키는……"

미나가 서글픈 어조로 말했다.

"그런데 카를 루돌프 실러, 이 유명한 남자에 대한 살인이 이데올로기적 살인이라고 생각하나요?"

펠릭스가 물었다.

"그럴 수도 있죠."

미나가 대답했다.

"당신은 실러, 그 사람을 잘 아세요?"

"글쎄요, 그렇지는 않아요. 그는 단순한 사람이 아니었어요. 신학적으로 말이에요. 그것에 대해 더 알고 싶으면 다음달에 열리는 쇼아를 주제로 한 토론회에 참석해보세요. 저도 거기서 간단한 연설을 할 겁니다. 그곳에 가면 분명 그를 잘 아는 사람들과 만날 수 있을 거예요."

그녀는 머뭇거리며 말했다.

그 다음에 했던 말이 무엇인지 나는 더이상 기억할 수 없다. 나머지 대화는 오로지 내 혼란을 반영하는 두터운 안개 속에 잠겨버렸으니까. 내가 기억하는 것은 리자로부터 발산되던 투명함, 그녀의 맑은 목소리와 우아한 동작, 그리고 부드러움뿐이다. 그녀에게는 순진무구함과 차분한 거리감이 공존했고, 어머니로부터 물려받은 것이라 생각되는 맑은 영혼이 있었다. 확고한 태도와 끈기는 아버지로부터 물려받은 듯했다. 이 여자, 이 어린아이는 비열함이라곤 한 번도 접한 적이 없다고 생각될 정도였다. 완벽했다. 일말의 상처도 없었으며 절대적이고 때묻지 않았다.

저녁 일곱시경에 펠릭스와 나는 페를망 씨 집을 나섰다. 우리는 함께 생 폴 지하철역 쪽으로 걸어갔다.

"자네 생각에는 미나가 1930년대에 대해 말할 때 어떤 사건을 암시하는 것 같았나?"

펠릭스가 내게 물었다.

"오늘날과의 유사점 말인가?"

"그래."

"국적 문제는 프랑스 정치논쟁의 핵심이지. 프랑스는 너무 많은 이민자를 받아들인 것 같네. 또 너무 많은 사람들을 귀화시켰어. 1940년 6월, 페탱 정부가 권력을 잡았을 때, 첫번째 정책은 귀화에 대해 재검토하는 것이었지. 일례로 '세계주의'가 프랑스 실패의 주요한 원인이라는 구실 아래, 아버지가 프랑스인이 아닌 자들이 법학이나 의학에 종사하는 것을 금지했네."

갑자기 내가 말을 중단했다. 펠릭스는 놀란 눈빛으로 나를 주시했다.

사실 나는 기계적인 평온한 어조로 말하고 있었다. 속으로는 전혀 다른 것을 생각하고 있었기 때문이다.

"왜 그러나?"

그가 눈썹을 찌푸리며 물었다.

"펠릭스, 난 사랑에 빠진 것 같네."

그는 에쿠프 가(街) 한가운데에서 돌연 걸음을 멈췄다.

"자넨 사랑이란 각자의 개인적 가치 위에 세워진 서구문화의 창조물이라고 말하지 않았나……"

"펠릭스……"

"기독교적 기원을 가진 신앙으로서의 사랑은 예정설을 전제로 한다고도 했지."

그가 계속 말했다.

"내 말을 막지 말게."

"사랑은 기독교적인 불가사의라고."

"그래, 진정한 불가사의지."

"자네, 선택받은 민족의 매력에 흠뻑 빠져버렸군."

눈썹을 찡그리며 그가 말했다.

"무슨 말을 하려고 그러나?"

그는 갑자기 빠른 걸음으로 앞을 향해 나아갔다. 나도 그를 따라갔다. 그의 눈엔 즐거운 기색이 역력했다.

"이것이 그 유명한 아름다운 유대인 처녀 신드롬이군. 하얀 피부, 검은 머리, 긴 속눈썹, 심연같이 어두운 눈, 가엾은 고임*은 그것에 정신

---

*goyim. 유대인들의 입장에서 본 이교도로, 히브리어 고이(goy)의 복수형.

을 잃어버리지. 독실하고 수수께끼 같은 여자, 지적이지만 순종적인 여자의 불행한 운명은 오래된 죄에 대한 징벌일 뿐이야. 『아이반호』에 나오는 레베카나 발자크의 아름다운 고급 창녀가 그러하지…… 유대인 여자를 미친 듯이 사랑하는 자는 진정한 반유대주의자들뿐이네. 그것은 그들이 그녀들에게 가지고 있는 증오의 이면일 뿐이야."

"자네 미쳤군! 허 참, 난 그녀와 사랑에 빠졌다고 말하는데, 자넨 나를 반유대주의자로 몰아갈 구실만 찾고 있지 않은가. 그녀가 가톨릭 신자가 된다 하더라도 내게 달라지는 건 아무것도 없어. 전혀 바뀌지 않을 거라구. 자넨 그녀가 경이롭지 않나?"

"아니, 천사표는 내 스타일이 아니야. 그런데 자네 경우는 좀 심각한 것 같네."

펠릭스는 걸음을 멈추더니 손가락으로 나를 쿡쿡 찔렀다.

"자, 이 충고를 잘 들어보게. 내가 오 분마다 하는 말이지만, 사람들은 사랑을 할 때, 그 감정이 너무나 강력해서 명백한 사실인 것처럼 보이면 상대방도 똑같이 그렇다고 믿는 경향이 있어. 하지만 그건 오산이야. 때 때론 그렇지 않거든. 감정, 그것은 아무리 강렬하다 해도 억지로 공유할 수는 없는 것이네. 그래서 아무것도 재촉하지 말아야 한다는 거지."

그건 정말 펠릭스다운 말이었다. 유혹에 대해 내게 충고해준 사람은 바로 그였다. 그것은 그의 취미이자 그가 즐겨 시간을 때우는 방법이기도 했다. 결혼이라는 것은 그에겐 상식 밖의 것이었다. 그에게 결혼은 인습의 구속이요, 똑같은 것의 반복이었다. 그는 유혹을 하고 나면 그것으로 모든 것을 달성했다는 듯이 달아나버렸다. 잡아탈 말[馬]도 기다리지 않은 채. 그는 감미로운 만큼 거칠었으며, 심술궂기까지 했다. 그가 이렇게 덧붙였다.

"고백은 하지 말 것, 감상주의도 삼갈 것. 그녀는 이에 칼을 물고 난폭하게 납치해올 부류의 여자가 아닐세."

인생이란 참으로 묘하다. 그것은 언제나 계획의 끝까지 도달하기 위해 꼬불꼬불한 길, 뚫고 들어갈 수 없어 보이는 길부터 착수하는 것과 같다. 만약 처음부터 모든 것을 다 알 수 있다면, 사실의 뒤얽힘을 한눈에 들여다볼 수 있다면, 우리는 미리 선택할 수 있을 것이다. 그리고 선과 악은 더이상 뒤섞이지 않을 것이다. 그렇지만 원인과 방법, 동기와 원동력은 결국 그다지 중요하지 않다. 바로 그날 내 발밑의 바닥이 무너졌다. 나의 확신의 땅, 나의 관심과 나의 습관의 땅이. 그것은 나도 이해할 수 없는 일이었다. 나는 참혹한 살인사건에 대한 펠릭스의 조사를 돕기 위해 그 사람들 집에 갔었다. 그리고 그들의 집에서 리자 페를망을 만났다. 그러자 갑자기 모든 것이 하찮게 느껴졌다.

아무튼 나는 리자에 대한 나의 사랑과 실러 사건에 대한 나의 관심이 매우 밀접하게 연결되리라는 것을 의심하지 않았다.

4

선생님, 저는 감히 당신의 주의를 한 낯선 유대인에게로 돌려보고자 합니다. 그는 상서롭지 못한 행동으로 국가의 안전을 위태롭게 하고 국가 재건 사업을 훼손했습니다.

리자 페를망과 만난 후로 몇 주가 흘렀다. 나는 매일 국립 고문서 보관소에서 연구를 하거나 — 나는 파리와 파리 근교에서 일어난 유대인 밀고 사건에 대한 논문을 쓰고 있었다 — 혹은 한가로이 시간을 보내기 위해 그곳에 들렀다. 리자와 만났던 로지에 가와 가까운 곳에 있고 싶었던 것이다. 내가 재빠르게 알아낸 바에 따르면 그녀는 부모님 바로 옆 동네인 모베 가르송 가 1번지에 살고 있었다.

내가 가장 자주 하는 일은 산책이었다. 혹시나 그녀를 다시 볼 수 있을까 하는 희망에서, 혹은 단순히 그녀가 호흡하는 공기를 나 역시 들이마시기 위해서였다. 정오가 되면 나는 로지에 가와 에쿠프 가가 만나는 모퉁이에 있는 페를망 씨 집과 멀지 않은 곳에서 팔라펠*을 하나 사서 유대계 서점과 오래된 식료품점, 기성복 가게들을 구경하면서 먹었다. 아니면 어둡고 낡아빠진 피자 가게에 들르기도 했다. 그곳은 하시드**를 배경으로 그 동네 대학생들이 학술적인 모임을 여는 곳이었다. 때때로 나는 고문서 보관소로 돌아가기 전에 상점과 바들이 붙어 있는 비에유 뒤 탕플 가로 다시 올라갔다. 그리고 유럽 공동체 출범 이후의 프랑스 공화국의 확고한 이미지를 나타내는 위풍당당한 시청을 바라보며 리볼리 가까지 계속 배회했다.

나는 오래된 집, 곳곳에 숨어 있는 레스토랑, 반찬 가게, 제과점들로 둘러싸여 있는 그 동네를 좋아했다. 제과점에는 리자 부모님 집에서 맛보았던 양귀비가 든 스트뤼델이 있었는데, 나는 그것을 거의 매일 습관적으로 사먹었다. 수천 개의 가루 알갱이들이 황홀경에 이를 정도로 현기증을 일으켰다. 설탕에 붙어 있는 모래먼지 같은 수많은 가루, 그것은 먼 언약 속에서 태어난 이 민족이 나에게 마음을 열고 몸을 맡길 때까지 수없는 낮과 밤을 참고 기다리는 것과 같았다. 테러 사건 이후에도 이상하게 다시 복구되지 않은 골든베르크의 유리창엔 테러리스트들이 쏜 총알에 뚫린 구멍들이 그대로 남아 있었다. 로지에 가는 경계하며 원한을 풀지 않은 것인가? 여전히 창백한 이 길은 아직 완전히 회복되지 않았다. 그러나 길은 겨우 피어난 싹들을 앗아가고 옛날에 심었던 튼튼한 나무둥치의 뿌리를 뽑아버린 봄이 지나간 후 여름바람을 맞아 생기를 띠고 있었다. 리볼리 가를 장식하고 보주 광장에 바둑판 무늬를 내기 위해 자랑스럽고 맹렬하게 싹을 틔웠던 그 나무둥치들은 생

---

* 야채 크로켓 또는 작은 고기 만두.
** 유대교도의 경건한 음악.

명의 위협 앞에서 방어태세를 취하고, 나무 십자가로 전쟁의 십자가로, 늙고 병든 나무로, 태울 용도 외에는 아무도 원치 않는 가엾은 판때기로 존재했다. 그러나 이곳에선 아니다. 좀더 멀리, 옛날에 가지들이 튼튼하던 나무들의 푸른 능선 너머에서다. 오늘 사막에서부터 추운 거리를 다시 덥히고, 거리의 창백하게 야윈 뺨에 혈색이 돌게 하며, 짜디짠 소금으로 장식된 거리에 정신이 돌아오게 만드는 것은 또다른 나뭇가지들이었다.

나는 자료를 면밀히 조사하거나 수확물에 대한 참고자료를 수집하면서 나머지 몇 시간을 보냈다. 내가 가장 편안하게 느끼는, 제2의 집이나 다름없는 이 고문서 보관소가 내 숨통을 죄어오기 시작했다. 누렇게 변색된 서류들, 몸을 수그린 채 그 더러운 문서들을 한 장 한 장 뒤적이고 있는 나는 더이상 이 카란*의 전문가들 사이에 완전하게 융화될 수 없었다. 그들은 작은 회색 상자, 고문서나 고서적 앞에 앉아 오로지 그 원본을 보관하고 복사하고 발견하고 작성하기 위해서만 살고 있는 수집가들이었다. 그들에게 고문서 보관소는 제식을 거행할 진리의 사원이었다. 수많은 창문들, 감춰진 것들을 꺼내는 손에 들린 상자, 소지품을 담기 위해 받은 작은 비닐 주머니에서 뿜어져나오는 빛이 그곳을 밝혔다. 그곳은 모든 계시의 장소였다. 그러나 원한다고 그곳에 들어갈 수 있는 건 아니다. 허락이 있어야 한다. 역사가라 할지라도 어떤 서류들에는 접근할 수 없다. 누구라도 그 서류들을 정면에서 보고 나면 살아남을 수 없다.

---

*국립 고문서 연구소.

그러나 뛰는 가슴으로 그 큰 문을 통해 안으로 들어갈 때면 연구를 위해 새로운 요소들을 발견한다는 생각보다는 리자 가까이에 있다는 생각이 더욱 컸다. 어느 날 오후, 나는 연구를 하러 가다가 길에서 리자를 봤다. 그녀는 아버지와 함께 있었다. 두 사람은 바쁜 걸음으로 가다가 갑자기 어느 조그만 가게 안으로 들어갔다. 나는 그 가게와 멀지 않은 곳에 서서, 마치 우연인 것처럼 그들에게 인사를 건네기 위해 그들이 내 앞을 지나가기를 기다렸다. 그러나 그들은 나를 보지 못한 채 가게에서 나왔고, 나는 그들을 따라잡으려고 뒤쫓아갔다. 갑자기 리자가 아버지 쪽으로 고개를 돌렸다. 그녀의 말이 혹독하고 싸늘한 바람을 타고 내 귀에까지 들려왔다.

"아버지가 실러에 관해 알고 있는 사실을 경찰에 얘기하셔야 할 것 같아요. 입 다물고 있을 권리가 없다는 걸 아버지도 잘 아시잖아요."

사미는 아무 말 없이 시선을 떨구었다.

화석처럼 굳어진 나는 아무런 행동도 하지 못하고 그들이 길모퉁이로 사라지는 것을 바라보고만 있었다.

그날 저녁 나는 뤼테시아 호텔에서 펠릭스를 만나 그 놀라운 사실을 황급히 알려주었다.

"내가 자네에게 했던 말이 바로 그걸세. 사미 노인은 카를 루돌프 실러에 관해 많은 것을 알고 있어. 나는 그렇다고 확신해. 하지만 그의 입을 열 수는 없을 거야."

펠릭스가 물었다.

"그렇다면 자넨 적어도 그 두 사람이 언제, 어디서 만났는지는 알고 있겠지?"

"몰라! 그것에 관해선 털끝만큼도 몰라. 아마 쇼아에 관한 학술 발표회에서였겠지. 때때로 사미가 강연회에 참석하러 왔거든."

"그럼 리자로 하여금 털어놓게 할 수 있지 않을까? 그녀는 뭔가 잘 알고 있는 것 같고, 자기 아버지가 알고 있는 것을 밝히도록 옆에서 부추기고 있잖아."

"그래, 그럴 수도 있겠군. 하지만 그 일은 내가 보기엔 그다지 간단치가 않아…… 시간이 필요해."

그러나 우리에겐 시간이 없었다. 신중함은 펠릭스의 미덕이 아니었다. 그의 직업은 긴급함을 요하는 것이지, 시간을 역사로 변모시키는 데 있는 것이 아니잖은가? 반면 역사가에겐 정반대다. 그는 정확한 법칙에 의거하여 시간을 섬세하게 다뤄야 한다. 즉, 정보를 수집하고 그 주제에 익숙해지도록 하며, 마음속에 그 주제를 품고 그것이 내면에서 변화할 때까지 주물러 반죽해야 한다. 그리하여 마침내 음악가가 소음을 심포니로 표현하듯이 플롯을 꾸미고 역사를 구성하는 것이다.

모든 것은 수집에서 시작된다. 자료를 든 손은 무게를 달고 선별한다. 그러고 난 후, 충실하게 정서하고 옮겨 적는다. 이것은 그 주제가 자기 것이 되도록 하기 위해, 또한 그것이 장소와 법규를 바꾸고 시선의 영향 아래 자기 자신의 기호가 되도록 하기 위해 필요한 예비단계이다. 이것이 고서적을 장악하는 일체의 기술이다. 고서적은 주의해서 가지고 있어야 하며, 찢어지지 않도록 조심해야 한다. 왜냐하면 그것은 너무나 부서지기 쉬워서 때때로 먼지로 사라지거나 엄지와 검지 사이에서 와해되기도 하기 때문이다. 그것을 해독해내려면 극도의 섬세함이 요구된다. 나는 반쯤 지워진 콥트어* 육필본들을 보았다. 수천 년 동안 지하에 묻혀 있던 낙 하마디**의 파피루스를 두 손으로 잡았다. 나는 판독하기 힘든 법전들, 4세기 때의 포도주와 곡물 거래 계산서, 사이드어 혹은 수바크미미어로 된 몇 가지 문서들을 자세히 들여다보았다. 물체로서는 연약한 그 파피루스 조각을 사상, 서술, 세계 비전의 잘 정돈된 조각으로 만드는 정교한 작업, 그렇게 해서 직감의 위대한 제국 쪽으로 이끌기 위한 작업.

펠릭스는 실러에 대한 정보를 우려내기 위해 여러 번 사미를 다시 만나보았지만 헛수고였다. 그 노인은 아무 대답도 하지 않았다. 펠릭스는 근엄하고 추궁하는 듯한 태도로 그를 주시했다. 그러나 대답은 없었다. 완강하게 거부하는 그 남자에게서 펠릭스는 아무것도 끄집어낼 수 없었다.

그렇다고 스스로 무너지는 것을 가만히 보고만 있을 펠릭스도 아니었다. 그는 나를 연합작전을 펼칠 동지로 삼았다. 나는 리자에 관한 상념과 질문으로 그를 귀찮게 만들었지만, 그는 사건의 정황에 대해 불평하지 않았다. 그는 내가 그의 조사를 위한 같은 팀 멤버, 제어자, 정보 제공자임을 알고는 만족해했다. 나는 몇 시간이고 그와 얘기했고, 그에게 2차 세계대전에 관한 교육도 실시했다. 마침내 그의 관심 밖에 있었던 이야기가 그를 열광시켰다.

1995년 2월 27일, 나는 파리 가톨릭 대학으로 그를 데리고 갔다. 그곳에서는 미나 페를망이 우리에게 얘기했던 쇼아에 대한 학술 발표회가 열리고 있었다. 아우슈비츠 이후 신의 존재에 대한 토론이 있었는

---

* 고대 이집트에서 파생된 언어로, 3세기에서 13세기까지 사용되었다.
** 이집트 내륙 카이로와 룩소르 사이에 있는 지명으로 고대 파피루스가 발견된 곳.

데, 그것은 실러가 그의 생과 작품을 바쳐 연구한 문제이기도 했다. 역사학자와 신학자들, 강제수용소에 수용된 적이 있는 사람들이 참석해 자신들의 생각과 경험을 들려주었다. 사람들은 역사학자들의 학술 발표보다 강제수용 경험자들의 말을 더 경청하는 듯했다. 그들이 자주 이런저런 관점에서 격렬하게 반론을 제기할 때에도 몰상식하다고 여기는 식의 푸대접은 하지 않았다.

우리는 펠릭스가 베를린에서 이미 본 적이 있는 프란츠 신부를 만났다. 키가 크고 당당한 체격에 희끗희끗한 긴 머리와 우뚝 솟은 이마, 아기 같은 손을 가진 남자였다. 그는 회색의 거친 모직 신부복을 입고 맨발에 샌들을 신고 있었다.

그는 보통때보다 좀더 곧고 뻣뻣한 자세로 앉아 있었고, 때때로 이마를 높이 치켜들었다. 두 눈에는 활력과 강렬함이 나타났다. 그런 점으로 보아 그는 특별한 집단에 속한 사람이었다. 그들은 지고의 정열이 넘치고 자신의 선택을 의미하는 월계관에 둘러싸여 있는 듯했다. 아무런 의심도 들지 않았다. 프란츠 신부는 순수했다. 나는 그가 왜 이 길을 선택했는지, 왜 수도사의 삶을 살려고 했는지는 알 수 없었다. 그의 이상과 그가 추구하는 대상이 무엇인지 또한 알 수 없었다. 다만 느낄 수 있는 것은 그가 그것을 갈망하며, 자신의 욕구에 충실하다는 것이었다.

"당신들은 실러 사건 때문에 여기에 온 거죠?"

프란츠 신부가 물었다.

"네, 당신의 충고에도 불구하고 저는 조사를 계속하고 있습니다."

펠릭스가 대답했다.

"그래서 이 작은 동네를 어슬렁거리는군요."

펠릭스는 대답하지 않았다. 프란츠 신부는 잠시 펠릭스를 응시했다.

그는 지독한 근시였다. 갈색도 초록색도 검은색도 파란색도 아닌 그의 두 눈은 노란색과 주황색 중간쯤 되는 기이한 섬광으로 미묘한 음영을 드리우고 있었다. 그의 팽창된 동공이 시선의 야릇함을 더욱 두드러지게 했다.

"계속할 필요가 없다고 내가 말씀드렸었지요. 당신은 아무것도 찾아내지 못할 겁니다. 특히 이곳에서는……"

"왜 이곳에서는 안 된다는 겁니까?"

"나는 쇼아에 대해 토론하고 아우슈비츠를 논쟁이나 토론의 주제로 삼는 이런 장소들이 싫어요."

"혹시 실러에 대해 새로운 것을 알아냈습니까?"

"그렇고말고요. 실러는 위험이 닥칠 것을 미리 알았던 것 같아요."

"정말인가요? 어떤 근거로 그런 말을 하는 겁니까?"

"그는 유언을 남겼어요. 그리고 내게 뭔가를 물려주었죠…… 사건 며칠 후 우편으로 받았습니다."

"그게 무엇이었습니까?"

펠릭스는 단도직입적으로 물었다.

"죄송합니다만, 그가 아무에게도 말하지 말라고 당부했습니다."

"그것이 수사를 진척시킬 수 있는 증거인데도 말입니까?"

"그 일은 내가 판단할 문제겠죠. 어쨌든 그는 내가 해야 할 일에 대해 분명한 지시를 내렸어요."

"당신이 해야 할 일이 무엇이죠?"

"그것을 제자리에 돌려놓는 일이죠."

그는 충분한 설명도 하지 않은 채 덧붙였다.

"어쩌면 당신이 살인자를 찾을 수도 있겠죠. 하지만 이 악의 근본 원인에 대해서는 더이상 진전을 볼 수 없을 겁니다."

"왜 그런 생각을 하시는 겁니까?"

펠릭스가 물었다.

프란츠 신부는 잠시 두 눈을 찌푸리더니 이윽고 서글픈 미소를 띠며 대답했다.

"악은 존재합니다. 이것은 사실입니다. 그리고 타락은 앎 속에 있습니다. 선과 악의 앎 속에…… 당신은 역사를 잘 알지 않습니까……"

이 말을 남기고 그는 멀어져갔다.

학술 발표회가 시작되었다. 나가고 싶을 때 눈에 띄지 않고 빠져나올 수 있도록 펠릭스와 나는 강연회장의 뒤쪽에 자리를 잡았다. 나는 끝까지 계속 남아 있을지, 중간에 나가야 할지 확신이 서지 않았다.

그러나 한 시간쯤 지난 후, 나는 다음 강연자인 미나 페를망의 쇼아에 대한 이야기를 계속 듣자고 펠릭스에게 부탁했다.

"오늘날 유대인은 역사에 관여하는 신의 존재를 계속 믿을 수 있을까요?"

그녀가 말했다.

"자기 자식들, 자기 자식들의 자식들이 당할 위험을 감수할 수 있을까요? 자신은 증언하기 위해 선택되었다고 믿는 일이 유대인에게 가능하고 또 필요할까요? 쇼아 후인 지금 우리는 무엇을 증언하자는 것인가요?

종교적 신앙은 우리 시대에 일어난 사건들로 인해 심각하게 재검토되고 있습니다. 특히 유대 신앙은 역사상 가장 큰 충격에 휩싸였지요.

우리 민족은 처음으로 신의 존재를 입증했습니다. 그 신과 유일한 관계를 맺었고, 오랫동안 살아남기 위해 그에게 종속되어 있다고 믿었습니다. 그 신, 이집트로부터 이 민족을 구하고 약속의 땅을 주셨으며, 또한 이 민족을 위하여 기적을 베푸신 그 신은 쇼아 때는 어디에 있었을까요?

어떤 신자들은 역사 속의 신을 거부하기 위한 동기를 찾습니다. 그러나 그럴 때조차도 나는 유대인은 신을 계속 믿을 의무가 있다고 말합니다. 내가 제기하는 물음은 다음과 같습니다. 삼천 년보다 훨씬 더 이전, 이집트에서의 시련 이후에도 유대 신앙은 수많은 비극을 딛고 결국 살아남았습니다. 우리 시대에 있었던 큰 재앙이 신이 존재하지 않는다고 단정지을 만한 충분한 이유가 될 수 있습니까? 유대인들은 아우슈비츠에서 학살당했지요. 그것은 신에게 불복종했기 때문이 아닙니다. 오히려 우리의 선조들이 신에게 복종했기 때문입니다. 유대인들을 학살하면서 히틀러가 애써 죽이려 했던 것은 바로 이 역사 속의 신입니다. 그렇기 때문에 히틀러에게 사후의 승리를 안겨주는 일은 금지되었습니다."

"아우슈비츠가 종교인들에게 심각한 문제를 제기하고 있다는 걸 자네도 알고 있지? 그런 큰 불행이 일어나도록 방임한 신을 믿는 일이 어떻게 가능할까?"

나는 펠릭스의 귀에 중얼거렸다.

"신의 복수요 처벌이라고 말하는 신학자들은 없나?"

"있네. 혹자들은 그렇게 이야기하지. 그렇지만 그들의 수는 그다지 많지 않아. 아무튼 모두 쇼아에 의미를 부여하려는 절박한 시도들을 하고 있지. 미나 페를망도 그러한 논증을 펴고 있어. 아우슈비츠 이후에 사람들은—유대교든 다른 종교든—더이상 종교의례를 지킬 수 없게 되었다는 거지. 하지만 그건 의식적이든 무의식적이든 히틀러의 업적을 완성시키는 것이라는 게 그녀의 견해야. 히틀러가 이 세상을 절망하지 말아야 하는 절망의 장소로 만들었기 때문이라는 거지."

"그녀는 신이 자신의 민족을 구원하기 위해 개입하지 않은 것에 대해선 어떻게 설명하지?"

"왜 히틀러를 처벌하지 않았는가? 그건 어린애 같은 질문이야……하지만 모두 한번쯤 자문해보는 질문이기도 하지. 실러는 아우슈비츠를 다시 문제삼는 것은 종교나 신앙이 아니라고 주장했어. 그것은 오히려 문화분리주의라고 했지. 달리 말하면, 쇼아는……"

"……그것은 어떻게 보면 역사 속에 신의 존재를 드러내는 징조가 아닐까?"

그가 탄성을 올렸다.

그가 다소 큰 목소리로 이야기했기 때문에 몇몇 사람이 우리 쪽을 돌아보았다. 어떤 이들은 놀란 모습으로 한참 동안 나를 응시했다. 나는 그 이유를 알 수 없었다.

"바로 그거야."

나는 목소리를 낮추어 대답했다.

"그에게 아우슈비츠는 무신론의 승리. 실러는 쇼아가 계몽주의의 관념론과 학술적 이성, 과학에 대한 절대적인 신념에서 유래했다고 말했지. 그리고 어떤 유대인들은 포로수용소의 잔인한 폭력 속에서도 신의 존재를 증명하기 위해 키푸르* 날에 단식했다는 것을 그 예로 들고 싶어했어. 그에게 쇼아는 우리가 모든 것에 저항할 때 벌어진 일인 거야. 신은 죽었다는 서구의 선언은 인간을 죽임으로써 끝을 맺어야 했던 것이지."

"하지만 나치들이 무신론자였다고 어떻게 단정지을 수 있지? 히틀러는 『나의 투쟁』에서 계속 신에 대해 이야기해. 가톨릭은 이교도에게 자기 종교를 강요했지. 그런데 만약 그것이 정확한 가톨릭 교회의 강령이 아니라면, 우리는 어떤 강령을 따라야 할까? 나치들은 신을 믿지 않았다는 건가? 그들은 기독교인이 아니었다고?"

펠릭스가 물었다.

우리는 좀더 소리를 죽여 얘기하기 시작했다. 그러나 우리 옆에 있는, 돌출된 턱을 긴 수염으로 뒤덮고 있는 힘없는 백발 노인이 우리의 대화를 듣고 있는 것 같았다. 그는 점점 더 노골적으로 우리 얘기를 엿듣다가 우리가 한 마지막 말을 듣고는 화들짝 놀랐다.

그는 수단 위로 간단한 줄에 매단 두꺼운 나무 십자가를 걸고 있었다. 그가 말했다.

"잠깐 실례하겠습니다만, 실러 말이 옳아요. 아우슈비츠, 그곳은 골고다예요. 십자가 위의 예수지요. 인류를 구하기 위해 예수가 십자가 위에서 희생된 것처럼, 유대인들은 아우슈비츠에서 제물로 바쳐졌습니다."

"당신은 실러를 아십니까?"

펠릭스가 물었다.

"네, 알지요. 우리는 종교집회에서 자주 만났소. 서로 참 좋아했어요. 같은 생각을 갖고 있었거든요."

---

* '속죄의 날'. 단식과 기도로 보내는 유대인의 축일.

마지막 참가자의 발언이 끝난 후 우리는 그 백발 노인과 함께 아사스가의 학교 구내에서 빠져나왔다. 석양 아래로 빛나는 조명들이 하늘에 불을 붙이고, 달이 불침번을 서기 시작했다. 지평선은 빨간색, 보라색, 자주색과 남색으로 불타다가, 이내 그 마지막 색깔들마저 잦아들었다. 태양은 아직도 사라지지 않고 있었다. 그것은 마치 창공을 구르는 커다란 진홍빛 같았다. 형태를 알 수 없는 세상 위에서 빛과 어둠은 헤어지기 전 마지막 포옹을 나누었다.

그 노인은 키 작은 괴짜였다. 한 번은 오른쪽, 한 번은 왼쪽으로 다리를 이상하게 절었는데, 두 다리는 너무 짧으면서 동시에 또 너무 긴 것 같았다. 그는 빠르고 불규칙한 어조로 말을 많이 했다. 그는 파리 근교의 한 수도원 신부였다. 그곳은 수도사들이 가난한 자들을 위해 일생을 바치는 곳이라 했다. 그는 자신을 프란시스 신부라고 소개했다.

고가 철교를 지날 즈음, 내가 쇼아 문제를 전문으로 다루는 역사학자라고 말하자 그는 갑자기 걸음을 멈추고 눈을 반짝였다.

"그러면 홀로코스트에 관해 연구하나요? 당신들 역사학자들은 악마를 두려워하지 않겠군요!"

펠릭스는 의아하다는 태도로 미간을 더욱 찡그렸다. 지하철이 우리 머리 위를 지나가자 귀가 멍해지면서 땅이 흔들렸다. 노인은 소음 위로 고함을 질렀다.

"당신은 사탄을 알겠죠. 거짓말의 아버지요 악의 창조자이며, 인간을 자기 편으로 돌아서게 한 자 말입니다."

그는 우리에게 가까이 다가와 내밀한 어조로 계속 말했다.

"충고 하나 하겠소. 조심하시오! 당신들은 사악한 인간의 심연에서 사라지게 될지 모르는 위험한 짓을 감행하고 있소. 당신들은 오랜 마귀들림의 신화를 알고 있겠지요. 악마에게 사로잡힌 인간이 영원히 부서져버리는 것 말이오!"

그의 입에서는 제멋대로이고 거만한 표현들이 흘러나왔다. 작고 생기에 찬 그의 눈은 펠릭스에게서 내게로, 나에게서 펠릭스에게로 옮겨갔다. 짧은 그의 다리가 후들거리다시피 했다. 바람에 부푼 머리카락이 초췌한 얼굴 가장자리를 인상적으로 덮고 있었고, 이마에는 땀방울이 진주처럼 맺혀 있었다. 돌연 그가 몸을 수그리며 내 손목을 덥석 잡았다. 그리고 다른 한 손으로는 펠릭스의 어깨를 잡았다. 마치 공모자들이 둘러서 있는 듯한 형국이었다. 그가 속삭였다.

"당신들, 그리고 당신들이 만나는 사람들을 조심하시오. 악마적인 엑스터시로 가득 찬 사람들은 심연으로부터 올라오는 힘을 갖고 있지요. 그 힘이 의식을 통제합니다! 당신들 역시 야망에 굴복할 위험이 있습니다!"

"어떤 야망 말인가요?"

내가 물었다.

프란시스 신부는 눈살을 찌푸렸다.

"어떤 야망이라니요? 야망이야 여러 가지가 있소. 하지만 물론 신이 되고자 하는 야망을 말하는 거죠!"

펠릭스가 빈정거리는 듯한 시선을 그에게 던졌다.

노인은 어깨를 으쓱했다. 그리고 우리의 어깨를 싸안으며 다시 말했다.

"어쨌든 당신들은 진짜 살인자가 누구인지 알겠지요. 진정한 책임자, 용기를 가진 자들이라면 누구나 손가락으로 가리키는 그자를 말이오. 그는 살인자들 중에서도 가장 강력하고 절대적인 권력자이며 가장 유능하고 치밀합니다. 또한 가장 견고하고 격렬하고 끔찍하고 잔인한 자입니다. 가장 사납고 신중하며, 지성적이고 알 수 없는 자, 그리고 가장 합법적인 자입니다."

"누구에 대해서 이야기하고 싶은 겁니까?"

내가 물었다.

"바로 그분이지요."

프란시스 신부가 대답했다.

"신입니다. 신 말입니다! 만물의 근원, 순수하고 완벽하며, 지고하고 영원하고 무한한, 절대적인 힘을 가진 첫번째 근원이지요. 이루 말할 수 없는 분, 눈에 띄지 않는 분이시지요. 당신들은 서로 화합할 수 없는 두 개의 세계가 있다는 것을 모르십니까? 충만과 완벽의 세계, 아버지 하느님과 천사들의 행렬이 있는 영원한 세계, 그리고 악의 아이온*으로 구성된 현상세계 말입니다. 세상의 창조자, 우주를 조정하는 그는 지고의 신과 똑같은 존재가 아닙니다. 내 말을 잘 들으세요. 진짜 창조자는 천상에서 특별한 지위를 차지하고 있는 아이온의 수장인 사탄이지요. 어떤 구전 속엔 사탄이 예수의 형이라고 되어 있소."

우리는 어떻게 대답해야 할지 알 수 없었다. 그저 빠져나갈 방도를 찾으며 그를 쳐다보았다. 그러나 그는 점점 더 격렬하게 말을 이어갔다.

"사탄을 알지요? 그는 조물주, 세상을 소유하고 있는 자, 늙은 뱀, 악마, 악마들의 왕, 어둠의 왕자입니다…… 그렇소, 내가 당신들에게 말하는 자는 바로 그자, 그가 이 세상의 진정한 창조자입니다. 태초에 조

---

* 그노시스 파가 주장하는 영구 불변의 힘 또는 정령. 지상(至上)의 존재는 이 힘으로 세상을 다스린다.

물주는 시간을 창조하셨소. 그는 공간과 물체를 만들고 영원의 무한성을 복제하려고 했지요. 그러나 그가 만든 것은 부패하고 붕괴된 세상이었습니다. 그렇게 해서 그는 땅에서 진흙과 먼지로 남자를 창조했소. 더러운 성욕 속에서 잉태되어 괴상하고 구역질 나는 분만의 경련 속에서 태어나는, 걸어다니는 무덤을 만든 것이오……"

"그래서 어쩌자는 이야기입니까?"

펠릭스가 노인의 손에서 거칠게 벗어나며 물었다.

그는 좀더 작은 목소리로 대답했다.

"카를 루돌프 실러의 살인사건에 신학적 의미가 있다고 보진 않습니까? 분리, 이것이 상기시키는 게 아무것도 없나요? 이건 아주 심각한 문제요…… 교회의 논쟁하고는 아무 관계도 없습니다."

지하철이 지옥의 회오리바람처럼 우리 머리 위를 지나갔다.

프란시스 신부는 다시 말을 이었다.

"내가 말하고 싶은 것은 내기는 살인을 저지르게 할 수 있을 만큼 충분히 중요하다는 겁니다. 나는 실러의 말에 격분하는 사람들을 보았소. 그들은 자기들이 실러를 죽일 수도 있다고 생각할 정도였소."

"예를 들면 어떤 자들입니까?"

"론 브론스타인에게 물어보시오. 이스라엘 철학자인 그가 무얼 생각하는지 말입니다. 그와 실러는 서로 주먹을 휘둘렀소…… 그를 만나러 가보시오. 다음주에 워싱턴에서 쇼아에 관한 신학자들의 대집회가 있을 예정인데, 그는 그곳에 초대받았죠. 나 역시 그곳에 가보려고 하오."

그 말을 남긴 후, 그 이상한 노인은 우리에게서 멀어졌다. 현기증 나게 복잡한 인과관계처럼 뒤얽힌 어두운 길들의 미궁 속으로 우리를 몰아넣은 채, 그는 사라졌다. 도시에 어둠이 내렸다. 그날 저녁, 밝고 작은 별 하나가 천천히 큰 자리, 그의 형인, 이제는 더이상 존재하지 않는 신의 자리를 차지하였다. 그것은 아래쪽 원 위에서 창백하게 빛나는 신의 힘을 굴절시키고 있었다. 그러나 그것은 안개에 불과했다. 함정을 감추고, 더러운 길을 매끈하게 만들고, 집들의 윤곽을 불투명한 어둠으로 감싸안으며, 드러나는 것을 모두 감춰버리는 환영이었다. 쥐 한 마리가 날카로운 울음소리를 내며 우리 앞을 지나 황급히 도망쳤다.

나는 붉게 물든 하늘 쪽으로 눈을 들면서 생각했다. 세상의 창조자, 아담과 이브를 만들어 천국에 정착시킨 그 신은 자신의 피조물에게 가장 좋은 것은 금지시켰다. 그는 그들을 내쫓고 심지어 홍수를 일으켜 그들의 후손들을 저주하기까지 했다. 인간을 맹렬히 추격하여 노아의 자식, 그들의 자식들의 자식들에게 재해를 퍼뜨렸다. 그는 자기가 주장했던 신이 될 수 있었을까? 신은 인간을, 과오를 범하기 쉬운 이 존재를 농락한 조물주가 아니었던가. 그러나 인간의 영혼은 살아 있는 원천이며 꺼지지 않는 불꽃, 진정한 신의 원천인 에덴의 강을 건너지 않았던가. 신은 하나뿐일까? 아니면 그만큼 강력하지만 악한 또다른 신이 그 안에 살고 있는 것인가? 다른 신, 악의 사도가?……

"자네 생각엔 그가 무슨 말을 하려고 한 것 같나?"
뤼테시아에서 저녁시간을 보내고 난 후 펠릭스가 내게 물었다.
"그 조그만 노인 말인가? 그 론 브론스타인이라는 사람이 실러 살인 사건의 흥미진진한 실마리가 될 수 있다는 거겠지."
"아니, 그가 신에 대해 한 이야기 말이야."

"아, 그거…… 내 생각에 그건 그노시스 파의 교리 같았네."

"그노시스?"

"그노시스 파는 신비스러운 비밀단체의 종교지. 거기에 대해선 나도 잘은 몰라. 하지만 그것이 종교라기보다는 일종의 집신론이라는 것은 알고 있네. 말하자면 초감각적인 지식이지."

"그 지식은 무엇으로 이루어져 있나?"

"그건 신뿐만 아니라 악마의 지식이기도 하네. 그노시스 파는 이원론자들이야. 그들은 두 신을 믿지. 하나는 선, 다른 하나는 악, 세상을 조직하는 이 두 가지 원칙을 믿는 거야."

"난 쇼아에 대한 그 사람 말은 틀렸다고 생각하네. 쇼아는 사탄의 승리도 아니고, 종교적 현상도 아닐세. 그건 증오, 조직화된 그룹의 소수에 대한 혐오의 표시야. 신비론이나 형이상학적인 것과는 아무런 상관도 없네. 내게 그걸 가르쳐준 사람이 바로 자네 아닌가. 그건 확실히 음모에 기인한 걸세. 그리고 결국에는 공포에 도달하게 되었지. 그건 동기와 사건의 연속에 기인하는 조직적이고 관료적이며 산업적인 범죄야."

"그러나 그건 신의 패배이기도 하네. 비탄에 빠진 민족의 경제적 사회적 곤경에 오랜 정치적 박해가 추가되었고, 거기서부터 예기치 못한, 그러나 불가항력적인 결과가 나타난 것이지."

"그건 신의 패배가 아닐세. 그건 인간들의 패배야…… 그런 어리석은 짓을 더이상 믿지 않으려면 살해당한 아이의 얼굴을 보는 것만으로 충분해."

5

오 신이여. 펠릭스도 나도 감히 깰 수 없는 침묵이 한동안 계속되었다. 가증스러움. 내 머릿속에 떠오른 건 바로 이 단어였다. 유일하고 전능한 신, 성서의 신, 인간을 이성적인 존재로 만든 창조자, 죄 지은 자를 저버리지 않고 자비의 은총을 베푸는 신, 신에 의해 생명이 번식하고 식물이 자라며 꽃이 핀다. 모든 규칙, 모든 형태, 모든 질서를 관장하는 신! 바로 그 신이 '자유방임'의 신과 똑같은 신인가? 하늘과 땅을 창조하는 기적을 일으킨 신! 인간과 모든 살아 있는 존재들, 가장 큰 것에서부터 미세하고 하찮은 것까지 창조한 신, 새에게 깃털을 주고 나무에 잎사귀를, 강에 물을 준 신, 해방하고 구원하는 신, 징조와 기적들을 일으키며 인간들 사이에 평화를 가져다주는 신, 뜨거운 불길 속에서 그들을 끄집어내고 지옥으로부터 그들을 구해주는 신, 악인들을 물리치고 세상 끝까지 그들과 싸우는 신, 비탄 속에서 언제든 의지할 수 있는 피난처, 보루, 구조자인 전능한 신이 쇼아의 신과 동일한 신인가?

악을 피하고 선하게 행동하라. 그러면 항상 안식처를 갖게 되리라.

"자네가 쇼아에 관심을 갖는 게 바로 그 이유 때문인가?"

펠릭스가 물었다.

"나는 알고 싶었네…… 무슨 일이 일어난 것인지 알고 진실을 밝히고 싶었어. 나는 잘못되고 피상적인 견해들엔 만족할 수 없었네. 나는 과거의 논리가 드러나도록 하고 싶었어. 그리고 그것이 가능한 것은 오직 지금뿐일세."

"왜 지금뿐이라는 건가?"

"왜냐하면 우리는 일보 후퇴해서 적당한 거리를 가질 필요가 있기 때문이네. 이제 겨우 그걸 갖기 시작했어. 세대 교체도 있었고. 전엔 모든 것이 뒤죽박죽, 가지각색인데다 분명치도 않았지. 사실 동시대인이 어떤 사실의 원인과 결과를 가려내기란 쉽지 않네. 자신의 이해가 얽힌 문제일 때는 더더욱 그렇지. 단편적인 시각밖에는 가질 수가 없어. 하지만 다음 시대 사람들은 역사적 지식 덕분에 그 사건을 겪은 자들보다 아는 것이 훨씬 더 많다고나 할까……"

"목격자들보다도 더 많이 안다는 말인가?"

"그래, 어떤 점에선 그렇지. 우리는 모든 윤리적 선입견을 초월해 있거든. 목격자들, 그들은 수취인일세. 그들은 사물을 보는 자신의 시각을 역사학자들에게 보증받으려고 애쓰지. 그렇지만 우리의 계약, 우리의 유일한 법, 우리의 의무, 그것은 진실이네. 절대적인 진실, 오로지 진실뿐이지…… 그것이 항상 쉽다고는 말할 수 없네. 내가 이 일에 처음 몸을 던졌을 때, 나는 고독 속에서 일했어. 오로지 나 자신과 자료만을 대면하며 닫힌 세계 속에서 살았지. 매일 아침 여덟시, 내가 연구했던 독일의 고문서 박물관에 있던 사람은 단 두 사람뿐이었지. 군대의 연구 책임을 맡은 전(前) 육군대령과 나였네. 초기에 나는 구토를 일으켰어. 가장 끔찍한 인간의 모습 속에 온종일 잠겨 있는 것이 견디기 어려웠거든. 더이상 세상을 같은 방식으로 볼 수 없었지. 당연히 순수함을 상실했네. 집단수용소를 연구하기 시작했을 때는 모든 것을, 심지어 화장터의 기능까지도 알아내기 위해 스스로에게 사명을 부여해야 했어. 나에겐 그 일을 하는 것이 중요했네. 독일인들은 흔적도 없고 시체도 없기를 바랐지. 그 사람들은 죽은 것이 아니라 무(無) 속으로 떨어진 거라고, 그들은 그냥 '사라져버린' 거라고 이해해야만 했어. 하지만 왜, 그리고 어떻게 그들이 수백만 명의 사람을 가스실에 몰아넣고 죽였는지 나는 알아야만 했지. 그 과정의 논리 속으로 들어가봐야만 했어. 자료가 중요한 건 바로 그런 이유 때문이야. 그것들은 이미 일어난 일의 직접적인 흔적이며 대상인 거야. 나는 원전과 증거들을 수집하는 작업이 얼마나 필수적인지를 알았어. 그것은 무엇보다도 더욱 본질적인 것이었어. 목격자들은 실수하거나 혹은 우리를 속이지. 왜냐하면 그들은 인간 기억의 편린에 의존하기 때문이야. 자료로부터 새로운 사실을 밝히고 그것을 증명하게 되었을 때, 나는 마치 아버지가 된 것처럼 승리감과 자부심을 느꼈네……"

"하지만 무엇의 아버지란 말인가?"

펠릭스는 시가에 불을 붙이고 연기를 내뿜었다. 인광을 발하는 그의 두 눈이 당구공처럼 연기를 꿰뚫고 있었다. 그의 입에서 나온 담배연기가 푸른색 소용돌이를 만들며 천장을 향해 올라갔다. 그는 몹시 침울해 보였다.

"괴물 같은 아이의 아버지……"

마침내 그가 말했다.

"그래. 그건 이상한 여행이었네."

나도 말을 이었다.

"인간이라고 이름 붙인 것에서 가장 먼 곳까지 가기 위해 윤리의 모든 원칙과 정상적인 사고의 틀에 도전하는 여행이었지. 인간이 다른 인간을 죽일 때 내가 왜, 그리고 어떻게라고 물을 수는 있어. 그러나 살인자를 처벌하는 것은 내 소관이 아니지. 그건 사람들이 그를 유죄라고 판단했을 때나 가능해. 하지만 범죄라는 것은 문명과 문화와 시대에 따라 여러 갈래로 갈리는 하나의 견해에 불과하네. 본질적으로, 그리고 의무론적으로 보면 우리는 선과 악의 저 너머에 있는 걸세. 이건 진실이야. 설사 그것이 참혹하고 비윤리적이며 더럽고, 심지어 상스럽다고 해도 그건 우리를 몰두시키는 유일한 진실이네……"

"그럼 프란시스 신부도 완전히 틀린 것은 아니군. 악마와 사귀는 것은 위험해."

"하지만 위험이 자네를 겁주는 건 아니지 않은가."

"오히려 그건 나를 유인하지…… 구체적인 이야기로 넘어가면, 나흘 후에 처음으로 쇼아 관련 주요 자료를 공개하는 집회가 열려. 실리가 찍힌 영상도 상영될 거라고 알고 있네."

"프란시스 신부가 이야기한 그 워싱턴 집회 말인가? 나도 몇 주 전에 소책자를 하나 받았네."

나는 지갑 속에서 팸플릿을 꺼냈다.

"필름 상영 후 론 브론스타인이 강연을 하는군. 이자가 바로 프란시스 신부가 말한 사람이지?"

프로그램을 훑어보며 펠릭스가 말했다.

"그래……"

"이런 종류의 만남을 열렬히 좋아하는 자네로서는 특히나 그곳에 가야 한다고 생각되는데."

"그래, 괜찮으면 자네도 가보도록 해."

나는 마지못해 말했다.

"자넨 안 갈 건가?"

"난 여기서 할 일이 좀 있네. 모레 아침 비행기로는 힘들 것 같아."

팸플릿의 페이지를 넘기던 펠릭스가 갑자기 웃기 시작했다.

"어쨌든 괜찮아. 난 혼자가 아닐 것 같으니 말이야."

그는 팸플릿의 한 구절을 가리켰다. '예술가의 입회하에, 리자 페를망의 조각 전시회.'

리자 페를망…… 오늘 이 이름을 또다시 되뇌자 그 근원지가 생각난다. 셀 수 없이 다채로운 광채, 자주색, 남색, 올리브색과 황금색, 그리고 강물의 하얀 거품, 새벽의 신선한 공기, 장밋빛 하늘 아래 나무들이 고요한 그늘을 드리우는 황혼녘의 신선함이 생각난다. 커다란 두 눈, 매력적인 미소, 그녀의 머리칼은 잔물결조차 없는 바다 같았다. 그녀가 웃을 때 두 눈가에 잡히는 잔주름, 관용으로 새겨진 상냥한 웃음, 복수심 없는 소박한 웃음이 생각난다. 복수, 시간을 지나온 나의 모든 방황, 나의 삶과 그 의미에 대한 복수. 리자, 이 이름은 처음 피는 장미의 향기를 간직하고 있다. 내가 행복하게 들이마시는 향기. 향기로 가득한 따뜻한 바람. 에메랄드빛과 보랏빛 수풀이 금빛 그루터기와 나란히 있었다.

그 다음날 저녁, 펠릭스는 내가 그녀를 다시 만날 수 있도록 우리 두 사람을 초대해야겠다고 생각한 모양이었다.

평소에 펠릭스와 내가 함께 저녁식사를 할 때면 나는 석쇠나 오븐에 구운 생선요리를 준비하곤 했다. 나는 채식주의자다. 열 살 때부터 쇠고기를 먹지 않았다. 내 성격이 너무 여리다고 판단한 아버지는 '성격을 단련시켜주려고' 나를 도살장에 데리고 가기도 했다.

리자는 식사 때 우리를 도와주겠다고 제안했다. 그녀는 아슈케나지식 전통요리를 만들기 위해 잉어를 가지고 왔다. 제필트 피시라는 그 요리는 일종의 달콤한 생선요리였다. 생선가게 수족관에서 잡아온 잉어는 그녀가 비닐봉지에서 꺼낼 때까지도 여전히 팔딱거렸다. 꼬리는 발작적으로 움직였으며, 아가미는 공포에 사로잡혀 열렸다 닫히기를 거듭하며 공기를 들이마시려고 안간힘을 썼다. 그러나 그 공기는 잉어를 질식시킬 뿐이었다. 숨을 쉬면 쉴수록 잉어는 더욱 공기에 중독되었고 몸의 움직임은 더욱 격렬하고 절망적이 되었다. 개수대 가에서 미끈거리던 생선은 여러 번 리자의 손에서 빠져나와 냄비 속으로 미끄러졌다. 리자는 거칠게 잉어를 잡아 단단히 손아귀에 쥐고는 다른 손으로 부엌칼을 잡아 머리를 잘랐다. 잘린 생선의 목에서 나온 피가 개수대 속 여기서기에 방울방울 떨어졌고 리자의 두 손은 신홍색 피로 물들었다.

그녀는 칼을 똑바로 쥐고 무력한 생선 몸의 비늘을 벗겨냈다. 그런 다음, 생선 대가리에서부터 상부 배지느러미 아래까지 정확한 동작으로 비스듬하게 갈랐다. 그리고 좀더 작은 칼로 내장을 파냈다. 그녀는 길고 민첩한 손으로 내장 덩어리를 끄집어내어 쓰레기통에 던졌다. 그런 후 살을 네 조각으로 포를 떠서, 연한 파이용 고기를 만들기 위해 당근과 빵가루를 섞었다. 나는 그녀의 동작 하나하나를 주의깊게 눈으로 좇으며 요리 과정을 지켜보았다.

우리는 식탁에 앉아서 고추냉이로 장식된 리자의 요리를 맛있게 먹었다. 고추냉이를 너무 많이 먹은 탓에 내 얼굴이 빨갛게 달아오르며 숨이 막히기 시작했다. 두 눈에서는 눈물이 흘렀다. 리자는 눈물이 날 정도로 웃어댔다.

"고추냉이가 무척 맵다는 걸 몰랐나요?"

빵 속의 말랑말랑한 부분을 내게 건네주며 리자가 말했다.

"물론 알고 있죠. 그런데 주의를 안 했소. 좀 방심한 모양이에요."

"벨라를 기억하죠? 그는 아주 어렸을 때 우리를 놀라게 하려고 고추냉이 한 사발을 먹었죠……"

"그래서요?"

한 숟가락 정도 먹고도 반쯤 숨이 막혀버린 내가 물었다.

"그게 사건을 일으킨 거죠. 우린 그를 병원에 데려가야 했어요. 위장을 모두 씻어냈죠. 하마터면 위험할 뻔했어요."

"당신은 그를 자주 보나요? 지금 무슨 일을 하고 있소? 당신 오빠 벨라 말이오."

나는 조심스럽게 말을 꺼냈다.

"그는…… 때때로 여기저기서 조그만 배관공사를 해요. 돈을 벌기 위해서요."

그녀는 말을 너무 많이 한 것이 걱정되는 듯 얼굴을 붉히며 이야기의 주제를 바꾸었다.

"당신은요? 형제나 누이가 있나요?"

"아니, 난 혼자요……"

"그럼 부모님은요? 부모님을 자주 뵙나요?"

"아주 가끔요. 그분들은 파리에 살지 않소."

"당신은 파리에서 태어나지 않았나요?"

리자가 물었다.

"맞아요."

나는 잠시 주저하다가 대답했다.

"난 파리에서 태어났소. 그 뒤 우리 부모님은 이사를 하셨소."

나는 거짓말을 했다. 나는 스트라스부르에서 태어났다. 하지만 시골 출신임을 부끄러워했다. 나는 대학입시 후 파리로 왔고 여기서 공부를 계속했다. 십오 년 정도면 갑옷과 투구를 모두 갖추는 데 충분하리라 생각했다. 반면, 파리 출신인 펠릭스는 상냥하고 사교적인 가정에서 정상적인 아이로 자랐다. 그의 집안에서는 그를 제일 좋은 학교에 입학시키고 박물관과 전시회에 데리고 다녔으며, 친구들과 함께 뤽상부르 공원의 큰 산책길을 마음대로 다니게 했다. 바로 내가 꿈꾸었던 어린 시절이었다.

내 기억 속의 스트라스부르는 황혼녘이면 길이 텅 비고 무거운 느낌을 주는 독일식 건물들의 삭막한 그림자만이 드리워지던 어둡고 무기력하고 죽은 도시였다. 오후 세시만 돼도 어둠이 내리던 끔찍이도 캄캄하고 혹독했던 겨울도 기억한다. 분노를 폭발시키려고 이를 갈고 있는 성난 신들에게서 발산되는 홍조인 양 우리 머리를 내리누르던, 납으로 된 덮개 같은 하늘과 습한 더위가 온몸을 무기력하게 만들던 숨막히는 여름도 기억한다. 거의 매 시간 찬물 샤워를 해야 했다. 때때로 우리는 국경인 라인 강을 넘어 물이 더 차고 더 깨끗하면서 인적이 드문 독일 수영장으로 가곤 했다. 그것이 우리의 여름 휴가였다. 우리는 태어난 알자스에서 멀리 가본 적이 한 번도 없었다. 부모님은 혼자 있거나 여행하기엔 너무 연로한 할아버지 할머니를 보살펴야만 했다. 지루한 여름이 빨리 지나가도록 나는 카누를 타러 떠나곤 했다. 나는 작은 보트를 일 강의 가장 외진 해협 구석지로 몰고 가서, 여름이면 더 우중충하고 더러워지는 강물에서 노를 저었다. 강물이 땀을 흘려 악취와 청록색 분비약을 뿜어내는 듯했다. 들쥐들이 물 위에서 무녀들처럼 빙그르르 돌기도 했다.

리자가 이야기를 시작했다.

"나는요, 마레 토박이랍니다. 태어난 후 한 번도 이 동네를 떠나본 적이 없어요. 이곳을 택한 사람은 우리 아버지였죠. 그는 전쟁 전에 사촌을 보러 이곳에 왔어요. 그때만 해도 이곳은 폴란드, 독일, 러시아 등 곳곳에서 온 이주민들의 마을이었어요. 지금처럼 반찬가게, 빵집, 푸줏간들이 있었죠. 그러나 모두 이디시어*로 말했어요. 파리에 재건된 슈테틀**이었죠. 사람들은 어떤 면에서는 대가족처럼 서로 도왔어요. 하지만 1942년에 우리는 짐을 꾸렸어요. 프랑스 경찰들이 전부터 알고 지내던 사람들을 체포하러 왔죠. 우리 아버지는 그후 사촌들을 만나지 못했어요. 하지만 뭔가가 그를 다시 여기로 오게 만들었고, 이 거리에 애착을 느끼게 했죠. 마치 타고 남은 재를 소생시키기 위해서인 것처럼."

침묵이 흘렀다.

"리자, 말해줘요. 실러 사건에 대해 뭔가 알고 있죠?"

---

* 동유럽의 유대인들이 쓰는 독일어와 히브리어의 혼합어.
** 동유럽의 유대인 집단 거주지.

펠릭스가 그녀의 눈을 응시하며 거침없이 물었다.

그녀는 당황해하며 그를 쳐다보았다.

"한 잔 더 하시겠어요?"

샴페인 병을 들며 그녀가 물었다.

"난 그 가엾은 사람에 관해선 아무것도 몰라요."

펠릭스의 끈질긴 시선에 그녀가 덧붙였다.

"아무것도 모른다구요? 그럼 당신 아버지는요? 그는 그 일에 대해 잘 알고 있죠?"

그녀는 갑자기 그를 강렬하게 쏘아보았다.

"당신은 그 문제에 대해서 여러 번 아버지에게 물어보러 가신 것 같은데요. 안 그래요?"

"그렇소……"

"그런데요?"

"그는 아무 말도 안 했소."

"실러는 우리 아버지가 몇 마디 말이라도 걸었던 유일한 사람 같아요. 하지만 그 이유는 묻지 마세요."

그녀는 펠릭스에게 전의를 잃은 표정을 던졌다. 그 일에 대해선 계속 말하고 싶지 않다는 의미였다. 펠릭스도 이해한 것 같았다.

그날 저녁 우리는 많이 마셨다. 되츠* 세 병에 아르마냑까지. 우리는 밤늦게까지 이야기를 하고 음악을 들었다. 엘가의 콘체르토였다. 푸른 음조가 내 심장을 유혹하고, 그 음을 연주하는 사람 쪽으로 격렬하게 이끌고 갔다. 낭만적이고 음울하고 때때로 잔인한 멜로디는 무시무시

---

* 샴페인 상표의 일종.

하고 치명적인 예감과도 같았다.

요즘도 그 멜로디를 들을 때면 온몸이 전율한다. 그것은 소름 끼치고 짓누르는 듯한 위협이며, 어둠 속에 쳐놓은 덫과도 같다. 뭔가가 가까이 다가오며 막무가내로 확대되는 것이, 마치 잘 짜인 음모, 혹독한 법령, 냉혹한 괴물 같기도 하다. 예고하고 다가온 음악은 완전하게 주고 또 가져가버린다. 이 음악은 현대음악처럼 이해받기를 원하지 않는다. 이해하는 것은 오히려 음악이다. 이 음악은 귀에 선율을 불어넣으면서 도시에 부는 바람처럼 어디에고 파고들어 혹심한 폭풍우 속에 끝장을 내기 위해 모든 길을 장악하고 모든 대로를 휩쓴다. 낭만파 음악처럼 교태를 부리거나 달콤하지 않고, 바그너의 음악처럼 호전적이거나 장중하지 않은 그 곡은 바위에 부딪히는 파도처럼 열정적으로 내달리며 천둥이나 풍랑이 심한 바다처럼 울려퍼지고 홍수처럼 휩쓸며, 한없이 슬픈 추억처럼 참해를 입히면서 내 영혼을 후회와 슬픔과 고통, 그렇다, 고통으로 메아리치게 한다.

내 심장에 홍수와 폭풍우가 몰아친다. 물이 불어나 지상에 거대한 수역을 형성하면 우리는 떠밀려 물의 표면에 표류한다. 물은 점점 더 증가하여, 광대무변한 하늘 아래 가장 높은 산들이 물에 잠기고 모든 육신들도 숨겨버린다. 숨쉬는 모든 존재는 질식해버리고, 생명의 숨결이 불어넣어진 모든 존재, 견고한 지상에 살고 있는 모든 존재는 죽음에 이르며, 그 이름들도 모두 지워진다.

"우리가 고둥 소리가 높이 울리는 것을 듣고 있을 때, 나치들은 고전음악에 열중하고 있었다는 사실을 믿을 수 있소?"

나는 리자에게 물었다.

"네, 그렇지만 어떤 장르인지는 다시 봐야겠죠."

그녀가 대답했다.

"열광적인 청년이었을 때, 히틀러는 바그너 작품에 심취했었소. 그의 친구 쿠비젝이 젊은 히틀러가 바그너의 오페라 〈리엔치〉를 보고 난 후 프라인베르크 언덕에서 밤 산책을 하며 몹시 흥분했다는 이야기를 했소. 그는 자신의 미래와 독일 국민의 미래를 혼동하고서 그의 민족을 해방시킨 리엔치처럼 사명감에 젖어들었어요."

"바그너의 그 오페라가 독일, 그리고 유대인들의 운명을 결정한 거군요?"

"누가 알겠소? ……어쨌든 엘가가 나에게 똑같은 생각을 불러일으키는 건 아니오."

"아니라구요? 그럼 그게 당신에게 무슨 생각을 하게 하는데요?"

나는 안락의자에 편안하게 앉아 담배연기를 내뿜으며 대답했다.

"……예컨대, 끝을 서로 이으면 이천오백 킬로미터나 펼쳐질 백오십억 개의 문서들이 있는 고문서 박물관이 생각나오……"

그리고 당신, 학교에서 돌아와 어머니의 보살핌을 받는 어린 소녀인 당신이 생각나오. 당신의 부모님 집 거실에서 보았던 바이올린을 연주히는 부지런한 당신이 생각납니다. 수용소에서 악기를 연주하며 사형집행인들의 귀에 음악 소리를 들려주던 그 모든 유대인들이 떠오르죠. 게슈타포에게 체포된 당신의 어머니, 당신에게 이름을 물려준 당신 할머니도. 당신은 할머니와 꼭 닮았죠. 그녀는 쪽찐 하얀 머리에 두 눈은 몹시 연한 파란색이고, 짙은색 옷을 입은 키 작고 날씬한 부인이었겠죠.

그렇잖으면 두 뺨이 움푹 팬 회색 눈의 여인이었거나 늙지 않은 할머니였겠죠. 당신처럼 영원히 늙지 않는.

요즘도 엘가의 첼로 콘체르토를 들으면 이 모든 것이 다시 생각난다. 음악만큼 정확함과 깊은 영혼으로 과거를 환기시키는 것도 없다. 맛, 냄새 혹은 촉감은 강렬한 발산물을 만들어낸다. 그러나 그것은 순간적이다. 추억을 다시 정복하기 위한 무한한 노력은 거의 영혼의 고통에 가깝다. 옛날에 살던 곳, 자주 드나들던 장소를 보는 것은 엄청난 향수를 불러일으킬 수 있다. 그러나 옛 시간들에 대한 기억은 희미하다. 시선에 고정된 기억은 가장 은밀하고 가장 먼 장소는 거닐 수 없기 때문이다. 하지만 음악과 함께라면 마치 시간을 거슬러올라가는 기계의 효과처럼 모든 것이 정돈되고 조립된다. 음악은 추억을 회상하는 두 친구 사이의 대화처럼, 지속되고 더욱 깊어지는 정열을 가슴속에 불러일으킨다. 그러므로 한 가락 선율보다 사람을 더 슬프게 만드는 것은 없다. 과거가 너무나 강렬하게 떠올라 거의 그곳으로 되돌아간 듯 생각되고, 그렇기에 현재로의 추락은 더욱더 현기증이 날 뿐이다.

그렇다. 음악은 우리의 가장 깊은 곳에 파묻힌 의식을 드러내는 영적 인식이다. 우리는 누구인가? 우리는 무엇이 되었나? 우리는 어디 있는가? 우리는 어디에 던져졌는가? 우리는 어디로 가는가? 때때로 이런 질문들이 제기되기도 한다. 그러나 때론 우리가 행복하기에 이런 질문들이 제기되지 않을 때도 있다.

황량한 동양에서……[*] 내가 무엇인지 그토록 알아야만 하는가? 저녁 식사 동안 술을 많이 마시며 눈물이 날 정도로 웃던 그 아름다운 리자는 식사가 끝나자 입을 다물고 고요한 선율을 들으며 왈츠를 추었다.

---

[*] 라신의 희곡 「베레니스」에 나오는 구절.

오늘 내가 얼마만큼 나의 행복을 잃어버렸는지 꼭 알아야만 하는가? 내 육신과 영혼은 괴로워한다. 내 육신과 영혼은 우리의 존재를 상기시키며, 우리가 무엇이 되었는지 알고 있기 때문이다.

우리는 춤을 추고 또 추었다. 속도에 취하고 슬픔에 취하고 분노에 취하고 연륜의 밑바닥에서 올라온 격분에 취하여 점점 더 빠르게 빙빙 돌았다. 그 분노 속에서 하찮은 세상을 폭발시키는 감미로운 웃음이 솟아나왔다. 일상생활의 면면이 터지는 웃음마다 무너졌다. 그 웃음은 모든 것이 우리가 열중하는 게임에 불과하다는 의미이다. 그들의 겉모습을 믿게 만드는 모든 존재와의 가상 게임. 그러나 그들이 돌 때는 다른 면들, 우리가 한 번도 보지 못했던 면들이 드러나고 그들 주위의 모든 것은 흔들린다. 하늘, 땅, 별, 모든 가치, 선과 악이 함께 왈츠를 춘다. 그리고 표류를 거듭하다 어둠 속에서 급회전해버린다. 이곳이든 다른 어느 곳에서든 갑자기 모두 똑같아진다. 너무 비슷하고 비슷해져 누가 누구인지 더이상 구별할 수 없게 된다.

지금 나는 혼자이다. 그리고 나의 정신, 나의 사고, 나의 영혼과 내 육체의 보증인은 나밖에 없다. 나는 고통의 과정인 추억을 통해 번갯불 밑에서 섬광이 내게 드러내 보여주는 모든 것을 다시 살아야만 한다. 다시 밀해서 행복과 슬픔, 기다림과 초조함, 사랑과 증오, 일정 등 내가 알고 있는 인간의 광활한 영역을 마술에 걸린 듯 다시 살아야 하는 것이다. 그렇다. 나는 우리가 물끄러미 바라보듯이, 혹은 모르는 사이에 사랑을 느끼듯이 의도하지 않았지만 알게 되었다.

모든 것이 순수하고 완벽할 때, 또한 모든 것이 말해지지 않은 것으로 말해지고 균등한 시선의 웅변으로 말해질 때, 그리고 우리가 느끼는 것을 표현하는 것이 오직 침묵뿐일 때, 엘가의 음악은 내게 영원한 근

원의 음악, 말더듬기의 음악이 될 것이다. 너무 거칠고 통속적인 말은
그것이 진술하는 것을 고발하기 때문이다. 최초의 친구들과 나누는 그
한없이 연약하고 미묘한 담화를.

엘가의 음악은 항상 내게 종말의 음악이 될 것이다. 그것은 가장 완
벽한 순간에 재앙의 도래를 예고하기 때문이다.

연회를 치른 밤, 나는 잠을 이루지 못했다. 그러다가도 비몽사몽간에
그 얼굴의 성상을 보려고 소스라쳐 잠에서 깨어나기도 했다. 한없이 부
드러운 천사 같은 두 눈, 미소지을 때 움푹 패던 보조개와 계란형의 얼
굴, 가느다란 장밋빛 입술, 투명한 피부, 검은 머리칼. 그것들은 예술가
의 초상에서 상상해볼 수 있는 가장 감미로운 윤곽이었다.

한 기독교인이 유대 여인을 또다시 그의 여신으로 숭배해야만 하는
가? 나는 신에게 왜 어머니가 있는지를 이해할 수 있게 되었다. 그녀는
성모 마리아였다. 그녀는 중세 마돈나들의 종교적인 우아함을 지니고
있었다.

그 다음날 우리는 하늘 속으로 사라졌다. 철학자 론 브론스타인을 만
나게 해줄, 그리고 우리를 지옥의 길로 나아가게 해줄 집회가 열리는
워싱턴을 향해서.

2부

1

당신은 알고 있었습니다. 당신은 모든 것을 알고 있었어요. 예언자인 아모스, 호세아, 이사야처럼 당신은 큰 재앙과 파괴를 예고했습니다. 당신은 우리가 무엇이 될 것인지를 알고 있었어요. 왜냐하면 당신은 우리가 무엇인지를 알고 있기 때문입니다. 당신은 절대적인 시선입니다. 당신은 당신의 예지로 허리와 가슴을 살폈습니다. 당신은 늘 신이 되고 싶어하는 인간의 허영심을 꿰뚫고 있습니다.

신. 신은 펠릭스였다. 그는 아무것도 두려워하지 않았다. 죽음조차도. 그는 신문기자 생활을 하면서 모든 것을 경험했다. 뉴욕의 흑인 밀집 지역에서의 취재, 테러리스트 혹은 독재자들과의 은밀한 만남……용기가 있거나 무모해서가 아니었다. 그는 무서움을 몰랐다. 두려움을 주는 것은 무엇이건 그를 끌어당기고 매혹시켰다. 그것은 숙명일까, 아니면 대범함 때문일까. 카를 루돌프 실러의 살인사건에 관심을 가졌음에도 그는 결코 그 소용돌이 속에서 휩쓸려버릴 거라고는 생각하지 않았다. 그는 그 속으로 뛰어드는 것을 주저하지 않았다.

우리는 서로 달랐다. 그럼에도 펠릭스와 나 사이엔 둘을 단단히 묶어주는 무언가가 있었다. 어쩌면 그것이 우리 공모의 진짜 이유나 열쇠인지도 모르겠다. 관심의 핵은 그리 먼 곳에 있지 않았다. 내 연구의 목적, 내 탐구에서 나에게 활기를 주는 것은 쇼아를 통해 절대적인 악의 근원을 포착해내는 것이었다. 펠릭스는 신문기자이면서 수석 특파원이었다. 여러 사건과 비열한 범죄, 갈등, 전쟁과 직면할 때 그를 인도한 것도 나와 똑같은 이상이었다. 그의 탐구는 나처럼 자료를 해독 분석하고, 흔적과 발자취를 찾아 증거를 수집하여 진실을 밝히기 위해, 즉 악을 이해하기 위해 진술과 대조하는 것이었다.

그러나 목적이 비슷한데도 일 처리 방법은 서로 달랐다. 그는 현재를 사랑하는 사람이었고 나는 과거에 집착하는 사람이었다. 그는 자기 앞 혹은 그리 멀지 않은, 바로 좀전에 전개되었던 현실을 보는 것을 좋아했다. 반면 나는 발굴이나 의심이 가는 자료들을 연구하는 것에 더 흥미를 가졌고, 교활하게 개작한 것, 진실이 아닌 증축, 유물, 단편들을 통해 나의 길을 찾는 것을 좋아했다. 나는 뼈와 재의 사람이었으며, 범죄가 일어난 후 수사하고, 오래 전의 거짓말이나 열정, 이기심 속에 파묻힌 진실을 추적하는 형사였다. 역사학자인 나는 '사실'과 동시대인은 아니었다. 그러나 세심하고 정확하게 발견하고 예고하며 탐험가나 답사가처럼 죽은 생명들의 근원을 찾아 그곳에서 검은 금이 솟아나도록 하는 일의 대가였다.

그러나 사실 우리가 가진 것이라곤 흔적밖에 없다. 인간적인 것들이 다 그러하듯이 행동, 사실, 연설, 남아 있는 것이라곤 먼지 자욱한 땅에

찍힌 발자국과 파묻히고 붕괴되고 부서진 도시의 어두운 지하실에 드리워진 미라의 그림자뿐이다. 시빌레의 잃어버린 말[言]부터 텔레비전으로 방송된 신문, 뉴스들까지 우리가 관련되어 있는 것은 포착 불가능한 사건의 덧없는 흔적뿐이다. 과거는 데이터가 아니라 끊임없는 진화의 기억이기 때문이다.

현재의 역사학자에게 흔적들은 잘 정리되어 있지 않다. 흔적이란 증거, 규정과 법령, 판결, 예고, 공표, 연설, 신문, 서류, 배급 카드, 허가증, 통행증, 여권들이다. 또한 명령, 제안, 보고서, 편지, 전쟁일지, 개인 자료 혹은 명단들, 고문서 보관소나 도서관에 흩어져 있는 반쯤 파기되고 불타버린 자료들도 있다.

그리고 사람들이 있다. 추억, 상처, 팔에 새겨진 번호, 구조된 자, 생존자, 증인들의 증언도 있다. 생생한 기억, 토막토막 끊긴 문장, 눈물, 공포, 망설임들이 있다. 전쟁중에 죽은 역사학자가 말했듯, 역사는 과거의 학문이 아니라 동시대 인간들의 학문이다. 문제는 인간적인 것이다. 그리고 그 인간적인 것을 파악하는 데 가장 필요한 것은 지속적인 시간이다. 왜냐하면 우리에게 인간을 주는 것은 바로 시간이기 때문이다. 그것은 프리즘처럼 현실의 단편들을 반영한다.

나는 서부를 자주 방문했었다. 뉴욕에도 여러 번 갔다. 나는 뉴욕의 퇴폐적이고 미래지향적인 힘을 좋아했다. 그러나 워싱턴은 사뭇 달랐다. 그곳을 바라보며 나는 신세계가 의미하는 것이 무엇인지 알게 되었다. 그것은 그리스 로마 제국이 세계를 굴복시켰듯이 정치적 경제적 힘으로 세상을 지배하고 있는 하나의 제국이었다. 그것은 하나의 문화였고 새로운 아테네였다. 흰 대리석과 기둥, 기둥장식으로 온통 광채가

도는 곳이었다.

위싱턴에서는 모든 것이 느리고 위엄이 있었다. 이곳 사람들은 고대
만큼이나 거대한 공화국을 건설할 시간이 있었다. 어디서나 하늘을 볼
수 있었다. 이곳은 미국의 수도일 뿐만 아니라 세계의 중심이었다. 국
회의사당의 둥근 궁륭, 신(新) 헬레니즘 시대의 기둥, 코니스*의 장식,
길모퉁이마다 있는 장군과 국가 원수들의 육중한 동상은 자유의 이상
위에 세워진 민주주의의 지배를 증언하고 있었다. 그곳은 영광스런 시
대의 아테네였다. 우리는 매혹당하고 압도당할 수밖에 없었다. 파르테
논 신전처럼 대칭으로 지은 위엄 있는 국회의사당은 황제나 신들의 사
령부였고, 제퍼슨 빌딩에 있는 국회도서관은 알렉산드리아의 도서관
처럼 거대한 홀, 계단, 지붕 위의 벽화, 그림, 모자이크와 더불어 범세
계적인 지식의 성전(聖殿)이었다. 어떤 것은 한 손에 학구적인 교과목
리스트를 들고 있는 미네르바 여신을 나타내고, 어떤 것은 인간의 지식
의 단계를 묘사하고 있었다. 그렇게 이 나라는 각각의 문화가 인류에게
가져다준 것, 그리고 그것의 결말점이 될 지식을 수집해놓은 형태로 소
유하고 있었다. 세 개의 메달은 의학, 법률, 신학을 상징했다. 중앙에
있는 법률은 민주주의의 지고의 장소인 이 나라의 여왕으로, 도덕에 홀
딱 반한 이 나라에겐 하나의 열정이기도 하다.

'홀로코스트 박물관'이 십 년의 공사 끝에 얼마 전 문을 열었다. 위
싱턴 기념관 옆, 거대한 몰에 세워진 상징적인 그 장소는 쇼아가 미국
적인 기억, 다시 말해 세계적인 기억의 일부임을 보여주고 있었다.

---

* 서양식 건축 벽면에 수평의 띠 모양으로 돌출한 부분.

왜냐하면 박물관과 기념관들은 헤로도토스의 말처럼 국민들의 정신을 단련하고 민족의 통일을 공고히 하는 데 적합한 대중교육을 베풀기 위해서 세워진 것이기 때문이다. 고대사회의 사원에서처럼 사람들은 그곳에서 공화국의 종교의식을 거행한다. 홀로코스트 박물관은 규칙에서 벗어나지 않았다. 미국적 의식 속에 대사건을 통합해야만 했던 것이다.

박물관 안으로 들어가면서 우리는 프란시스 신부가 저 멀리서 기묘하게 절뚝거리며 가는 것을 보았다. 그는 때로는 오른쪽으로, 때로는 왼쪽으로 다리를 절며 걸어가고 있었다. 우리는 몇 마디 인사를 주고받았다. 그는 그 전날 도착했다며 아주 자연스럽게 우리 일행에 합류했다.

홀로코스트의 경험! 미국의 공간과 기념관에 주어진 공간은 봉창(封窓)으로 분리되어 있었다. 이곳에서 우리는 어디에도 존재하지 않았다. 우리의 시선은 시간과 공간 바깥에 있었다. 우리의 눈은 바깥으로 향할 수 없었고, 몰의 넓은 광장 쪽을 향할 수 없었다. 마찬가지로 박물관의 외부에서는 내부가 보이지 않았다. 프리드의 건조물은 다른 건물들과 놀랄 만한 대조를 이루고 있었다. 수용소의 탑과 화장터처럼 온통 빨간 불길한 벽돌 건축물을 모방한 이 더러운 건물은 나른 모든 식장들과도 대조를 이루었다.

우리는 거대한 증거의 홀로 들어갔다. 안쪽 계단은 아치형 문으로 올라가는 철로, 즉 비르케나우의 입구를 나타내고 있었다. 이 굳게 닫힌 장소는 방문객들이 강제수용을 체험할 수 있는 공간이었다. 진행요원들이 사진이 들어 있는 작은 책자를 나누어주었는데, 그 속에는 희생자에 대한 설명과 그가 겪은 전쟁 경험이 실려 있었다. 여기선 희생자 각각의 처지, 나이, 성별과 관련지어 상상을 할 수 있다. 부모들은 혼란에 사로잡힌 어른이 되고, 어린아이들은 살해당한 유대인 어린이와 자신을 동일시하게 된다.

개조된 가축용 차의 한 차량 안에 콩나물 시루처럼 들어앉아 노동이 우리를 자유롭게 한다고 씌어진 수용소 문을 통과하고, 실제 모습 그대로 재현된 포로 막사에 앉아 잠시 악몽을 체험하는 시간을 갖게 된다. 아이들을 기억하자. 어린아이 다니엘의 이야기가 그의 일기장과 전쟁, 게토, 수용소를 그린 그림들을 통해 서술되고 있었다. 유대인 배척법 이전과 이후 과도기의 다니엘의 삶을 이해하기 위해, 아이들은 다니엘의 서랍을 뒤적거릴 수도 있고, 이불을 펼칠 수도 있고, 창문을 열어볼 수도 있었다.

커다랗고 어두운 홀 안으로 전시물이 계속 이어졌다. 그곳에선 실물 크기의 사진과 흑백 필름들이 마을과 수용소, 겁에 질린 사람들의 얼굴을 보여주고 있었다. 의학 실험과 가스실을 재현한 몇몇 전시물들에는 아이들의 접근이 금지되어 있었다. 쇼아의 역사는 기독교적 반유대주의의 초기에 시작되었기 때문에 미국 최고 기관도 쇼아의 역사에서 벗어나지 못했다. 미국 유대인들의 거듭된 요청에도 불구하고 루스벨트 대통령이 유대인 몰살꾼들에 대한 폭격을 거부한 사실도 쇼아의 역사 속에 언급되고 있었다.

내가 이 거국적인 죄의 고백을 주목한 것은 이번이 처음이 아니었다. 미국 문명이 그토록 강력한 것은 미국이 과거와 맺는 바로 이런 관계를 통해서이다. 과오를 분명히 직시하는 것, 자신의 불행과 죄를 관찰하는 것은 미국인이라는 자긍심을 강하게 대변하고 있었다. 청교도는 죄사함을 받을 수 있다. 고백하고 시인하면 용서를 받는다. 죄 중에 가장 나뿐 것은 거짓말이다. 우리 같은 얀센주의자*들은 자신이 유죄 선고를 받았음을 자각하고 있다. 그래서 우리는 비난받을 행동을 감추려 하고 그것이 존재하지 않는 양 행동하는 것이다.

그것은 이 가짜 감옥의 벽 위에 놓인 살아 있는 손들인가, 그것은 이 종이 게토** 속에 있는 상처입은 아이들인가, 죽음의 갑(岬), 인간의 단말마는 유익한 카타르시스 속에서 느껴질 수 있는 것이었던가? 잠시 동안 이 얼굴들을 보고, 죽음의 그림자와 더불어 이야기하는 소리를 듣는 것은 그런 경험을 한 번도 해보지 않은 자들에게 무덤을 제공하는가? 방문객을 악의 한가운데로 데리고 가는 이 말과 영상의 세계는 실제 인간들의 삶을 이야기하는 것인가? 그 삶은 과연 체험될 수 있는 것인가? 다른 모든 사람들처럼 나도 완전히 사로잡혔다. 흥미롭고 확실한 자료와 보고 만질 수 있는 피수용인들의 실제 물건들로 잘 구현된 이 여행, 여자들의 진짜 머리카락, 진짜 죄수복, 우유 항아리, 사층에 있는 진짜 철도의 일부분…… 이 모든 이미지들이 내게 현기증을 불러일으켰다. 나는 아우슈비츠를 걸었고 막사들을 둘러보았다. 그 역사 속으로 한 발 한 발 걸어들어가면서 점점 커지는 강렬함과 서스펜스를 느꼈다. 지금의 내 역사 속에서 그들의 역사를 보았다. 그들은 실제 인물처럼 눈앞에 떠올랐다. 참극 전의 헝가리 아이들의 얼굴, 이루 형언할 수 없는 경악과 공포에 질린 학교 선생님의 시선, 층계 위 여자들의 겁에 질린 눈동자, 공포스러운 사진 목록들, 그 계시, 주의 공현(公現)…… 그것은 아마도 속죄이리라. 왜냐하면 이 악의 박물관은 영화를 상영했는데, 그 속에

---

* 아우구스티누스를 따라 초대 기독교로 돌아갈 것을 주장하고, 인간 본성과 자유의지를 부정하였다. 1713년 이단 선고를 받았다.
** 중세 이후 유럽 각 지역에서 유대인을 강제 격리하기 위해 설정한 유대인 거주 지역.

서 나이 많은 최후의 생존자가 죽음의 행군에서 벗어나 젊은 미국 병사의 품에 안겼고, 관객들을 만족시키기 위해 얼마 후 그의 아내가 되었다는 '해피엔드'라는 희망으로 끝을 맺고 있었기 때문이다.

구경하는 내내 리자는 한마디도 하지 않았다. 그녀는 고개를 높이 들고 생각에 잠긴 모습으로 앞으로 걸어갔다. 펠릭스는 몹시 기분 나쁘고도 우울한 표정을 하고 있었다. 반면 프란시스 신부는 흥이 나 있었는데, 그는 자신이 본 것에 주석을 달면서 유대 민족의 고통을 자기가 떠맡고 싶다며 그것이 바로 골고다라고 설명했다. 그는 또한 신의 도구인 사형집행인들을 위해서도 기도했다고 말했다. 그들은 세상을 정화하기 위해 온 신의 메신저이기 때문이라는 것이었다.

"여러분, 이것은 메시아의 분만의 고통이오. 또한 그리스도와 반그리스도 간의 투쟁이기도 하지요."

나는 펠릭스가 버럭 화를 내려다 가까스로 참는 것을 느낄 수 있었다. 신부가 하는 말끝마다 그는 폭발 직전에 이를 악물었다.

"아우슈비츠의 죄악을 위해 우리 기도합시다."

프란시스 신부가 떨리는 목소리로 말을 이었다.

"지옥의 문, 그것은 하늘의 문이지요."

펠릭스는 그를 노려보았다. 그러더니 갑자기 이렇게 내뱉었다.

"조용히 하시오. 모두 입다물고 있잖소."

프란시스 신부는 잠시 그를 노려보더니 이내 타협의 미소를 지었다.

"당신 말이 맞군요."

거대한 증거의 홀 안, 그 한가운데서는 추억의 불꽃이 계속 빛나고 있었다. 프란시스 신부는 내 쪽으로 몸을 수그리더니 말했다.

"이건 순전히 우리끼리라서 하는 말이지만, 이스라엘이 물에 잠겼던 그 밤을, 그리고 우리가 삶의 모든 길을 열고 메시아가 세상의 빛을 발하기 위해 다시 강림하기를 기다리는 밤을 생각하지 않을 수 없군요."

나는 이 이상한 키 작은 남자를 기념관 안에 남겨두고 리자의 뒤를 쫓아갔다. 리자는 자신의 작품들을 전시하는 홀 쪽으로 가고 있었다.

그곳엔 추상 조각 작품이 네 점 있었다. 그중 하나가 특히 나의 주목을 끌었는데, 그것은 벽 앞에 수평으로 놓여 있는 너비가 수미터나 되는 단순한 화강암이었다. 그 작품의 의미를 묻자 리자는 작품 뒤편을 가리켰다. 뒤편엔 깨알 같은 글씨로 이름들이 새겨져 있었다.

"이건 아우슈비츠에서 죽은 아이들의 이름이에요."

그녀가 설명했다.

"한데 왜 이런 방식으로 진열하고 있죠? 앞에서는 이름들이 보이지 않잖아요."

"기념물이 되지 않으려고요. 쇼아를 주제로 예술을 한다는 건 나치 연극의 중심에 조각과 건축이 있는 것처럼 어딘가 엉뚱하고 외설적인 것 같아요."

그녀가 대답했다.

"그리고 왜 단순한 돌이오? 인간의 형상을 본뜬 조각이 아닌?"

"일어난 일이 표현 불가능한 것이기 때문이죠. 서사적인 형태건 회화의 형태건 간에요. 하물며, 인간과 가장 가깝고 우상숭배하기 쉬운 예술 형태인 조각은 더더욱 그렇죠. 그렇기 때문에 쇼아에 대해 이야기하는 방법을 찾아야만 해요. 그것이 무엇인지 느끼게 하고 그것을 기념하는 방법을 말이에요. 그것이 바로 '반(反)기념물'이라는 개념이죠."

"하지만 그 일들에 대해 하나도 얘기하지 않으면서 어떻게 일어났던 일을 알린다는 거요? 또 그것이 무엇인지를 묘사하지 않으면서 말이오."

"증언들을 읽고 듣고, 자료를 보고, 허구에서 진실을 가려내면 되죠. 하지만 감수성에 말을 거는 예술작품에 영혼을 쏟아붓지는 말아야 해요. 유례없는 사건에는 유례없는 표현이 필요하지요. 이 재난에 대해 말할 수 있는 유일한 작품은 모든 표현의 틀들을 파기시키는 기록자료예요. 기록은 쌓아놓은 육체 더미를 보여주지 않고, 애써 이해하게 만들지 않으면서도 증인들이 이야기하도록 내버려두기 때문이죠."

"하지만 증인들은 주관적인 사실만을 보여주지 않소?"

내가 말했다.

"인간적인 사실, 그것이 유일한 진실 아닌가요?"

그녀는 고쳐 말했다.

그녀는 다른 예술가의 조각작품을 가리켰다. 남자, 여자, 공포에 질린 표정을 한 어린아이들의 얼굴을 표현한 것으로 제목은 '방 안에서'였다.

"예를 들어 이 조각을 볼까요? 내 생각에 하지 말아야 할 것은 바로 이런 것이에요. 페이소스와 관음증 속에서 허우적대는 것, 이것이 바로 외설이죠."

그녀가 설명을 계속하는 동안 나는 몸을 약간 구부리고 돌 뒤쪽에 새겨진 이름들을 훑어보았다. 이름은 셀 수 없이 많았다. 이유는 알 수 없었지만 내 시선이 돌의 한 부분, 아래쪽에 있는 S줄 쪽으로 이끌렸다.

가슴속에서 심장이 세차게 뛰었다. 거기에 카를 루돌프 실러의 이름이 새겨져 있었던 것이다.

2

"리자, 돌 위에 이 이름들을 새긴 사람이 당신이오?"

내가 물었다.

"아뇨, 나는 그것들을 새기라고 시켰을 뿐이에요."

그녀가 대답했다.

"보시오."

그녀는 내가 가리키는 곳으로 눈길을 돌렸다.

"이상하네요. 착오가 있었던 것 같아요. 카를 루돌프 실러의 이름이 이 돌 위에 새겨질 순 없죠. 이건 터무니없는 일이에요."

그녀가 침착한 어조로 말했다.

"이 이름들은 어디서 구했소?"

"이스라엘에 있는 쇼아 박물관, 야드 바셈에서 조사한 리스트예요…… 아마도 동명이인이겠죠."

"그것 참 묘한 우연이로군. 흔히 볼 수 있는 이름도 아닌데 말이오."

"분명 실수일 거예요."

그녀의 말투는 자신에 차 있었다.

우리는 약간 얼이 빠진 채 펠릭스와 다시 만나 거리를 향해 발길을 내디뎠다.

펠릭스는 박물관이 현기증을 불러일으킨다고, 괴기스런 유령이 공포의 이미지로 모습을 드러낸다고 말했다.

또한 그것이 디즈니랜드를 떠올리게 한다고도 했다.

저녁에 우리는 기록영화의 개봉을 기념하여 대대적으로 마련한 칵테일 파티에 참석했다. 펠릭스는 청색 와이셔츠에 검은 양복 차림이었는데, 평소처럼 단정히 빗은 머리에 두 눈은 반짝거렸다. 흰 블라우스와 자주색 비로드 스커트를 입은 리자는 우아하게 움직였다.

그녀는 내 마음을 뒤흔들어놓았다. 그 이유는 나도 말할 수가 없다. 아마도 그녀가 아름다웠기 때문이리라. 흐린 하늘 같은 잿빛 눈동자에 그늘을 드리우는 긴 속눈썹, 하늘에 총총한 별처럼 몇 개의 애교점이 찍혀 있는 피부, 강한 바람이 불면 휘어질 듯 날씬한 몸매…… 고통과 고뇌의 후광인 침묵이 그녀의 주위를 보호막처럼 둘러싸고 있었다. 때때로 그녀는 완벽하게 고독하고, 완벽하게 슬퍼 보였다. 그녀를 위로하고 달랠 수만 있다면 내 모든 것을 주어도 좋았다.

그녀를 바라보노라면 나는 이상한 상태 속으로 빠져들었다. 그럴 때면 내 판단력, 내 기분은 평소와 다르게 순간순간 강도 높은 감각과 나 자신도 믿을 수 없는 힘 사이에서 요동쳤다. 무감각한 무관심에서 또다른 형태의 아타락시아*로 이동한 것인가? 내 심장은 그녀를 만나기 전에는 단 한 번도 그런 식으로 뛴 적이 없었다. 한 번도 내게 반항하지 않았었다.

　내가 지금 말하려 하는 것은 터무니없는 것이며, 도덕적 가치라곤 찾아볼 수 없다. 그렇지만 상황이 그러했다. 이 워싱턴 방문은 내겐 환상적인 대항해로 기억되고 있다. 최악의 만행을 보고 들었지만, 나는 행복 속에서 헤엄쳤다. 나는 사랑에 빠졌던 것이다. 다시 말해 나는 윤리 저 너머, 그녀와 나만이 중요한 이기적인 거품 속에 잠겨 있었던 것이다. 나의 충동 속에 자리잡을 수 있는 것은 아무것도 없었다. 신도, 인간사회도, 자연조차도. 쇼아의 공포도 나의 행복을 퇴색시키지는 못했다. 내 눈은 오직 그녀를 위해서만 존재했고, 나는 그녀를 통해 공포를 보았다. 그것은 아름다웠다. 그것은 내게 편안한 전율을 불러일으켰으며 나는 침묵 속에서 괴로워하는 여자 곁에 있음이 행복했고 내심 그것이 유용하다고 느꼈다. 그것은 내가 그녀에게 다가갈 수 있는 기회를 제공해주었다. 마치 내가 그녀의 역사 속에 동참하기라도 한 듯, 그리고 그 경험이 우리를 묶어주기라도 한 듯 여겨졌다. 심장은 파시스트적이고 비이성적인 것으로 똘똘 뭉친 기관이었고, 광신적이고 절대적인 제국이었다. 그녀를 위해서라면 나는 인간적이건 비인간적이건 모든 장애물을 뛰어넘을 수 있을 터였다. 사랑이 윤리적 미덕이라고 누가 말했던가?

　프란시스 신부는 이내 우리 그룹에 다시 합류했다. 그는 초대받은 자가 아니었지만 우리는 그에게 그렇게 말할 수 없었다.

　함께 토론하고 있는 두 남자를 발견한 그가 갑자기 우리에게 따라오

＊ 에피쿠로스 학파에서 말하는 번뇌가 없는 평안한 상태.

라고 엄명하면서 그들을 향해 걸어갔다. 그들 중 한 사람은 마르고 키가 컸다. 짧게 깎은 숱많은 갈색 머리에 지적인 눈빛을 한 그 남자는 육식동물 같은 미소를 짓고 있었다.

프란시스 신부가 두 눈을 껌벅이며 말했다.

"여러분에게 론 브론스타인 씨를 소개합니다."

그러자 브론스타인이 함께 있던 남자를 가리키며 말했다.

"알바레스 페라라 씨입니다. 국제연합의 전(前) 아르헨티나 대사지요. 우리는 십여 년 전 유네스코 모임에서 만났습니다."

일흔 살쯤 되어 보이는 중간 키의 그 남자는 몸을 굽혀 우리에게 인사했다. 그의 눈은 선글라스에 가려져 있었고, 건조하고 주름진 얼굴은 수두 자국으로 황폐해져 있었다. 납작코 위엔 가느다랗고 빨간 실핏줄들이 도드라졌다. 그러나 가장 놀라운 것은 그의 입이었다. 입술이 없는 그의 입은 가장자리가 없는 심연, 얼굴 한가운데 뚫려 있는 구멍 같았다.

"당신 나라도 이 집회에 관심을 가지고 있습니까?"

펠릭스가 물었다.

"……내가 이곳에 온 것은 우연입니다. 업무차 워싱턴에 왔다가 브론스타인 씨가 여기 올 거라는 말을 듣고 인사나 하려고 오게 됐죠……"

그는 브론스타인에게 은밀한 시선을 던졌다. 우리는 우리의 조사에 대해선 일말의 암시도 하지 않은 채 두 남자와 잠시 이야기를 주고받았다. 그러고 나서 그들은 떠났고, 우리는 호텔로 돌아왔다. 프란시스 신부도 함께 방을 잡았다. 호텔에 도착한 뒤 우리는 바에서 한잔 하기로 했고, 프란시스 신부는 그림자처럼 우리 뒤를 따라왔다.

리자와 나는 기념관에 대해 말하고 싶지 않았다. 그러나 노인은 에돌아가더라도 유대인과 기독교인들에 관해 말하고 싶은 눈치였다. 펠릭스는 신경질적으로 시가에 불을 붙이고 자욱한 연기를 내뱉었다.

노인이 아우슈비츠 유대인들이 겪은 고통에 대해 책임을 지고 싶다고 밝혔을 때, 나는 펠릭스가 폭발 직전임을 알았다. 리자는 한마디도 하지 않고 진정한 연민의 시선으로 그를 바라보았다.

"나는 1987년 6월 14일 바르샤바에서 교황이 유대인들에게 했던 말을 기억합니다. '가장 혹독한 것은 고통이요, 가장 위대한 것은 정화입니다. 가장 힘든 것은 경험이요, 가장 원대한 것은 희망입니다. 여러분은 여러분의 특별한 소명을 계속 이행할 수 있습니다. 이것이 현대세계가 여러분에게 부과한 임무입니다.' 1988년 마우타우센의 수용소를 방문했을 때 교황은 유대인들이 그들의 고통으로 세계를 부유하게 만들었다고 말했습니다."

프란시스 신부가 말했다.

"당신이 지금 외설스런 말을 하고 있다는 걸 모르시오?"

펠릭스가 가차없이 말을 잘랐다. 그는 재떨이 바닥에 시가 꽁초를 짓이겼다.

"설사 고통에 의미가 있다 해도 어떻게 아우슈비츠와 다른 고난을 비교힐 수 있던 말입니까?"

"하지만 그건 십자가에 못 박힌 예수의 고난이오. 그게 바로 구원을 보장한 신의 불가사의란 말이오!"

침묵이 흘렀다. 리자와 나는 같은 생각으로 서로 마주 보았다. 펠릭스가 소란을 피울 거라는 확신이 들었다. 펠릭스가 말했다.

"아우슈비츠에서 죽은 것은 기독교요. 다른 종교들처럼 말이오. 아우슈비츠, 그것은 사랑이 아니오. 예수의 사랑도, 인간들의 사랑도 아니오. 쇼아는 인간들만을, 그리고 악 앞에서 보였던 그들의 끔찍한 비겁함만을 응시할 뿐이오."

한동안 펠릭스는 잔을 잡아 얼음 조각들을 부딪치며 쨍그랑 소리를 내다가, 갑자기 입을 열었다.

"당신의 이해를 돕기 위해선, 어쩌면 당신도 실러와 똑같은 운명을 겪어야 할지도 모르겠소."

한순간 우리는 멍하니 입을 벌리고 앉아 있었다. 프란시스 신부는 무표정한 눈으로 그를 응시했다. 그러고는 자신의 잔을 아주 조용히 비웠다.

"당신, 동석자에게 좀 심하다고 생각지 않으세요?"

리자가 분명하게 꼬집어 말했다.

나도 펠릭스의 태도에 놀랐다. 아우슈비츠가 실존적인 질문을 제기하는 것은 사실이다. 그리고 우리도 그 못지않게 그것을 내밀하게 느꼈다. 그러나 그가 갑자기 쇼아에 연루된 태도를 보이자, 우리는 혹시 그의 선조가 유대인이 아닌가 하는 의구심이 들었다.

프란시스 신부도 똑같은 생각을 한 것 같았다. 왜냐하면 펠릭스에게 그것을 지적하고 마는 과오를 범했기 때문이다.

펠릭스는 냉정하게 대답했다.

"당신은 히틀러처럼 말하는군요. 나는 고이*요. 고이 중에서도 더할 나위 없는 고이지요. 내가 이 일에 관심을 가지는 것은 바로 그 때문입니다. 나에겐 쇼아가 전부로 보이오. 유대인들의 문제를 제외하면 말이오."

펠릭스는 그런 사람이었다. 그는 쉽게 화를 냈고, 상대방이 당황할 정도로 심한 말들을 자주 내뱉곤 했다. 그를 잘 알게 된 후 나는 그가 언제 그런 끔찍한 악담을 입에 올릴지 정확하게 감을 잡을 수 있었다. 이글이글 타오르는 눈가에 약간 주름이 지고 악의가 번득이면서 반은 비난하듯 또 반은 역겨운 듯 입이 뾰로통하게 비틀어지면, 그의 입 속에서는 평소에 나오던 진주가 아닌 소름끼치는 두꺼비들이 튀어나오리라는 것을……

감정을 가다듬고 분위기도 조금 누그러뜨리기 위해 나는 포도주를 주문했다. 프란시스 신부의 침울한 시선 아래서 우리는 조용히 한 잔, 두 잔, 세 잔을 연이어 마셨다. 평소보다 좀 많이 마신 편이었다.

술은 다양한 효과를 자아낸다. 감각의 가벼운 동요에서부터 행복감이나 황홀한 풍만함까지 일으킬 수 있다. 펠릭스는 술에 취하면 연상작용을 통해서 말하는데, 이제는 완전히 도가 지나친 어투로 말하기 시작했고 그러다가 간혹 심오한 진실이 튀어나오기도 했다. 리자에 관해서 말하자면, 놀랍게도 그녀는 술에 취하자 믿을 수 없을 정도로 착 가라앉았다. 한 시간쯤 지난 후, 펠릭스는 여섯째 잔을 비우고서 거드름을 피우며 말했다.

"내가 여러분에게 알기 쉽게 이야기해주겠소. 모든 것을 다 검토해봤지요…… 사실 나는 실러 일에 대해서는 별로 유감스러운 게 없소…… 그 늙은 바보는 마땅히 받아야 할 것을 받은 것이니 말이오. 그는 말도 안 되는 헛소리만 했지. 그가 네오나치들에게 살해당한 것은 잘된 일이오. 한 가지 더 덧붙이자면, 이 사건은 그들이 아무것도 이해하지 못했음을 증명하는 것이기도 합니다."

"무엇을 근거로 당신은 그가 신(新) 나치주의자들에게 살해되었다

---

* 유대교도의 입장에서 본 이교도.

고 말하는 건가요?"

리자가 펠릭스의 말을 끊었다.

펠릭스는 당황한 것 같았다. 그는 뭔가 기다리는 듯 잠시 동안 가만히 있었다. 나는 이 사안에 도사리고 있는 위험을 어렴풋이 감지하고 신경을 곤두세웠다. 그리고 그 다음을 기다렸다. 출처를 알 수 없는 어떤 구절이 내 머릿속에 떠올랐다.

잠시 후에 나는 갑니다.

영영 돌아올 길 없는 곳, 캄캄한 어둠만이 덮인 곳으로 갑니다.

그믐밤 같은 어둠이 깔리고 캄캄한 가운데 온통 뒤죽박죽이 된 곳,

칠흑 같은 흑암만이 빛의 구실을 하는 곳으로 갑니다.*

리자는 펠릭스의 혼란을 알아채고 그를 도와주었다.

"실러가 아무것도 이해하지 못한 건 사실이에요…… 그는 모든 것을 다 아는 신이 지상에서 일어나는 일을 모른다는 것은 불가능하다고 말했죠. 신은 언제나 모든 것을 다 알고 있다고 그는 말했어요. 노아의 홍수 이전에 자행된 인간의 죄도 알고 있다고 했어요. 그는 우리에게 경고했죠. 우리가 신을 배반하고 그의 법을 거역할 날이 올 거라고요. 그러나 벌을 받게 되지만 그 고통의 의미는 알 수 없을 거라고 했어요. 실러가 볼 때 아우슈비츠에서 신은 숨어버린 것이 아니었어요. 우리가 신의 말을 들을 능력을 상실한 거죠. 그는 만약 아이들이 부모 말을 잘 듣고, 남편과 아내가 서로 존중했다면 쇼아는 일어나지 않았을 거라고

---

* 욥기 10장 21~22절.

말했죠. 신은 결코 자신의 얼굴을 감추지 않는다고 말이에요…… 그는 신이 히브리 민족으로 하여금 그 죄의 대가를 치르게 하기 위해 쇼아를 일으켰다고 했어요……"

"물론 그렇지요. 그리고 그가 옳았소."

프란시스 신부가 한술 더 뜨며 말했다.

"그는 아우슈비츠를 연옥이라고 했소. 그런데 연옥, 그것은 지금이오. 죽은 자들의 시련이 산 자들의 목소리로 요약될 수 있는 것은 바로 지금, 개인의 책임감이 심판받는 것은 바로 지금이오. 사악한 죄인의 용서받을 수 없는 죄의식과 경미한 죄들이 평가받는 것도 지금, 현재요. 우리는 천국과 지옥 사이에, 불의 테두리 속에, 호수와 불바다 사이에, 고리와 벽과 도랑 속에 있소. 내 말하건대 그들이 실러를 살해한 이유는 바로 이것이오. 그가 무섭고, 그가 말하고 행동하는 것이 겁났기 때문입니다."

"그가 무엇을 할 수 있는데요?"

펠릭스가 물었다.

"그는 아주 대중적이었소. 그렇고말고. 그는 권력을 장악할 수도 있었을 거요. 독일에서뿐만이 아니죠……"

리자가 내게 불안한 시선을 던졌다. 술을 마셨음에도 그녀의 두 눈은 매우 또렷했고 날카로움을 잃지 않았다. 나는 너무나 고상해서 거의 흠잡을 데 없어 보이는 이 고매한 영혼이 도달할 수 있는 곳이 어디일까 자문하고 있었다.

기록영화를 상영하는 다음날, 펠릭스와 리자와 나, 우리 세 사람은 아침 열시에 기념관 대강당으로 갔다. 대형 스크린이 있는 계단식 홀로 들어서면서 나는 심장 박동이 빨라짐을 느꼈다. 영화 속에서 살아 있는 카를 루돌프 실러를 볼 수 있을 거라는 생각에서였을까? 혹은 간밤에 겨우 몇 미터 떨어진, 칸막이 몇 개 너머에서 자고 있을 리자 생각에 침대 시트를 구기며 잠을 설친 탓이었을까? 그녀의 숨소리가 들리는 듯했다. 어쩌면 잠에서 깨어난 후 나에게 무슨 일이 일어난 것인지 파악하기 위해 입술에 적신 블랙커피 탓인지도 몰랐다. 그녀는 거기, 바로 내 앞에서 아침을 먹고 있었다. 조용히 홍차를 마시며 몰래 나에게 눈길을 던졌었다.

토론을 완벽히 이해하기에는 내 철학적 지식이 부족했다. 그렇지만 그 토론에서는 뭔가 중요한 일이 벌어지고 있는 것 같았다. 신이 역사의 창조자라면 어떻게 악이 가능할까? 어떻게 악이 선한 신에 의해 창조될 수 있었을까? 섭리로서의 신이라는 발상은 악을 설명할 학설을 요구한다. 그러나 악은 절대적인 형태로서의 신의 존재, 혹은 적어도 신성한 하느님의 존재에 대한 질문을 다시 제기했다. 우리 인간은 신의 관점을 알지 못하며, 인간 수준에서는 악이라고 여겨지는 것이 우리가 도달할 수 없는 더 높은 차원에서는 선이 될 수도 있다고 말하면서 이러한 문제를 해결하는 것이 바로 고전적 변신론(辯神論)이다. 그러나 쇼아는 모든 변신론을 다시 문제삼고 있다. 쇼아에서 우리는 미래의 선을 위한 수단이 될 악을 합리화할 수 없다. 그것을 정당화할 수 있는 것은 없을뿐더러, 쇼아를 우리가 알지 못하는 선이라고 말할 수도 없기 때문이다.

새로운 이론을 개진하면서 몇몇 사람들은 전통적인 유대교의 신을 거부했다. 그리고 시온으로의 귀환*을 우리 시대의 결정적인 변모의 순간, 즉 카이로스**의 순간으로 생각했다. 그들은 바알***과 아스타르테****를 삶과 죽음의 힘으로 다시 묶기 위해 고대종교를 재발견하자고 설파하였다. 그들에게 대지는 어머니다. 그러나 그 어머니는 자기가 태어나게 한 것을 언젠가는 모조리 소멸시켜버리는 식인종 어머니인 셈이다. 만약 아우슈비츠가 어떤 의미를 가진다면, 그것은 삶과 재생의 자연적인 순환의 의미라고 볼 수 있다. 민족 가운데서 선출되었다고 자칭하는 민족을 위해 죽음이 존재했으며, 그러고 난 뒤 이스라엘 땅에는 부활이 도래했다. 왜냐하면 신의 선택은 위기의 시간 속에서 희생양처럼 바쳐진 자들의 상처와 한 쌍을 이루기 때문이다.

이런 개념에 따르면 나치들은 이교도가 아니라 악마적인 반그리스도인들이다. 악마의 사제처럼 그들의 문제 역시 믿었다는 것, 그것도 너무 믿었다는 점에 있었다. 그들은 마법의 의식을 올렸다. 신앙이 부족해서가 아니라 신을 증오했기 때문이었다. 반역한 수도사들도 그와 같았다. 그들은 확고한 종교 경전을 전복하기를 원했다.

세번째 인터뷰 필름은 고등직업학교 연구실에 있는 미나 페를망을 촬영한 것이었다. 단발의 금발머리, 투명한 혈색, 지성으로 반짝반짝 빛나는 작고 강렬한 푸른 눈은 미나의 타오르는 영혼을 드러내고 있었다. 그녀는 낮은 목소리로 쇼아와 이스라엘 국가 간에는 모종의 신학적 결힙이 존재했던 깃 같다며 자기 생긱을 실파했다.

"만약 시오니즘과 유대인들의 귀환이 쇼아보다 먼저 일어났다면 전쟁 후에 있었던 이스라엘 국가의 창건은 큰 재앙과 불가분의 관계에 놓

---

* 이스라엘의 건국.
** 헬라어로 어떤 일이 수행되기 위한 특정한 시간, 특히 종교적으로 신의 계획이 실현되는 시간을 가리킨다.
*** 대지와 폭풍과 풍요의 신으로, 성경에서는 헛된 신을 뜻한다.
**** 페니키아의 여신으로, 비옥함을 상징한다.

였을 겁니다. 아우슈비츠는 연옥입니다. 이스라엘 국가는 유대 민족의 속죄요 메시아의 시대를 예고한 것입니다. 초기 이민자들의 영웅적 행위는 절대자와의 관계 속에서 발현한 유대 민족의 집단적 의지였죠. 내가 말하고 싶은 것은 최악의 만행을 저지른 후에라도 어떤 방법으로든 속죄는 가능하다는 것입니다."

기록영화의 내용 중 흥미로운 것은 물론 죽기 몇 달 전 베를린에서 찍은 실러와의 대담이었다. 그는 약간 유령 같기도 했고 부활한 귀신 같기도 했다. 불현듯 토론회에서 이야기하던 그를 여러 번 본 기억이 났다. 대중의 열광을 불러일으키고 독일이 금세기에 가했던 끔찍한 운명을 거쳐 신앙심을 가진 이 독일 신학자이자 웅변가의 카리스마에 감동받았던 때가 생각났다. 나는 또한 육 년 전 페를망 씨 집에서 우리가 처음 만났던 것도 기억해냈다. 그 지칠 줄 모르는 여행가, 확신에 찬 남자, 그 신자는 내게 강한 인상을 심어주었었다. 그러나 모두 끝났다. 그는 더이상 존재하지 않는다. 영화 속에서 그의 입술이 움직이고 있을지라도 그것은 가짜 실러였다. 육신의 인간보다 영원히 살아남는 실러, 그러나 종이로 된 실러였다.

그는 무슨 말을 했는가? 그는 무엇보다도 신을 믿어야 한다고 했다. 욥처럼 살 것. 사랑하기 위해 영원히 사랑하고, 모든 것을 무릅쓰고 살아갈 것. 부당함 속에서도 불평하지 말고 한탄하지도 말고, 다만 사랑할 것. 어둠 한가운데서도 신에게 감사하고 이유 없이 조건 없이, 희망도 후회도 없이 그를 경배할 것.

아니다, 이것은 그가 한 말이 아니다. 그는 자신이 신을 우롱했다고 말했다. 살아 있는 한 결코 자신의 분개를 증명하는 일을 멈추지 않을 거라고 했다. 만약 신이 존재한다면 신은 역사에서 부재자일 수밖에 없다고 했다. 그러나 만약 신이 무능하다면, 신은 과연 누구란 말인가?

솔직히 말해 나는 더이상 알 수 없다. 특히, 빠르게 혹은 거의 느릿느릿하게 움직이던 그의 얇은 입술이 기억난다. 그의 창백한 눈이 떠오른다. 허공을 혹은 나를 탐색하듯 내 쪽을 바라보던 무표정한 눈이 생각난다. 소멸해가는 베일 같은 그의 투명한 피부, 혹은 문신을 한 듯 보이던 관자놀이 위의 점이 생각난다. 아주 가깝게 맞추어진, 흐릿하지만 차츰차츰 멀어지는 불확실한 그의 얼굴이 기억난다.

낮은 목소리와 날카로운 목소리 사이에서 주저하는 듯한 이상한 목소리로 그는 말했다. 흥분되고 떨리는 목소리, 끊어졌다 이어지는 어조로, 단어들이 새어나오기 힘겨운 듯 혹은 그가 말할 것을 결정하기도 전에 말이 서둘러 그의 입에서 빠져나오는 듯한 어조로 그는 말했다. 마치 말할 필요가 있는 것처럼, 끊임없이 말하지 않으면 안 되는 사람처럼 쉬지 않고 말했다.

그 다음 장면은 베이지색 스포츠 셔츠에 갈색 반바지를 입은 론 브론스타인이 예루살렘의 한 카페 테라스에 나른하게 앉아 있는 모습이었다. 그가 말했다.

"이제 더이상 메시아가 강림했다고 말할 수 없습니다. 마찬가지로 우리는 이스라엘이 고난을 겪은 속죄자라고 말할 수도 없습니다. 왜냐하면 어떤 유대 신학자들이 주장하는 것과 반대로, 또 우리가 기독교적 시오니스트라고 부르는 사람들과도 반대로, 고난은 그 의미를 상실했으니까요. 그들은 유대인들의 조국 귀환과 기독교적 종말론을 동일시합니다. 즉 유대인들이 결국엔 기독교로 개종한다는 예언이 실현되고 만다는 거죠. 나는 이 신학이 반유대주의라고 생각합니다. 이 신학은 개종을 위한 주춧돌로서의 유대 국가의 형성을 찬양하기 때문입니다. 개종은 유대교의 종말과 예수의 승리로 귀착됩니다. 왜 기독교도들은 그들의 계산 속에 아하바 이스라엘, 즉 유대 민족의 무조건적인 사랑은 넣지 않는 것일까요?"

이때 갑자기 정전이 되었다. 몇 분 후, 실러의 얼굴이 스크린에 나타났다. 그러나 필름의 질이 달라졌다. 상태가 좋지 않은 비디오 필름 같았다. 흐린 영상 위로 카메라가 움직였고, 찍찍거리는 잡음만 들렸다.

큰 화면에 잡힌 남자는 미쳐 날뛰듯 새빨개진 얼굴로 헐떡이며 숨을 몰아쉬고 있었다. 튀어나온 눈은 충혈되어 있었다. 그는 필사적으로 견디고 있는 것 같았다.

카메라가 서서히 멀어지며 전체 장면을 보여주었다.

홀 안에서 고함 소리가 터져나왔다.

내 옆에서 중얼거리는 소리가 들렸다.

"벌이야. 그래, 신의 징벌이야."

확신할 수는 없지만 프란시스 신부의 떨리는 목소리 같았다.

이내 불이 켜졌다. 치안계 직원이 홀로 뛰어들었다. 필름은 암거래된 것이었다. 다큐멘터리 제작자가 아닌 다른 사람이 다른 장소, 다른 시간에 촬영한 장면을 누군가 편집해 넣은 것이었다.

집회에 모인 군중은 심한 정신착란과 집단 히스테리 증상에 사로잡혔다. 그들은 하나같이 얼굴이 하얗게 변해 불쾌감을 감추지 못하고 있었다. 펠릭스는 형언할 수 없는 상태에 놓여 있었다. 두 눈은 뭔가 매달릴 것을 찾는 듯 열에 들떠 여기저기를 쳐다보고 있었고, 머리카락은 곤두서 있는 듯했다. 그는 흡사 미친 사람 같았다.

리자의 눈은 공포로 커졌고 꼭 다문 입술은 칼날처럼 얇게 변했다. 욕지기가 이는지 그녀가 갑자기 홀 안쪽의 화장실로 달려갔다.

나는 그 광경을 결코 잊지 못할 것이다. 악을 행하는 자, 암울한 계획의 집행이 지고의 순간이고 쾌락의 순간인 자에게 악은 감미롭고 유쾌한 것이다.

산 속에 있는 육신, 계곡 속에 잠긴 인간들의 잔해, 강물처럼 흐르는 피에 적셔진 밭, 모든 공포의 광경들은 내 밤의 밑바닥 속에 영원히 남게 될 것이다. 그것은 심연이었다. 어두운 심연이 불길한 날, 이 암흑의 가장 심원한 곳에서 장례의 슬픔에 잠겨 있었다. 모든 이들의 눈동자에 경악이 비쳤고, 일그러진 얼굴들 위에서 전율스런 공포가 흘렀다. 그것은 쓰디쓰고 끔찍한 고함소리가 올라오는 구덩이요, 재와 고통으로 가득 찬 구덩이였다.

3

    치안계에서 상영을 중단시킬 때까지 그 장면이 계속 이어졌다. 채 몇 분이 되지 않았지만 참석자들 전부가 겁에 질려 제자리에 못 박혀 있었다.

    의자에 묶인 카를 루돌프 실러는 포승에서 풀려나려고 격렬하게 발버둥치고 있었다. 소리는 하나도 들리지 않아 그가 무슨 말을 하는지 알 수 없었으나 소리를 지르다가 애원하다가 하는 것 같았다. 그의 얼굴엔 공포의 흔적이 역력했다.

    갑자기 권총을 든 손이 그에게 다가왔다. 이 무시무시한 연출을 뒤에서 조종하는 자의 냉혹한 팔이었다. 손가락이 방아쇠를 당겼고, 실러는 가슴에 총알을 맞고 죽었다.

    그런 다음에 같은 손이 다가왔는데 이번에는 단도가 들려 있었다.

    그 뒤에 일어난 일은 말로 표현할 수 없는 것이었다. 그것을 일일이 설명하기엔 말만으로는 한계가 있었다.

기념관의 모든 문을 포위한 경찰은 출입자들의 신분을 확인했다. 펠릭스와 나는 공포에 질린 군중과 약간 거리를 두고 리자를 기다리고 있었다. 중얼거리는 목소리가 우리 옆에서 들려왔다.

"실러의 옆 탁자 위에 놓여 있던 이상한 작은 노트를 주목해 보았소?"

나는 깜짝 놀랐다. 프란시스 신부였다.

실제로 화면 속에서 실러는 이따금 곁에 놓여 있는 탁자 위의 노트를 슬쩍 곁눈질하곤 했었다. 그건 갈색 노트였다. 프란시스 신부가 끈적끈적한 목소리로 말을 이었다.

"예수의 제자들 가운데 한 분파가 있었소. 카인을 숭배하는 분파인 유다파였지요. 그들은 사랑받는 제자인 요한보다 유다에게 더 높은 자리를 내주었소. 그들은 유다가 예수가 신이 보낸 자라는 것을 아는 유일한 사람이었기 때문에 예수를 밀고했다고 주장합니다. 그것은 그가 그노시스*를 지니고 인류에게 가장 큰 축복을 가져다준 자이며, 진정한 속죄를 가져다준 자라는 것을 상징합니다. 성경 속에서 유다의 죽음을 가리키는 데 사용된 말은 '목매달아 죽다' 뿐만 아니라 '목매달려 죽다' 라는 뜻의 아파초(apagcho)입니다. 유다가 실신 상태에 있었고, 또 특별한 외식에 따라 목매달려 죽었다고 간주되는 것은 바로 이 때문이오……"

"왜 우리한테 그런 이야기를 하는 거요?"

펠릭스가 프란시스 신부의 말을 가로막았다.

"이보시오, 내가 설명해드리리다."

---

* 천상적 신비에 대한 인식이나 깨달음.

프란시스 신부는 잘 알고 있다는 듯한 태도로 대답했다.

"유다의 복음서도 있었소. 한데 사라졌소. 그것은 신에 대한 지식뿐만 아니라 사탄에 대한 지식도 담겨 있는 복음서였소."

"필름에서 본 그 갈색 노트에 대해 이야기하는 겁니까? 그건 예수 때부터 내려온 것이 아닙니다. 고대 수사(手寫) 원본들을 충분히 조사해 봤는데, 그 노트는 불과 오십여 년밖에 되지 않았어요."

나는 분명하게 말했다.

"정말이오?"

프란시스 신부가 되물었다.

"그럼 그게 만들어진 것은……"

"제2차 세계대전 때부터입니다."

나는 대답했다.

"이보시오, 그래도 그것은 역시 사탄의 원본이오. 그 뒤를 이어 같은 계보의 책들이 많이 나왔소."

노인은 중얼거렸다.

"어떤 계보 말입니까?"

내가 물었다.

이야기를 잘 들어주는 사람을 만난 것에 몹시 흡족해하며 노인은 더욱 열을 올렸다.

"가장 잘 알려진 책들은 지옥의 힘이 부여된 『대마법서』『솔로몬의 쇄골』『흑마술』『대(大) 아그리파 서』요. 이 책들은 숨겨진 보물을 전부 찾게 하고 정신을 바꿔서 복종케 하는 책이오.

남자와 여자의 비밀을 담고 있는 『대(大) 알베르 서』, 자연적이고 강신술적인 마법을 담고 있는 『소(小) 알베르 서』도 있소. 붉은 용이나 귀신들을 불러오는 비법들이 있고, 검은 용이나 인간에게 복종하는 지옥의 힘, 검은 암탉 혹은 황금알을 낳는 암탉을 불러오는 비법들도 있소……

그리고 또 『아그리파 서』가 있소. 사람 키만 한 높이의 거대한 책이지요. 이 책은 극히 위험하오. 특히 손에 닿게 하면 안 됩니다. 이러한 이유로 이것을 위해 따로 마련된 방의 가장 튼튼한 들보에 이 책을 사슬로 묶어 매달아놓곤 하지요. 열람할 일이 없는 한 커다란 자물쇠로 채워두는 거요.

그러나 주의할 점이 있소. 들보는 똑바른 것은 안 되고 비틀어진 것이라야만 합니다. 이 점이 특히 중요하다오."

프란시스 신부는 마음에 스며드는 충고라도 하듯 우리에게 손가락을 하나 들어 보이며 설명했다.

"당신, 그 객쩍은 소리 좀 그만두지 않겠소?"

펠릭스가 짜증을 내며 말했다. 그가 리자를 발견하고 자리를 뜨려고 하자 신부는 길을 가로막기 위해 옆으로 펄쩍 뛰었다.

"그리고 또 한 가지가 있소. 이 책들 중 한 권이라도 가지고 있는 사람에게선 특별한 냄새가 납니다. 유황과 재가 섞인 냄새라고나 할까…… 왜 그런지 아시오?"

펠릭스는 신부를 제치며 자리를 떴다. 신부는 그의 등뒤에 대고 계속해서 말했다.

"그는 악마와 거래를 했기 때문이오. 그렇기 때문에 사람들은 그를 피하는 것입니다. 그는 걸음걸이도 다른 살인마들과는 다르다오. 영혼을 짓밟을까 두려워 한 발짝 한 발짝 망설이는 거요."

"당신하고 비슷하군요, 안 그렇소?"

갑자기 등을 돌리며 펠릭스가 말했다.

"농담하지 마시오! 이건 재미로 언급할 문제가 아니오."

"그런데 그 책들 속에는 무슨 내용이 들어 있습니까?"

내가 묻자 펠릭스가 나를 쏘아보았다.

"모든 악마들의 이름과 그 악마들을 불러내는 방법…… 또 저주받은 영혼들의 이름이 들어 있소. 이 책들은 마귀와 협정을 맺는 법을 가르쳐준다오. 이대로만 하면 어떤 마귀건 우리에게 해를 입히지 못하오. 이 책은 또 지옥의 고위 악마들의 이름을 얘기하고 보물을 찾고 병에서 벗어나는 방법에 대한 귀중한 정보를 제공합니다. 또한 악마들과 이야기를 주고받게 하고, 오래 전에 일어났던 일에 대한 생생한 기억력을 갖게 하며, 수탉을 불멸로 만들고 또 자기가 원하는 여자가 자기를 사랑할 수 있게 하는 백발백중의 기도문들도 들어 있소."

"자기가 원하는 여자가 자기를 사랑하게 만든다고요?"

나는 말꼬리를 잘랐다.

"물론이오! 거기에 구미가 당깁니까? 아홉 길의 풀을 모으면서 말하거나 콘코르디아*를 말하기만 하면 됩니다. '네가 누구누구의 사랑을 내게 묶는 것을 도와주도록 셰바의 이름으로 너를 줍노라'라고요. 그리고 사랑하는 사람의 이름을 부르시오. 그러고는 그녀가 눈치채지 않게 그녀 등뒤에다 그 풀을 조심스럽게 던지시오. 또는 해시시 백 그램, 대마와 개양귀비 오 그램을 단지 속에 채우고 크리스마스 로즈** 뿌리를 한 줌 섞어둡니다. 그보다 많으면 안 되오. 그런 다음 중탕 냄비에 그 단지를 넣고 불 위에 두 시간 동안 둡니다. 저녁에 잠자기 전에 이 향유

---

* 로마 신화에 나오는 조화와 평화의 여신.
** 옛날에 정신병의 영약으로 여겨지던 식물.

를 발가락 안쪽과 목에 바르고 나서 사랑하는 여자를 간절히 생각하면서 양겨드랑이와 왼쪽의 교감신경 부위를 긁으시오. 또는 홀수의 핀으로 비둘기 심장을 찔러 포도나무 덩굴을 태우는 불 속에 집어던지며 '불 속에서 타는 이 심장처럼 내가 사랑하는 여자의 심장도 나를 위해 사랑으로 타오르기를 바라노라……' 라고 말하시오. 4월 30일에서 5월 1일로 이어지는 밤에 알몸으로 이슬 속을 뒹구는 방법도 있지요……"

"그만 하시오."

펠릭스가 말했다.

"아! 당신은 겁이 나는 모양이군. 당신이 옳소. 이것들은 위험하오. 그 책들은 그것을 지니고 있는 자들을 마비시켜버릴 수도 있소. 또 그들을 소유해버릴 수도 있소. 그 책을 읽는 자들은 알 수 없는 힘의 지배를 받게 됩니다. 그들은 자기 몸속에 악마를 지니게 됩니다. 악마의 은신처가 되는 동시에 그의 노예가 되는 거요. 그들은 악마의 의지대로 움직이고 악마의 지시에 따라서만 행동합니다. 악마는 그들의 입을 통해 말하기 시작하고, 그들의 뇌로 생각하며, 그들의 사지로 움직이기 시작하오. 그래서 그들은 자주 환각을 일으키죠."

"됐소" 하고 펠릭스가 말을 끊었다.

"그런 얘기는 이미 귀가 따갑도록 들어왔소. 십오 분 동안 재미있었습니다. 당신께 감사드리죠. *It was very entertaining.*"

그는 나를 강제로 잡아끌었다. 그리고 우리는 리자와 다시 만났다.

다음날은 미국에만 있을 법한 찬란한 날이었다. 하늘이 어찌나 선명한 파란색이던지 마치 영화의 배경 같았다. 국회의사당의 둥근 궁륭이 햇빛을 받아 반짝거렸다. 도시는 자신의 품안에서 무슨 일이 벌어지고 있는지도 모르는 채, 마치 올림포스 산과 같이 어느 때보다도 당당하고 멋졌다.

오후 두시에 신학과 쇼아에 대한 론 브론스타인의 강연이 열렸다. 처음에 주최자들은 이 강연을 취소해야 한다고 했으나 생각을 고쳐먹었다. 리자는 그 전날 있었던 사건으로 몹시 지친 듯 호텔에 남아 있겠다고 했다.

기념관 입구에서 펠릭스와 나는 알바레스 페라라와 마주쳤다. 그는 밝은 색 외출복에 검은 안경과 부드러운 펠트 모자를 쓰고 있어서 조금은 영국인 같은 인상을 주었다.

"어제 일에 대한 정보가 있습니까?"

펠릭스가 그에게 물었다.

"경찰이 수사를 하고 있지요."

페라라는 우리에게 대답하며 선글라스를 벗었다. 그러자 처음 만났을 땐 미처 보지 못했던 강철같이 차가운 눈이 드러났다.

"오늘 아침 미국의 네오나치 당원인 존 로버트슨이 체포되었습니다. 그는 어제의 영화 상영에 참여했지요. 자료 가운데에 비디오 필름을 끼워넣은 것도 아마 그자일 겁니다."

페라라는 미국 나치당은 1958년, 수도에서 멀지 않은 버지니아에서 록웰이란 자에 의해 창설되었다고 우리에게 설명해주었다. 1967년 록웰은 존 페틀러라는 반대세력에 의해 살해되었고, 그의 친구인 매트 케헬이 새로운 지도자로 추앙될 때까지 미국 나치당은 후임자 없는 조직으로 남아 있었다. 매트 케헬은 1982년 11월, 그 조직을 새로운 체제로 편성하고 미국화했는데, 반(反)광신연맹에 따르면 히틀러 사진이 그들 사령부의 거대한 만(卍)자 십자가의 꼭대기에 붙여졌다고 한다.

"존 로버트슨은 가스실이 존재함을 증언했고 유대인 몰살의 규모를 부인하는 부정주의자들의 조직에도 속해 있다고 자백했습니다."

"그건 놀랄 일이 아닙니다. 제3제국 역사의 날조는 몇 년 전부터 극우 정당과 네오나치당의 주요 전략입니다. 특히 미국에서요. 반유대인을 표방하는 극우파의 지도자는 역사평론학회를 창립했습니다. 이 역사평론학회는 역사평론지를 중심으로 강연회와 집회, 부정주의자와 나치 체제 호교론자들을 위한 강령을 조직하고 있습니다. 역사평론학회는 네오나치당과의 연계 외에 독일, 오스트리아, 프랑스 또는 영국의 자기 동족들과 긴밀한 접촉을 맺고 있지요……"

나는 말했다.

"그 로버트슨이라는 남자가 베를린에서 일어난 실러 살인사건과도 관계가 있다고 생각하십니까?"

펠릭스가 물었다.

"그건 모릅니다. 그렇지만 있을 수도 있겠지요. 나는 얼마 전부터 독일, 이탈리아, 프랑스의 네오나치당들의 재집결력을 확인해왔습니다. 가장 역동적인 조직을 갖춘 것은 벨기에의 안트베르펜을 본거지로 하는 블람스 전투결사단이었습니다. 그들은 전세계적으로 이미 예정된 깃들을 행동에 옮깁니다. 예를 들어 몇몇 스위스 네오나치 당원들은 PLO*에 재정 지원을 하고, 벨기에의 블람스 전투결사단원들, 프랑스 네오나치 당원들, 독일 호프만 그룹 회원들은 독일-벨기에 국경 근처에서 함께 군대식 훈련을 받습니다."

알바레스 페라라는 행정적인 질문에 답하는 듯한 형식적인 태도로

---

* 팔레스타인 해방기구.

거의 초연하게 이 모든 정보를 주었다.

강연회장은 이미 만원이었다. 기록영화 상영시 일어난 소란이 예사롭지 않다고 느낀 언론이 몰려들었다. 신문기자들이 차례차례 질문을 하고 사진을 찍었다. 몇몇 사람들은 영화를 본 사람들의 증언을 라디오 방송용으로 녹음했다.

나는 펠릭스와 함께 맨 끝 줄에 앉았다.

론 브론스타인이 연단에 나타나자 모두 숙연해졌다. 이런 상황 속에서 그의 말은 특별한 반향을 일으키기에 충분했다.

"여러분, 세계는 똑같습니다. 국가들은 다른 국가들과 대립하고 있습니다. 그것이 보이지 않습니까? 사람들이 죽이고 고문하고, 종족 말살의 만행을 일삼고 있다고 생각지 않습니까? 인간은 이런 괴물입니다. 사악하고 나쁜 짐승들이지요. 어떤 동물도 인간의 잔혹성에는 버금가지 못할 겁니다. 우리는 아우슈비츠에서 어떻게 최후의 속죄를 볼 수 있을까요?

제 소견으로, 아우슈비츠는 신학을 근본적으로 재검토하게 합니다. 또한 역사에 관여하는 신의 섭리 능력을 거부하지 않을 수 없게 하며, 종말론적인 소명에 관한 모든 사고를 거부하게 합니다. 아우슈비츠는 귀환 불가능한 신학적 지점입니다.

현재의 세계는 모두에게 의미 없는 비극적 장소임이 분명합니다. 이곳에서 인간은 어떤 도움도 받지 못하는 고독한 존재입니다. 유일한 메시아는 죽음뿐이죠. 그리고 우리 각자는 우리와 우리의 기도, 우리의 희망과는 관계없는 세계의 허약함을 받아들여야만 합니다. 그러나 고통과 부당함을 참아냈듯이 기쁨과 성취도 추구되어야만 합니다. 가상의 미래나 종말론에서가 아니라 이 생, 바로 이곳에서 말입니다. 신의 전능함에 대한 생각을 포기하고, 인간의 의지와 그 영원한 자유, 고통을 주기도 하는 그 자유를 신뢰해야만 합니다. 삶의 가치와, 삶을 보존하고 영속시키는 데 필요한 노력의 가치를 인간에게 납득시켜야만 합니다."

론 브론스타인은 삼십대 중후반쯤으로 보였다. 군인처럼 짧게 깎은 머리, 검은 눈, 날카로운 시선과 약간 서투르고 차가운 태도 등 다른 학자들과 다를 바 없어 보이는 이 지식인은 그럼에도 내가 알고 있는 학자들과는 뭔가 다른 구석이 있었다.

그는 연약하거나 허약하지 않았다. 무릎이 안쪽으로 휘지도 않았으며, 가공할 힘을 발산하고 있었다.

강연이 끝난 후 펠릭스는 아직도 연단에 앉아 있는 론 브론스타인과 이야기하러 가자며 나를 잡아끌었다.

"브론스타인 씨, 몇 가지 질문을 해도 괜찮겠습니까?"

펠릭스가 물었다.

"물론입니다."

우리는 그의 곁에 자리를 잡았다.

"카를 루돌프 실러를 개인적으로 아십니까?"

"여러 번 만났지요. 하지만 당신들이 생각하는 것처럼 세상에서 둘도 없는 친구는 아니었어요."

"당신과 정반대의 시각을 갖고 있었기 때문인가요?"

"그렇소. 경찰도 그 문제에 대해 이미 내게 질문한 적이 있습니다. 그와 나는 다퉜습니다. 단지 정신세계가 달라서 그런 것만은 아니었죠."

브론스타인이 대답했다.

"그럼 개인적인 문제 때문이었나요?"

"아니, 꼭 그렇지는 않았습니다……"

그는 그렇게 말하고 나서 잠시 주저하다가 덧붙였다.

"그건 아우슈비츠의 카르멜 사건에서 그가 한 일과 관계가 있었지요."

"어떤 일인가요?"

"말하자면 이야기가 길어요."

"우린 시간이 많습니다."

펠릭스가 말했다.

"정말입니까?"

브론스타인은 재미있다는 듯 눈썹을 치켜올렸다.

"좋소. 하지만 만약 실러가 나의 적이었다면 그런 최후를 맞지는 않 았을 거라고, 내가 줄곧 생각하고 있음을 먼저 말해두어야겠군요."

그의 시선은 허공 속에서 잠시 갈피를 잡지 못했다.

"모든 것은 1985년에 시작되었습니다."

그는 내가 내민 담배를 건네받으며 이야기를 시작했다.

"교회와 폴란드 정부의 허가를 받은 열두 명의 카르멜 회 수녀들이 아우슈비츠에 정착했습니다. '희생자와 그들을 학살한 자들'을 위해 기도할 장소를 만들기 위해서였죠. 당신들도 알다시피 아우슈비츠는 쇼아의 상징이 되었습니다. 그곳엔 세 개의 지점이 있습니다. 아우슈비 츠 1호, 아우슈비츠 2호 비르케나우, 아우슈비츠 3호 모노비츠가 그것 입니다. 카르멜 회 수녀들은 아우슈비츠 1호에 배치되었습니다. 폴란 드 가톨릭 교도들이 많이 죽었다고 추정되는 곳이었지요. 반면 비르케 나우는 유대인들이 죽은 곳입니다. 이런 분류는 상식 밖의 것일 뿐만 아니라 그런 카테고리를 처음으로 만든 독일의 성향을 반영하고 있는 것이기도 하죠.

실러가 소속된 가톨릭 대표자들과 나, 그리고 조정자 역할을 한 유대인 대표들의 협상이 제네바에서 열렸습니다. 첫 협상 후, 가톨릭 교도들은 카르멜 회 수녀들의 거주지 이전을 수락했지요.

하지만 1988년 여름 동안 임시로 지은 듯 보이는 카르멜 수도원 앞, 전쟁 초 폴란드 레지스탕스들이 처형된 장소에 수미터 높이의 십자가가 세워졌습니다. 실러는 한밤중 '불시에' 세워진 이 십자가의 존재에 유감을 표했지요. 그러나 그는 그것을 치우도록 강요할 권한은 없다고 주장했습니다. 여러 증인과 사진들은 카르멜 회가 정착할 구식 극장의 개축공사가 진척되고 있음을 보여주었습니다. 9월이 되어도 십자가는 여전히 그곳에 있었고 공사도 계속되었습니다.

제네바에서 두번째 회의가 열렸을 때, 분위기는 훨씬 팽팽했습니다. 프랑스 추기경들은 시설을 철거하겠다고 다시 약속했죠. 나는 상대편에게 아우슈비츠에는 침묵만이 요구되며, 그것이 무엇이든, 설사 종교시설일지라도 그곳에는 자리잡을 수 없을 거라고 설명하려 했습니다.

실러가 나에게 소리를 지른 것은 바로 그때였어요. '우리는 당신을 위해 기도하겠소! 당신은 괴로워하고 있소. 왜냐하면 당신은 고통 받는 하인이기 때문이오.' 나는 '아우슈비츠엔 상식이라곤 없군요'라고 대답했습니다. '죽은 자들의 재 위에 정착하는 카르멜 회는 그들의 기억을 모욕하는 것이오. 그러나 우리는 당신들의 죽음을 위해 사랑으로 여기 있는 겁니다.'

그렇소, 고백하건대 나는 통제력을 잃었소. 나는 그가 죽은 유대인들은 사랑으로 대하면서 생존자들은 경멸한다고 말했지요. 유대인들을

`

사랑하되 학살당한 유대인만을 사랑하는 것 같다고.

　카르멜 회 사건은 바티칸까지 올라갔습니다. 프랑스 추기경들은 카르멜 회의 총책임자를 만나기 위해 로마로 갔습니다. 그 면담이 있은 후, 그들은 우리에게 수녀들이 새 수도원으로 이사할 것이라고 단언했습니다. 그러나 1989년에도 달라진 건 아무것도 없었소. '그 일로 가톨릭 교도들과 유대인 사이에 도랑이 파인 것은 비극적이고 커다란 불행'이라고 실러는 말했죠.

　그 뒤 나는 미국 유대인 소그룹과 함께 카르멜 회 정원의 십자가 아래로 명상하러 갔다가 공사현장에서 일하고 있던 노동자들에게 습격을 당했습니다. 그 장면을 상상할 수 있을지 모르겠군요. 십자가 그늘 아래서, 아우슈비츠에 있는 폴란드인들에게 난타당하고 있는 유대인들을 말입니다. 그 다음날 나는 가톨릭 대표자 몇몇과 만났습니다. 그 중엔 실러도 있었소. 그런데 실러는 그저 제네바 협정의 적용 중지를 예고할 뿐이었습니다. 그는 '처신을 잘못한' 유대인들에 대한 보복이라고 말했어요. 그 순간 나는 폭발하고 말았소. 나는 곧바로 그의 얼굴에 힘껏 주먹을 날렸소. 지금은 그것을 후회하고 있습니다. 하지만 나는 당신들에게 묻고 싶습니다. 그때 해야 할 일이 무엇이었을까요? 그들에게 대꾸하고 그들과 논쟁해야만 했을까요? 우리는 충분히 인내심을 발휘했노라고, 그리고 그들은 도망쳐야 했다고 말해야 했을까요?"

　"바티칸에선 아무도 개입하지 않았습니까?"

　펠릭스가 물었다.

　브론스타인은 재미있다는 듯 그를 바라보았다.

　"교황 얘기를 하고 싶은 겁니까?"

　"그렇소……"

"교황은 아무 움직임도 없었지요. 이유가 궁금하십니까?"

펠릭스는 고개를 끄덕였다.

"카르멜 회의 아우슈비츠 정착의 시발점이 바로 교황이었기 때문이죠."

그는 간단히 말했다.

"무슨 말을 하시는 겁니까?"

내가 물었다.

"놀랐소? 당신은 카르멜 회 수녀들이 교황의 허락도 없이 아우슈비츠에 정착하러 갔을 거라고 생각하십니까? 폴란드 출신 교황에 대해 흥분하지 말고 이야기해야겠군요."

"아마도 허락이 필요했겠죠. 하지만 그것이, 수녀들을 그곳에 배치한 게 바로 교황이라는 걸 의미하진 않지요."

나는 말했다.

"이보시오! 내가 말하는 것은 실러의 입에서 나온 내용이기도 합니다…… 실러는 교황의 친구였소."

"사적인 친구 사이였습니까?"

펠릭스가 물었다.

"그보단 정치적인 진구라고 해둡시다. 교황은 신거운동에서 실러를 적극적으로 지지했습니다. 그에 대한 보답으로 실러는 교황이 카르멜회의 아우슈비츠 정착을 결정하고 인가했을 때, 또 콜베와 슈타인의 시성식을 결정했을 때 그를 지지했습니다."

"그들이 누군가요?"

펠릭스가 물었다.

"막시밀리안 콜베는 폴란드의 프란체스코 회 수도사입니다. 그는 아우슈비츠에서 죽었소. 죽음의 지하감옥 속에서, 한 가정의 아버지 대신 죽은 거죠. 그는 또한 호전적인 유대인 배척자로서 죄인, 이교도, 프리메이슨 단원, 유대인들을 개종시키는 사람으로 자처했지요. 에디트 슈타인은 개종한 독일계 유대인으로 카르멜 회 수녀입니다. 그녀도 아우슈비츠에서 죽었는데, 1987년 교황의 시복을 받았지요. 교회는 쇼아의 상징인 동시에 기독교의 순교자인 그녀를 인정한 셈입니다. 사실 그녀는 순전히 유대인이라는 이유로 죽었습니다. 그녀가 있던 수도원의 다른 수녀들은 강제수용소에 가지 않았소. 성인 품에 오른 유대인 배척자와 시복을 받은 개종한 유대인 여자는 따라야 할 길을 제시하고 있는 거예요…… 이 모든 일의 이유를 아십니까?"

브론스타인은 잠시 말을 멈추었다. 그는 두번째 담배에 불을 붙이고 연기를 내뿜으며 말을 이었다.

"아우슈비츠는 기독교에선 결코 문제삼지 않았던, 그러나 신학적으로 가장 심각한 문제를 제기하기 때문입니다. 그건 바로 고통의 의미에 대한 문제입니다. 교회는 겁을 먹고 있소. 교회는 교리에 대해 심사숙고하기는커녕 쇼아의 의미를 제 것으로 삼기 위해 모든 방법을 강구하고 있습니다. 로마인들에 의해 십자가에 못 박힌 예수의 운명을 제 것으로 가로챈 것처럼 말이오……"

펠릭스가 기자수첩을 꺼내며 물었다.

"몇 가지 메모를 해도 괜찮겠습니까?"

"네, 네, 적으세요…… 나는 실러와 치고받으며 싸웠지요. 사실입니다. 그러나 더 분명한 사실을 말하자면 그건 모든 사람들의 마음속에 있던 일이었다는 거요. 하지만 기록영화를 변조한 건 내가 아니오. 나는 실러를 죽이지 않았습니다. 그리고 옛 쇼아 생존자가 그를 살해했다고도 생각하지 않습니다."

"그건 왜죠?"

펠릭스가 물었다.

"실러를 때렸을 때 나는 깨달았습니다……"

"무얼 깨달았단 말입니까?"

그는 잠시 말을 멈추고 펠릭스를 강렬하게 응시했다.

"그를 반박하기 위한 것이긴 했지만 그와 너무 많은 토론을 했다는 걸 말입니다. 나는 악당이 되어버렸소. 짐승 같은 사람 말이오. 아시겠어요? 그런데 생존자, 그러니까 수용소에서 살아남은 자는 말이오, 신학자의 말에도 상처를 받습니다. 그는 다른 사람의 몸에 결코 손을 대지 않아요. 차라리 자살하고 말죠. 요컨대 살인자와 같은 행동은 결코 저지를 수 없다는 겁니다."

우리는 호텔에서 리자를 만나 잠시 밀담을 나눴다. 원래 우리는 워싱턴에 열흘간 머무를 계획이었다. 그러나 그렇게 해서 많은 정보를 얻을 거라고는 생각하지 않았다. 모두 공감하는 바였다. 우리는 출발일을 그다음날로 앞당기기로 결정했다.

나는 돌아가게 된 것에 화가 나지는 않았다. 그렇지만 프랑스에 돌아가면 어떤 일이 벌어질지 알 수 없었다. 워싱턴에서는 리자와 한지붕 아래 기거하며 매끼 식사를 함께 하고 아침부터 저녁까지 그녀를 볼 수 있는 행운이 있었다. 그러나 파리로 돌아가면 그녀와 말할 기회가 있을지 알 수 없었다. 나는 그녀가 안개 속으로 사라지지나 않을까, 물방울이나 이슬처럼 증발해버리지는 않을까 하는 두려움에 사로잡혔다.

바로 그날 저녁, 펠릭스에겐 아무 말도 하지 않은 채 나는 용기를 내어 리자에게 고백하기로 결심했다.

　그녀의 방문을 노크하기 전에 나는 잠시 가만히 서 있었다. 나는 '불 속에서 타는 이 심장처럼 내가 사랑하는 여자의 심장도 나를 위해 사랑으로 타오르기를 바라노라' 하고 중얼거렸다.

　그때 갑자기 문 안쪽에서 목소리가 터져나왔다.

　"안 돼요. 그는 아무것도 눈치채지 못하고 있다고 말했잖아요."

　리자가 소리쳤다.

　나는 귀를 쫑긋 세웠다.

　"천만에요."

　그녀는 말을 이었다.

　"그는 실러의 이름을 보면서 아무 감정도 드러내지 않았어요. 나는 그것이 실수일 거라고 대답했고요."

4

당황한 나는 몸을 반쯤 틀어 내 방으로 향했다. 그러다 갑자기 생각을 바꾸어 오던 길로 되돌아갔다. 그녀에게 설명을 요구해야 할 것인지 혹은 청혼을 해야 할 것인지 아직 알 수 없었다. 하지만 그녀에게 말해야만 했다. 나는 과감히 문을 노크했다. 그녀가 문을 열더니 들어오라고 말했다. 그녀는 당황한 기색이 역력했다. 머리는 헝클어져 있었고 두 눈은 약간 물기에 젖어 있는 것 같았다.

그녀의 방은 내 방저럼 신(新)낭만주의풍으로 징식되어 있었디. 시트와 벽지가 커튼과 같은 연분홍색이었다.

그녀는 침대 위에 걸터앉더니 내게 맞은편 안락의자를 권했다.

나는 자리를 잡고 앉았다. 공포의 바람이 척추를 타고 흐르는 것을 느끼며 나는 제어할 수 없는 밀물에 휩쓸렸다. 이마에서 나온 열기가 온몸을 따라 솟구쳐올랐다.

마치 교수자격시험을 치르는 것 같았다. 그러다 어느 순간 나는 노교수들이 빽빽이 앉아 나를 기다리고 있는 건 아니라는 사실을 깨달았다. 별로 떨고 있지 않음을 보여주기 위해 나는 안경을 벗었다.

"리자."

나는 떨리는 어조로 말문을 열었다.

"당신을 만나고 싶었습니다…… 당신에게 이야기를 하고 싶었어요."

'서론이 뭐 이래. 진부하기는……' 하고 나는 생각했다.

그녀는 두 다리를 오므리고 무릎을 두 팔로 감싸안았다.

"아니, 그게 아니오. 사실은 당신이 보고 싶었소. 우리는 내일 파리로 떠납니다. 그리고 각자 자기 일에 전념하겠지요. 그런데 난 갑자기 이 이별이 두렵게 느껴져요. 당신 없이, 당신의 우아함, 당신의 아름다움, 당신의 세련미, 당신의 행동, 당신 존재의 부드러움 없이 앞으로 내가 얼마나 많은 시간을 보내야 하는 겁니까?"

'불충분하고 지루하고 상투적인 열거법이군' 하고 나는 생각했다. 그러고는 다시 말했다.

"나는 우리가 우정과 토론으로 만들고 발전시켜온 관계를 좋아했고, 그것은 지금도 변함이 없소. 그 점을 알아주세요. 하지만 당신에게 완전히 솔직해지려면 당신에 대한 내 감정이 우정에만 한정되지 않아야 합니다."

'이 무슨 현학적인 어투람. 정말 우스꽝스럽군' 하고 나는 생각했다.

"그래서 나는 세 가지 생각을 당신에게 말하고 싶소."

'3부작짜리 계획에 내가 자승자박하겠군…… 마음이 왜 이리 불편하지? 수사학의 대가인 내가 왜 나뭇잎처럼 떨고 있지?'

"우선," 하고 나는 말을 이었다.

"당신을 알기 전에 당신 가족을 먼저 알았고 그후에 당신을 알게 됐어요. 나는 이미 유대인들에게 호감을 가지고 있었소. 정말이오. 선택된 민족은 언제나 나를 매혹시켰어요. 그런 후에 그 끔찍한 살인이 있었고, 그 덕분에 나는 당신을 만나게 된 거요."

빈약한 발전이었다.

어색한 침묵이 감돌았다. 나는 그녀가 나를 보고 있는지 아닌지 알 수 없었다. 그녀가 무슨 생각을 하고 있는지 짐작조차 할 수 없었다. 그녀는 내가 편히 있도록 아무런 행동도 하지 않았다. 근시 덕분에 내 시야 또한 앞에 있는 흐릿한 윤곽만 붙잡을 수 있을 뿐이었다. 그 흐릿한 윤곽으로는 그것이 여자인지 남자인지 혹은 침대 위에 웅크리고 있는 작은 동물인지도 구별할 수 없었다.

"리자, 내가 당신에게 말하고 싶은 것은,"

나는 다시 쉰 목소리로 말을 이었다.

"그건 당신에 대한 내 감정에 모호함이 없는 건 아니라는 거요……"

모호함이 없지 않은 결론. 나는 고개를 들고 안경을 썼다. 그리고 견딜 수 없을 만큼 후회했다. 리자는 한없는 관용의 표정으로 나를 응시하고 있었다. 그것은 일종의 모성애 같은 것으로, 나에게 분노와 절망의 고함을 지르고 싶은 욕구를 불러일으켰다.

"라파엘" 하고 그녀가 말했다.

"당신을 많이 사랑해요. 당신에게 지대한 애정을 갖고 있어요. 그리고 이 봄날의 감동을 가슴 깊이 느끼고 있답니다. 하지만 그런 종류의 관계가 우리 사이에 가능하다고는 생각지 않아요."

그녀의 말은 가슴 위로 떨어지는 단두대의 칼날 같았다. 나는 그 방에서 나가기 위해 마지막 남은 힘을 가까스로 그러모아 일어섰다.

"당신 냄새가 참 좋아요. 무슨 향수죠?"

그녀는 내 뺨에 다정하게 키스를 하며 물었다.

"별로 좋은 건 아닙니다."

나는 대답했다.

그렇게, 시작하기도 전에 우리 사이는 끝나버렸다. 모든 것을 뒤엎는
데는 몇 마디 말로도 충분했다. 단 일 초 동안에 나는 황홀경에서 지옥
으로 떨어졌다. 펠릭스가 옳았다. 감정의 명백함이 반드시 상호적인 것
은 아니다. 리자는 나를 사랑하지 않았다.

프랑스에 돌아오자 내가 우려했듯이 모든 것이 일상적인 흐름을 되
찾았다. 일 주일이 지났다. 그 동안 나는 슬픈 마음을 부여안고 파리의
거리를 돌아다녔다. 우연히도 내 발걸음은 항상 같은 장소로 향했다.
그곳 마레는 마치 끈끈이주걱처럼 나를 빨아들였다.

사실 나는 리자의 거절이 몹시 괴로웠다. 자존심도 거기에 한몫했다.
자존심에 상처를 입은 나는 깜짝 놀라 짐짓 표정을 꾸며보기도 했다.
그러나 그녀의 거절에 몸이 얼어붙었고 내 가슴을 짓뭉갠 그 말들을 눈
하나 깜박거리지 않고 받아들인 것에 온몸이 타는 듯 달아올랐다.

'봄날의 감동'이라고…… 그녀는 내가 그녀에게 가지고 있는 감정
이 얼마나 놀라운 것인지, 또 새로운 세계의 이미지가 나의 병든 뇌 속
에 얼마나 각인돼 있는지 알지 못했다. 왜냐하면 나는 먼 곳, 애정을 알
지 못하는 가정과 고향에서 왔기 때문이다. 영벌받은 내 영혼의 속죄와
희망을 향해 열린 문이 코앞에서 닫혀버린 것이다. 문은 그렇게 꽝하고
닫히고 말았다.

나는 그로 인해 절망했다. 나는 이미 나를 가만히 내버려두지 않는

어떤 이상한 종속관계의 지배력을 느낀 바 있었다. 그리고 그것은 그날까지 나를 포로로 잡고 있었다. 강렬하게 사랑할 때에는 사랑 없이는 살 수 없다고 생각한다. 나는 대단한 것을 요구하는 것이 아니다. 그저 이따금 그녀를 보고 그녀의 목소리를 듣고 싶을 뿐이었다. 그녀의 시선 없이는 존재하기 힘들었고 그녀를 사랑하지 않는 것 역시 불가능했다. 그런 일은 절대로 불가능하다는 것도 의식하고 있었다. 그것은 유희와도 같았다. 혹은 알코올이나 마약과도 같았다. 그것은 은총이 아니었다. 지옥이었다.

"실러 사건은 어떻게 된 건가? 자네가 맡은 일은 계속 하고 있는 건가?"

어느 날 저녁 뤼테시아에서 나는 펠릭스에게 물었다.

"물론이지. 추적해봐야 할 서류들도 더 있어. 그 사건이 유독 내 마음을 사로잡는다는 건 자네도 알고 있겠지…… 라파엘, 나는 위험을 느낀다네. 그는 다른 살인자들과 달라. 점점 더 그런 확신이 들어. 실마리 하나만 풀려도 충분하겠는데. 그러면 그 속에서 많은 것이 풀려나올 텐데 말이야."

그가 대답했다.

"뭐 새로운 거라도 있나?"

"프란츠 신부와 통화했어. 우리가 가톨릭 대학에서 만났던 그 수도사 자네도 기억하지? 그땐 그에게 그닥 큰 주의를 기울이지 않았네. 오히려 그에게 실망했었지. 그런데 갑자기 그가 페를망과 실러 사이의 관계를 내게 말해준 최초의 사람들 가운데 하나라는 생각이 떠올랐네. 다행히 그의 연락처를 보관하고 있어서 그를 만나는 데는 별다른 어려움이 없었네. 나는 그에게 상황을 짧막하게 요약해주었지. 워싱턴과 거기서 일어난 일을 이야기하고 프란시스 신부의 궤변에 대해서도 언급했네."

"그는 뭐라고 하던가?"

"죽기 전 달에 실러의 생활에 무슨 변화가 있었는데, 그것이 그를 완전히 바꿔놓았다고 하더군."

"그게 뭔지 그가 알고 있던가?"

"아니. 그런데 실러는 파리에 자주 갔었나봐. 페를망을 만나러 간 거지. 리자 또한 그를 만나러 베를린으로 갔을 테고."

"리자가? 확실한 건가?"

나는 펠릭스에게 물었다. 목이 조여오는 듯했다.

"확실해. 그런데 자네 표정이 왜 그 모양인가? 이상하군, 라파엘. 무슨 일인가? 얼마 전부터 자네가 무슨 생각을 하는지 도통 모르겠단 말이야."

그가 말했다.

"그녀가 왜 그를 만나러 갔는지 그 사람은 알고 있던가?"

나는 다시 물었다.

"아니. 하지만 곧 알아볼 작정이네. 만약 리자가 실러를 개인적으로 알고 있었다면 그녀는 우리에게 거짓말을 한 셈이니까. 또 만약 그녀가 우리에게 거짓말을 했다면, 그건 그녀가 뭔가 감추는 게 있다는 뜻이지. 그게 뭘까? 이 사건에서 그녀의 역할이 뭐지? 나는 자문하고 있네…… 사미 페를망에 관해서도 마찬가지야. 경찰이 심문할 때 사미는 입술도 떼지 않았네. 모든 사람을 장악하고 있는 그 침묵이 일을 복잡하게 만드는 거야."

"그들이 말을 하게 만들 수는 없다고 생각하나?"

"사미는 그래. 하지만 리자는, 요컨대……"

나는 리자가 분명 '2세대 증후군'이라 불리는 것을 겪고 있을 거라고 펠릭스에게 설명했다. 그녀의 가족은 쇼아의 비극과 매우 밀접한 관계이고, 그녀 안에도 생존자 자녀들이 대대로 물려받은, 말할 수 없는 고통을 무한정 전파시키는 상처가 남아 있었다.

리자는 침묵 속에서 유년기를 보냈다. 강제수용소에 있었던 사람들은 대개 수용소나 수용소와 관련된 말은 일절 하지 않았다. 그러나 그 고통은 만성질환같이 재발하면서 과거에 그들의 뿌리였던 일상의 분노와 격분을 슬픔 속에 폭발시키는 것이었다. 비밀은 분노로 군데군데 잘린 그 침묵 속에 여전히 존재했다.

그것은 시간을 관류하고 정신을 꿰뚫는다. 그것은 확신보다 더한 번개 같은 것이다. 그것은 부끄러운 과오로 자손들의 뇌리에서 떠나지 않는다. 아픔을 겪은 자들의 자식은 그들 부모의 가슴을 가볍게 해줄 수 없다는 것, 심지어 그들을 도와줄 수도 없다는 것에 대해 스스로를 원망하게 된다. 그들은 용의자로 지목되지 않았지만 수수께끼로 남은 살인사건을 범한 죄인이라 자처하듯 행동한다. 스스로 매우 섬뜩한 큰 죄를 저질렀다고 생각하고 고치려 애쓴다. 때때로 그들은 자기 자신을 위해 사는 것을 스스로 금한다. 그들은 유년기부터 착해지려고 애쓰고, 다른 사람에게 기쁨을 안겨주고 고통을 덜어주려고 노력한다. 그들은 애정을 살아 있는 야만스런 유령에 대항하는 무기처럼 사용한다. 그들이 잡고자 하는 손, 그러나 잡기엔 너무나 가느다란 손을 가진 상처받은 아버지 속에 살고 있는 유령에 맞서는 무기가 바로 애정인 것이다.

무엇을 할까? 리자는 무엇을 할 수 있을까? 고행자처럼 고독을 지키며, 자신을 혼란에 빠뜨릴 위험이 있는 자는 누구든 내쳐버리는 것인가? 애정의 표시에 고함으로 답하는 것은 애정이 멈추도록 하거나 아니면 애정이 다시 시작하도록 하기 위함이다. 그녀가 도망가는 것은 그녀에게는 사랑할 수 있는 다른 방법이 없기 때문이다. 그녀가 가버리는 것은 사람들이 그녀를 둘러싸고 있는 울타리나 넘을 수 없는 장벽을 넘어가는 것을 받아들이기 위해서이다. 그녀는 인내와 용기를 요구한다. 그녀는 사람들이 야만의 세계에서 그녀와 결합하기를 바란다. 또한 두려움과 불쾌감 없이 자신에게 사랑을 돌려주기를 바란다. 그녀는 자기 대답의 부당함을 관대하게 받아들여줄 것을 요구한다. 무엇보다도 부드러움을 요구한다. 또 격정적인 밤에 책임을 져줄 것을 요구한다. 흘러내리는 자신의 눈물을 멈추게 해주기를 바란다. 또한 이해해주기를 요구한다. 그녀는 악과 싸우기를 원했다. 그런데 그러는 동안 악이 그녀를 삼켜버렸다. 지금 악은 그녀 안에 있다. 그녀는 해골이요, 고통받는 노예다. 그리고 그녀 또한 사형집행인이다. 그녀는 완벽함을 추구하는 아이이다. 그녀는 자신이 사랑하는 것을 증오하고 자신이 사로잡고 있는 것을 교묘하게 피한다. 그녀는 열광적인 순수함을 약탈한다. 그녀는 용서처럼 아름다움을 원한다. 그녀 자신이 바로 투쟁이요 포기요 강박증이다. 그녀의 영혼은 얼굴 위로 나타나는 죽음을 본다. 그녀는 자신의 시선이 닿는 시체들 가운데로 혼자 전진한다. 그녀는 죽은 자들의 왕국으로 나아간다. 그것은 그녀가 악이 가두고 있는 힘을 그 악으로부터 뽑아내버리기를 온 영혼으로 원하기 때문이다. 그녀는 절망의 비탈에 선 슬픔이다. 미래를 어둡게 만드는 비탄이다. 다시 말해 그녀는 타자, 자신에게 도달하기 위해 말〔言〕을 찾는 자이다. 그러나 그녀의 입에선 결코 어떤 대답도 나오지 않는다. 그녀는 여명을, 아침의 신선한 이슬을 이야기하고 싶어한다. 그녀는 협곡을 가리킨다.

"한데 생존자들은 왜 이야기를 하지 않는 건가? 그들은 왜 침묵을 지키고 있는 거지?"

펠릭스가 물었다.

"이야기할 수 없는 것들이 있겠지. 너무나 끔찍한 일이라 말로 표현할 수 없는 것이라든지."

나는 리자가 열일곱 살 때 거식증을 앓았다는 것을 미나 페를망에게서 들었다. 자기의 책임도 아닌 그 악을 속죄하려고 애쓰듯, 자신의 머리에서 떠나지 않는 실루엣과 닮으려고 노력한 것이었을까? 리자는 그랬다. 그녀는 그 책임감의 무게에 휘어지는 연약한 여자였다. 스스로 고아라고 느끼고 있던 내가 그녀의 짐을 함께 질 수 있다면, 나는 무엇이라도 내주었을 것이다······

그렇게 펠릭스와 긴 토론을 벌이고 난 후, 나는 또다시 리자 페를망을 부를 용기를 얻었다. 조사를 계속할 필요성보다는 그녀를 보고 싶은 욕망 때문이었다. 나는 그녀에게 나를 만나줄 수 있겠냐고 물었고 그녀는 승낙했다.

나는 그녀와 저녁 여섯시경 뤼테시아에서 만나기로 약속했다. 그날이 1995년 3월 13일이었다.

날씨는 매우 따뜻했다. 나는 한참을 산책한 후 라스파유 대로로 나 있는 회전문을 밀고 들어갔다. 크리스털의 광택과 황금색, 회색이 교묘하게 조화를 이룬 커다란 자주색 홀을 지나서 작은 바에 도착했다. 그리고 거대한 가죽 안락의자에 앉았다. 여유 있게 도착했으므로 나는 담배에 불을 붙였다. 생각에 잠기며 천천히 담배를 피웠다. 약간은 나 자신을 진정시키고 또 약간은 내 생각들을 다시 정리하기 위해서였다.

담배는 내가 발포해버린 과거를 되돌려주는 유일한 물건이다. 나는 왜 담배에 불을 붙이고 그것이 타면서 천천히 소진돼 사라지는 것을 바라보고 싶어하는가? 나는 왜 이 쓰디쓴 연기를 입 안에 가득 채우고 내 숨결에 담배 냄새를 섞는 것을 이토록 좋아하는가? 그것은 내 손가락 끝에서 죽어가는 살아 있는 존재의 영혼을 들이마시는 것과 같다. 그것은 타는 냄새와 축적된 재만 남아 있는 친밀한 전투와 같다. 유린하는 사랑과도 같다. 천 년을 산 것보다 더 많은 추억들……

그녀는 여섯시 삼십분경에 도착했다. 나는 멀리서도 그녀의 우아한 걸음걸이를 알아볼 수 있었다. 그녀는 물결 무늬의 스커트에 하얀 윗도리를 입고 있었다. 그녀의 긴 머리카락이 얼굴 주위에서 어둡게 반짝거렸다. 내 시선과 마주치자 그녀의 눈이 환해졌다. 그녀는 나를 보게 되어 기쁜 것 같았다.

"여기가 당신이 좋아하는 장소인가요?"

그녀가 자리에 앉으며 물었다.

"네."

"왜요? 복고풍의 분위기 때문인가요? 내겐 하나도 좋아 보이지 않아요…… 이곳은 예전에 독일군 사령부였죠……"

"그래요, 사실입니다. 만(卍)자가 그려진 깃발이 이곳, 생 제르맹과 몽파르나스 사이 파리 한가운데서 나부꼈소. 검은 제복을 입은 독일군들이 여기 있었소. 그들의 갈색 부츠가 폭신한 양탄자를 짓밟았소. 그들은 호화로운 파리를 향유했소. 반짝거리는 식기에 식사를 하고 목재와 금박칠 사이를 으스대며 걸었소. 사람들은 그들을 왕처럼 맞이했소. 우정과 숭배의 의미로 그들에게 살롱을 열어주기도 했지요. 저녁마다 〈방청 금지〉*나 〈비단구두〉** 같은 연극을 보고 투르 다르장 식당에서 저녁식사를 했죠. 여기에선 그들을 위해 독일어로 씌어진 메뉴를 준비했소. 그들은 랑뱅, 마지 루프 혹은 니나 리치 옷을 입고 리본으로 치장한 파리의 아가씨들과 춤을 추고 술을 마시고 담배를 피웠소. 혹은 친구들을 만나 쇼를 벌이거나 그 당시 파리를 즐겁게 해준 존경할 만한 신사들과 어울렸소. 파리—지성과 사치, 광란의 밤의 도시, 얼마나 신성하고 놀라운 도시인지……"

"그런데 왜요? 왜 이곳에 오는 건가요?"

"그것들을 재정복하기 위해서요. 강제수용소에 있었던 어떤 사람이 전후에 이곳에 머문 적이 있지요."

나는 미소를 띠며 덧붙였다.

"드골도 여기서 신혼의 밤을 보냈소."

우리는 잠시 더 수다를 떨었다. 그러고 나서 저녁 여덟시경에 오데옹으로 영화를 보러 갔다. 그녀가 고른 영화였다. 갱과 마약 등 암흑세계의 여러 소재가 뒤얽힌 것이었다. 두 명의 공범자가 여러 언어들의 이상야릇한 점에 대해 이야기를 나누다가, 실려달라고 간청하는 희생자들을 신의 복수를 언급한 성경 구절을 인용하며 살해하고는 다시 대화를 이어갔다. 언어와 범죄의 독재적 측면을 비판하는 영화였다. 영화는 때때로 견딜 수 없는 잔혹한 장면을 통해 그런 폭력을 전달하는 것 같았다.

---

*장 폴 사르트르가 쓴 희곡.
**폴 클로델의 희곡.

영화가 끝난 뒤, 우리는 파리의 거리를 함께 걷다가 마레 쪽으로 천천히 갔다. 우리는 리자가 무척 좋아하는 레스토랑에서 저녁식사를 했다. 그곳은 1930년대 빈에 있었음직한 어둠침침한 식당이었다. 벽에 걸린 슬픈 그림들 속의 랍비들이 우리를 심각하게 관찰하고 있었다. 뭔지도 모르는 것을 축하하면서 우리는 보드카를 마셨다. 우리는 우정을 되찾았다. 나는 배려 외에는 더이상 희망을 허락지 않는 그녀의 눈에서 아무것도 읽을 수 없었다. 그러나 그날 저녁 나는 그것으로 만족하기로 했다.

"예전에 나는 영화 속의 폭력 장면들을 견디기 힘들었어요. 다른 사람들은 어떻게 견디는지 자문하기도 했죠. 이제는 그것들을 볼 수 있어요. 하지만 우리 부모님, 그들이 그것에 대해 뭔가 이해하리라고 생각하세요? 참 이상해요. 나는 그런 순간에도 그들을 생각하지 않을 수 없어요. 내가 그들 고통의 일부를 이루고 있다는 생각이 들어요."

리자가 중얼거렸다.

처음으로 나는 쇼아가 많은 유대인들에게 그들 종교에 남아 있는 최후의 보루라는 것을 알게 되었다. 쇼아는 정교와 무신론, 종교상의 의무를 지키는 유대인과 속인, 공산주의자와 수도사, 이스라엘과 분산된 유대인, 시오니즘과 반시오니즘을 묶어주는, 마치 유대인을 서로 묶어주는 동질성의 시멘트처럼 끈끈한 것이었다.

"리자, 내가 유대인이 아닌 게 당신에게 문제가 되나요?"

레스토랑에서 나오며 내가 물었다.

"문제라니요?"

그녀는 놀라며 말을 이었다.

"아뇨. 나는 종교가가 아니에요. 하지만 난 민족과 역사의 일부죠.

언젠가 내가 아이를 낳으면 그들 역시 그것의 전달자가 되었으면 좋겠
어요."

그 말을 하면서 그녀는 아름다운 시선을 내 쪽으로 돌렸다. 시각은
자정을 넘어섰다. 그녀의 검은 머리가 연한 달빛을 끌어당겼다. 나는
펠릭스에게 했던 말을 떠올리며 그녀를 강렬하게 바라보았다. 리자는
내게 금지된 여인일까? 사실 내겐 모든 것이 새로웠다. 사랑은 내가 속
하지 않은 나라였다. 나는 달라졌다. 그녀의 시선을 받을 때마다 새로
태어나는 느낌이었다. 그것을 눈치챈 펠릭스는 나의 '전향'에 대해 놀
리곤 했다.

"오늘날 유대인이라는 것은 단순히 생존자를 의미하는 거요?"

나는 리자에게 물었다.

가로등 불빛이 천사의 후광처럼 비쳐 잠시 동안 그녀의 얼굴을 환하
게 만들었다. 그녀는 담배에 불을 붙였다. 나는 그녀의 눈과 머리카락
주위로 베일처럼 올라가는 연기를 바라보는 것이 무척 좋았다. 달빛 아
래의 그녀는 만져도 느껴지지 않을 것만 같았다.

"다른 것은 잘 모르겠어요. 저는 코셰르*를 먹지 않아요. 어떤 축제
도 일절 축하하지 않고요. 샤바트**도 지키지 않아요."

그녀는 대답했다.

"왜죠?"

"나는 우리를 그냥 내버려둔 그분께 화가 나요. 부재로 인해 빛나게
된 신에 대해 분노가 일어요. 세상을 창조한 후 좋았다고 공포한 그분
에 대해서요. 만약 신이 있다면 신은 아우슈비츠에서 고통받아야 했어

---

* 유대교의 음식물 규정에 적합한 음식들.

** 유대 민족의 안식일.

요. 또한 변화의 와중에 있어야 했어요. 초순간적이고 무감동한 불변의 순간이 아니라 세상에서 실제로 일어나는 일에 영향을 받아야만 했어요. 즉 신은 스스로 시간화되거나, 없어지거나 무능해져야만 했죠. 그런데 당신은 무능한 신을 아세요?"

그녀는 잠시 나를 쳐다보았다. 그녀의 시선이 굳어졌다.

"엄마는 아직도 믿고 계시죠. 하지만 내게는 어떤 가치도 그것 앞에서 버텨내지 못하는 것 같아요. 아무것도, 충실함도 믿음도 죄의식도 판단도 메시아적 희망도요. 아우슈비츠 앞에서는 그 모든 것이 무의미해요. '정의 사랑 관용 연민'의 신, 절대적인 악이 수행되도록 내버려둔 그 신 앞에서는 아무것도 가치가 없어요. 나는 신은 신이다, 라고 말하겠어요. 그는 전능하다고요. 하지만 신이 그렇게 방임한 것에 대해서는 죄를 물어야 해요. 그러지 않으면 신은 전능하지 않거나 신이 아닐 거예요. 만약 신이 존재한다면 신의 존재는 절실히 요구되죠. 그런데 신이 나타나기를 거부한다면 그것은 신이 부도덕하고 비인간적이기 때문이에요. 또는 신이 적과 동맹하고 있기 때문이죠. 나는 그 신이 신화 속의 과격한 신들과 무엇이 다른지 알 수가 없어요."

리자에게는 그런 것이 유대인의 조건이었다. 이집트인들이 유대인을 노예로 내몰았을 때부터 그 민족은 고통받았다. 중세 때까지 유대교는 박해를 받았다. 유대인들이 성지라 불렀던 땅을 향해 진군하며 십자군은 야만적이고 무모한 행동으로 도시와 마을을 약탈했고 그들 공동체를 학살했다. 그들은 속죄의 날이 메시아와 함께 도래할 것이라 생각하고, '셰마 이스라엘'을 입으로 되뇌며 죽어갔다. 끔찍한 비극이 겨우 어제 일에 불과한 오늘날까지.

그러나 유대 민족이 아우슈비츠에서 학살당한 것은 신의 사랑을 위해서가 아니었다. 왜냐하면 신은 '신'이기 때문이다. 나는 프란시스 신부가 했던 말을 이해했다. 그노시스는 창조의 신을 진정한 신으로 인정하지 않는다는 것. 그렇게 선하고 강력한 존재가 그토록 잔혹한 세상을 창조한다는 것은 불가능한 일이라는 최후의 결론 말이다.

"어떻게 신을 믿을까요? 그런 비극이 일어났는데 어떻게 다시 희망을 가질 수 있을까요?"

리자는 계속했다.

"모든 것이 변했어요. 특히 우리는, 우리 형제들과 나는 늘 외톨이였어요. 우리는 다른 아이들과 함께 놀 권리가 없었죠. 길에서 아이들과 얘기하고 아이들 집에 놀러 갈 권리도 없었고, 놀이터에 갈 권리도 없었어요. 아이들은 학교에서 우리를 피했죠. 우리가 길을 가면 그애들은 우리에게서 멀찍이 떨어졌어요. 우리가 항상 방어적이었고 무엇이건 참여하기를 기피했기 때문이었죠. 엄만 우리가 친구들과 어울리는 것을 금지했고, 우리는 복종했죠. 우리는 우리가 그들과 아무런 공통점도 없다는 것을 그들이 알게 했어요. 특히 오빠 벨라는 그것을 잘했어요. 모두 자기를 싫어하도록 기교를 부렸죠. 어렸을 때부터 그랬거든요. 모두 그가 문제가 있다는 걸 눈치챘죠. 우리도 그걸 알았지만 아무도 어떻게 할 수가 없었어요. 아버지는 아무 말도 안 했어요. 때때로 엄마는 버럭 화를 냈어요. 울부짖거나 노발대발하며 온 가족에게 욕설을 퍼붓곤 했죠. 그러다 그것도 집어치웠어요. 그런 다음엔 모든 애정을 막내인 폴에게 쏟았어요…… 그녀 역시 자기 나름대로 강박관념에 시달렸던 거예요. 그녀는 쇼아에 일생을 바쳤어요. 그녀는 실러의 책

중 한 권을 읽었어요. 그 가엾은 실러를 만나게 된 건 바로 그렇게 해서였죠."

"그를 처음으로 만난 사람이 어머니였소?"

나는 그녀에게 물었다. 그녀는 당황했다.

"네, 그런 셈이라고 생각해요."

"나는 그가 당신 아버지의 친구인 걸로 생각했는데요?"

그녀는 대답하지 않았다.

"리자, 실러 살인사건에 대해 뭔가 알고 있죠? 나한테 뭔가 숨기는 게 있죠?"

우리는 그녀의 집 앞에 도착했다. 그녀는 나를 엄숙하게 응시했다.

"……끔찍한 일이 일어났어요."

"무슨 일이오?"

"얼마 전부터 경찰이 벨라를 엄중 감시하기 시작했어요."

"언제부터죠? 왜요?"

"오늘 오후에요. 경찰이 벨라의 집을 수색했어요."

"무슨 권리로요?"

"경찰에 익명의 고발장이 접수됐대요."

"그래서요?"

"실러를 죽인 무기를 찾았다나봐요. 권총 말이에요."

"어디서요?"

"벨라의 집에서요."

"그 총이 실러를 죽인 총이라는 걸 어떻게 알죠? 총알이 없잖소. 총알이 심장을 관통했는데 몸의 상부는 찾지도 못했잖소."

"경찰이 워싱턴에서 상영됐던 필름을 분석한 것 같아요. 확대해봤겠죠. 그건 좀 특수한 권총이거든요……"

"어떤 종류의 권총이오?"

"2차대전 때 제조된…… 독일제 무기요."

나는 잠시 생각에 잠겼다.

"당신은 오빠가 범인일 수도 있다고 생각하시오?"

"아뇨!"

그녀가 외쳤다.

"천만에요. 난 누군가 그에게 혐의를 뒤집어씌웠다고 생각해요."

"누구? 짐작 가는 사람이라도 있소?"

"아니에요. 하나도 없어요…… 하지만 라파엘, 이 사건은 점점 더 나를 무섭게 만들어요. 악이 우리 곁으로 다가오고 있는 것 같아요."

그녀와 헤어지고 난 후 나는 좀 걷기로 했다. 아주 늦은 시간이었다. 새벽 두시가 다 되어갔다. 나는 생 루이 섬으로 발걸음을 옮겼다. 달빛 아래 센 강이 천 개의 보석처럼 반짝거렸다. 다리들은 이 어둡고도 밝은 욕조 속에 시원하게 발을 담그고 있었다. 도시의 불빛은 그곳에 이르러 사라졌다. 정물화 같은 강물은 조용하게 약동하며 그 색깔을 들이마셨다. 그것은 축제였나. 화려한 축제, 기울, 몽상하는 눈들, 불·태양·밤 색깔의 드레스들, 잠자는 공주와 매력적인 왕자들의 발레였다. 그것은 축제 때의 베르사유 궁전이고, 전쟁 전의 파리였다. 희미한 빛이 약속이었던 때, 다정한 밤, 감미로운 메트로놈의 어렴풋한 똑딱거림에 맞춰 시간의 박자처럼 강물이 철썩거리던 때였다. 오색 영롱한 센 강은 파리를 비추었고, 파리는 성장(盛裝)한 여왕이나 수천 개의 왕권을 쥔 여신처럼 그 속에 비쳤다.

수면은 아름답고 매끄러웠다. 그러나 그 속은 짜고 타락했기에 고여 있는 물 속에 센 강물에 빠진 이름 없는 사람들이 가득 차 있는 듯 느껴졌다. 비열한 수군거림처럼 찰랑대는 이 진흙 못은 마지막 뱃사공의 노래를 흥얼거리고 있었다.

갑자기 나는 마레 쪽으로 발길을 돌렸다. 그녀와 좀더 이야기하고 싶었다. 나의 지지를 보내고 싶었다. 또 단순히 그녀 옆에 있고 싶기도 했다.

내가 리자를 본 것은 생주 가를 막 지날 즈음이었다. 그녀는 혼자가 아니었다. 나는 문의 움푹 들어간 곳에 몸을 숨기고 잠시 기다렸다. 그러고 난 뒤 바까지 그 두 그림자를 따라갔다. 나는 유리창을 통해 한참 동안 그들을 관찰했다. 리자는 내 쪽으로 등을 돌리고 있었는데, 앞쪽 거울에 그녀의 모습이 반사되고 있었다. 그녀 앞에 있는 남자는 마흔 살쯤으로, 굉장히 의젓해 보였다. 곧은 금발머리에 검은 눈, 섬세한 얼굴 윤곽은 잘생기고 붙임성 있어 보였다. 이상한 일이었다. 어디선가 그 남자를 본 적이 있다는 확신이 들었던 것이다.

그들은 이야기를 하고 술을 마시고 담배를 피웠다. 삼십 분쯤 후 그들은 일어나 자리를 떠날 채비를 했다. 그때 나는 그 남자가 리자의 뺨을 천천히 어루만지는 것을 보았다. 그리고 그는 그녀에게 오랫동안 키스를 했다.

나는 부리나케 도망쳤다. 끝없는 밤 속을 달리고 또 달렸다. 삼십 분 후 집에 도착했으나 그 복잡한 길을 어떻게 지나왔는지 알 수 없었다.

믿을 수 없는 일이었다. 지금껏 나는 그런 행동은 한 번도 해본 적이 없었다. 왜 나는 그토록 그녀를 원했을까? 왜 나는 그녀를 뒤쫓았으며, 또 왜 그녀에게서 도망쳤는가? 왜 바에 들어가지 못했으며, 왜 그들의 대화를 방해하지 못했는가? 나를 완전히 사로잡은 이 분노는 무엇인가?

질투, 그것은 앞으로 올 시간의 지배자다. 질투는 욕망을 광포하게 만든다. 이 지배자는 떠나려고 위협하는 것을 붙잡고 만류하고 싶은 욕망을 불러일으킨다. 질투는 또한 순간의 여왕이다. 질투는 심사숙고하기에는 너무 바보스럽고 미래 속에 투사되기에는 너무 야만적이다. 뜨거운 질투는 숨막히는 감각의 아궁이이다.

그날 밤, 나는 잠을 이루지 못했다. 미칠 것 같았다. 그 끔찍한 밤이 거의 지날 무렵 또다른 의문 하나가 나를 괴롭혔다. 그녀는 누구인가? 그녀에게 키스한 그 남자는 누구인가? 그녀는 자기 아버지와 어떤 비밀을 공유하고 있는 것일까? 그녀는 실러에 대해 무엇을 알고 있는가? 그녀는 도대체 누구인가? 그녀는 내게 무엇을 감추고 있는가? 리자 페를망은 무엇을 감추고 있는가?

5

유대인의 피가 우리의 칼 밑에서 분출할 때, 모든 것은 최선의 상태가 될 것
이다.

1942년 1월 20일, 베를린의 반시 대로 56번지에 있는, 유대인에게서
몰수한 한 호텔에서 '유대인 문제에 대한 최종 타결책'에 관한 강연회
가 열렸다. 엔들뢰중(Endlösung), 그것은 가장 짧은 시일 내에 유럽 유
대인들을 육체적으로 전멸시키겠다는 의미였다.

나는 논문을 준비하면서 그 최종 타결책의 기원을 현대 역사 속에서
찾아보려고 했다. 잔인한 짓이었지만 유대인 종족 말살에는 동기가 있
었다고 나는 보았다. 나는 학살의 동기를 정의해보고자 했다. 쇼아에
까지 귀착하게 만든 정책과 사건들의 맥락을 다시 짚어보려는 시도도
했다.

나는 종족 말살을 정당화하려는 역사가들에게 맞서 계속 토론했다.

지향주의자들은 히틀러와 그의 이념이 최종 타결책의 발판이 되었다고 생각했다. 이와 반대로 기능주의자들은, 히틀러의 행동은 사건의 전개를 총괄하는 히틀러의 구조적 추진력과 제도의 기능 방식에 직면한 우연한 행동이었다고 말했다. 그들은 무기나 행정, 산업, 나치 친위대 없이는 히틀러가 결코 목적을 이룰 수 없었을 것이라고 했다.

나로 말하자면 연구의 핵심, 토론의 중심은 물론 히틀러였다. 그는 '독일 민족의 쇠퇴'라는 화두에 사로잡혀 있었다. 그는 쇠퇴의 원인을 혼혈, 외국인들과의 관계, 그러니까 다른 '종족들', 특히 유대인들 탓으로 돌렸다. 이런 발상을 어떻게 이해할 수 있겠는가? 히틀러는 왜 유대인을 그토록 증오했는가? 아니 좀더 정확히 말하자면 히틀러는 왜 유대인을 몰살시키기로 결정했을까? 내가 답변을 이끌어내고자 애쓰는 핵심적인 질문은 바로 이런 것들이었다.

대부분의 역사가들은 최종 타결책이 1941년 여름중에 인가되었다고 보았다. 그러나 나는 좀더 뒤인 같은 해 가을이었다는 것을 증명하려고 노력했다. 히틀러는 두 개의 전선에서 십중팔구 전쟁이 일어날 거라고 생각했다. 그래서 1918년 독일 패전을 초래한 배반자들이 제거되었다.

나는 날짜와 시간에 강박적으로 집착했다. 날짜와 시간의 정확성이 내 논문 속에서는 중요한 핵심이었다. 만약 죄종 타설책이 가을에 결정되었다면, 전쟁과 밀접하게 관련된 그 범죄는 위협을 느낀 사람의 방어나 공포의 반작용이라는 설에 신빙성을 더하는 것이다.

리자와 보낸 다음날 저녁 나는 악몽을 꾸었다. 왜 그런 끔찍한 꿈을 꾸었는지 알 수 없었다. 꿈에서 나는 그를 보았다. 그자, 히틀러는 내 귓속에 끔찍한 말들을 불어넣으며 광기 어린 눈으로 나를 응시했다. 그러다 갑자기 우리 어머니에게 고함치며 광분하는 아버지의 모습으로 변했다. 그들은 돈 문제로 격론을 벌였다. 아버지는 어머니가 자기 돈을 훔쳤다고 비난했고, 나는 어떻게 남편의 돈을 훔칠 수가 있겠는가 하고 자문했다.

어린 시절에 혼자서 자주 했던 이 질문을 되뇌다 나는 땀에 흥건히 젖어 잠에서 깼다.

어릴 적 어른들의 이야기에 끼어들면 그들은 내게 입 다물라고 말하곤 했다. 나는 아버지와 논쟁해서는 안 되었다. 아버지는 내가 당신보다 더 총명할까봐 두려워했다는 것을 나는 나중에야 알았다. 살아남으려면 피난처나 보호처, 또는 별도의 세계가 필요하다는 것을 나는 재빨리 터득했다. 책으로의 도피를 통해 내가 누구인지를 깨닫게 되었다. 나는 심머 씨와 심머 부인의 특색 없는 아들이 아니라 프랑스 역사 속의 영광스런 인물들, 영웅의 유서 깊은 가계의 상속자였다. 나는 그들을 찬미하고 소중히 여겼으며 나 자신이 고아가 되기를 갈망했다. 나는 심머 부부에게 거두어진 사생아였으며, 다른 가정에서 온 아이였다.

잠이 오지 않아 나는 아예 자리를 털고 일어나서 위스키를 한 잔 마셨다. 그리고 한 잔을 더 마셨다. 축축하고 끈적끈적한 느낌이 들었고 이마에 땀방울이 송골송골 맺혔다. 알코올은 아무런 도움도 되지 못했다. 갈증을 불러일으키고 목구멍을 바싹 말려서 술을 더 많이 마시도록 자극할 뿐이었다. 나는 몽파르나스 가에 면한 거실 소파에 잠시 누웠다. 창문을 통해 몇몇 집들에 밝혀진 불빛과 1940년 6월 18일 광장에서 깜박거리는 분홍색과 보라색 네온사인들이 보였다.

나는 트랙 수트를 입고 운동화를 신었다. 잠이 안 올 때면 자주 그랬듯이 밖으로 나갔다. 나는 몽파르나스 가를 거슬러올라 앵발리드까지 갔다. 샹 드 마르스에 도착하여 그곳을 한 바퀴 돌기 시작했다. 불 꺼진 에펠탑은 지난밤보다 훨씬 더 어두운 커다란 A자에 불과했다.

갑자기 번갯불 몇 개가 하늘을 찢더니 빗방울이 후드득 떨어지기 시작했다.

엄청나게 크고 깨지는 듯한 소리였다. 격노한 하늘은 힘차게 천둥을 쳐댔다. 마치 거대한 분노가 지나가며 때론 헐떡거리는 숨결로, 때론 어둠을 찢는 날카로운 고함소리로 모든 것을 파괴시켜버리는 것 같았다. 번갯불은 홀로 있는 어둠을 폭행했다.

나는 빗속을 계속 달렸다. 다음 번개가 칠 때를 조급하게 기다리며 숨이 멈출 때까지 뛰었다. 나는 약간 취한 상태였다. 원칙도 끝도 없는 이 광경의 내밀한 주인이 된 느낌이 들었다. 비를 휘몰아치게 한 것은 나였다. 벼락은 나의 분노였다. 에펠탑 밑에 도착한 나는 마침내 걸음을 멈추고 물안개에 가려진 별이 총총한 넓은 하늘을 관조했다. 검은 물이 도시에 떨어지고, 빗방울들이 무수히 커지는 것을 바라보았다. 지구를 휩쓸어 지워버릴 정도로 많은 양의 비었나. 벼락에 진화된 위험한 빗물들은 돌풍처럼 몰아쳤다. 자극적인 맛이 진흙 더미로부터 올라왔다. 비는 돌변하는 정령, 대기 속을 표류하는 정령이었다. 빗물은 바람을 쫓아내고 공기를 쫓아내고 불과 연기, 물을 내몰았다. 폭풍우는 세상에서 버림받은 사람들을 삼키고 흘러갔다. 왼쪽, 오른쪽을 되는대로 휩쓸며 가장 낮은 곳까지 흘러갔다. 그러고는 불 지르고 식어버리는 욕망과도 같이 파멸과 죽음으로 하늘을 가득 채웠다. 지고의 힘을 가진 하늘은 인간 존재에게 명령하고, 아들에게 분노한 아버지처럼 인간들을 때렸다. 그는 달을, 밤에 노래하는 부드러운 달을 이지러뜨렸다. 그는 외쳤다. 나는 너를 공포의 물체로 만들리라. 너는 더이상 존재하지 못하리라. 사람들은 너를 찾을 것이나 이제 너를 영원히 발견하지 못하리라.

나는 감정에 복받쳐 두 팔을 십자가 모양으로 벌리고, 넓은 둔부를 가진 어머니처럼 나를 맞아주는, 내 앞으로 다리를 불쑥 내민 큰 A자 한가운데에 주저앉았다. 어릴 때처럼 눈꺼풀을 힘주어 감자, 수천 개의 빨간 빛알갱이들이 비틀거리는 정신을 뚫고 지나갔다.

잠시 후, 커다란 빗방울이 이슬비로 변했다. 울퉁불퉁한 땅의 진흙투성이 주름 위로 안개가, 제5세계의 집정관을 인도하는 거대한 구름이 내려오고 있었다. 죽음의 독 같은 연기가 깊은 동굴과 심연으로부터 올라오고 있었다. 그 뒤 비를 품은 공기, 폭풍우가 지나간 후 향기로 가득 찬 공기가 나쁜 바람을 몰아냈고 이내 침묵이 자리잡았다. 나는 한숨을 내쉬었다. 도시는 속죄했다. 그것은 마지막 전투에 대한 경고요, 조짐이었다.

나는 집으로 돌아갔다. 새벽 네시였다. 나는 신선한 공기를 마시기 위해 창문을 열었다. 그리고 길 쪽으로 시선을 던졌다.

내 몸이 화석처럼 굳어버렸다. 알코올 기운 때문이었을까, 나의 상상이었을까? 집 앞에 한 여자가 비를 맞고 서 있었다. 그녀는 손에 칼을 들고 있었는데, 그 칼이 달빛에 반짝거렸다.

나는 눈을 깜박였다. 잠시 후, 그녀는 사라지고 없었다.

3부

1

그날, 대략 스물 남짓한 수가 기다리고 있었다. 공기도 거의 통하지 않는 작고 어두운 방에 그들은 갇혀 있었다. 남자들이 데리러 오자 그들은 뒤쪽으로 성큼 물러났다. 그들은 공포에 몸을 떨었다. 남자들은 발길질을 하며 그들을 밀쳐냈다. 그들은 도살장으로 들어가기 위해 줄을 섰다. 그들은 뚱뚱하지 않았다. 허약했다.

송아지들은 차례차례 한 대씩 두들겨맞으며 두 발이 묶여 매달렸다. 사람들은 송아지들을 쳐죽인 후 목을 땄다. 그것으로 끝이었다.

그 끔찍하고 구역질 나는 냄새, 흐르고 흘러 도처에서 솟구치는 피와 죽음의 고약한 냄새가 마치 어제 일처럼 생생하다. 머리가 핑 돌았다. 바닥에서는 붉은 강물이 시체의 잔해와 살조각들을 휩쓸어갔다. 걸려 있는 동물의 살조각들, 꼬챙이에 꿰여 있는 잘게 잘린 짐승들의 잔해, 커다란 위주머니, 송아지 머리, 발, 내장…… 인간의 손이 저지른 살육의 관현악에서 떨어져나온 조각들이었다. 도살장의 책임자는 우리에게 숫자를 보고하는 것을 자랑스럽게 여겼다. 한 시간당 송아지 오십 마리, 거의 일 분에 한 마리씩 처리하는 셈이었다. 그 남자들이 마시는 것은 피였다. 도살된 동물들의 허파를 통해 울부짖는 죽은 피였다. 피는 그 흡혈귀들, 그 악마 같은 존재들을 살찌우기 위해 생명처럼 바깥으로 흘러나왔다. 그들은 정맥 속을 순환하기에 알맞은 순수한 피와, 급류나 맑은 샘처럼 인간의 내장을 적시고 태어난 땅을 씻어내기 위해 분출되는 더러운 피가 있다고 생각했다. 그래서 그들과 같은 피를 가지고 있지 않은 자들의 피를 밖으로 흐르게 했다. 탐욕스런 어머니 같은 대지는 부지런히 찌꺼기를 삼켰고, 거대한 피의 기계는 스스로를 신으로 여기는 그 짐승들, 송장으로 반죽된 그 사람들을 먹여살리는 데 사용되었다. 지금도 피는 도처에 흐르고 있다. 내 입속, 두 손, 흉부와 콧속으로 끊임없이 피가 흐른다. 그것은 동물의 피처럼 영원히 흐르고 있다.

아버지가 처음 도살장으로 데리고 갔을 때, 나는 여섯 살도 채 되지 않았다. 아버지는 그것이 나를 전쟁에 길들이고 인생을 배우게 하는 방법이라고 생각했다. 그후 자아를 찾아가는 청소년기에 나는 몰래 숨어서 신문을 읽고 라디오를 들었다. 우리 부모가 나를 '지식인'으로 취급하는 것이 부끄러웠기 때문이다. 아주 어렸을 때부터 나는 그들과 함께 있는 것을 피하기 위해 감추고 거짓말하는 법을 배웠다. 어리석음에서 벗어나기 위해서였다. 나는 나를 위한 작은 세계, 마술의 세계를 내 주변에 하나 만들어놓았다. 그 속에서 나는 내가 좋아하는 인물들의 역할을 하나씩 맡았다. 그것은 주로 낭만적인 영웅들, 알렉상드르 뒤마의 소설 속 인물 같은 모험가들이었다. 나는 헤로도토스에 매혹되었다. 그가 80세에 여행을 하고, 역사와 전설을 기록하기 위해 조국을 떠났기 때문이었다. 그는 간결하고 정확한 문체로 헤라클레스 숭배에 관심을 가졌던 이집트에서부터, 조사를 계속해나갔던 티르의 페니키아 도시에 이르기까지 자신의 대모험 속에서 벌어지는 여담 하나도 등한시하지 않고 써내려갔다. 그는 콜키드까지 가서 세소스트리스가 남긴 식민지의 후손을 찾으려 했다. 타즈에서 그는 다시 항해를 떠나 곶(串)을 휘돌아 헬레스스폰토스 연안에 닿았다. 인간을 만나기 위해 그토록 오랜 여행을 감행한 사람은 헤로도토스 이전엔 아무도 없었다. 어느 누구도 그처럼 자신의 진정한 본성, 그 야만성을 이야기하지 못했다.

이것이 내 삶의 역사, 내가 한 번도 이야기할 수 없었던 유일한 역사이다. 나의 삶은 무엇인가? 나는 기억의 인간, 땅바닥에 새겨진 자국 같은 흔적의 인간인가? 나는 잃어버린 발자취의 인간인가? 지워진 말[言]의 인간인가? 지나가는 시간, 도망가는 시간의 증인인가? 내가 태어난 후에 일어난 모든 사건들을 당신에게 다 말할 수는 없다. 나는 한 시기만을 선택할 뿐이다. 우연한 선택은 아니다. 왜냐하면 그것을 상기시키고 언어로 재생시켜야만 하기 때문이다. 때로는 반란의 천사로, 때로는 빛의 사자로 말이다. 때때로 이것들은 온순하고 유연하다. 그러나 공포와 고백하기 어려운 것, 외설적인 것을 이야기해야 할 때는 이따금 나는 무능해진다.

폭풍우가 몰아치던 밤이 지나고 그 다음날, 나는 자리에서 일어나기가 무척 힘들었다. 지나칠 만큼 마셨던 것이다. 끈질긴 숙취 때문에 나는 거의 하루 종일 침대에서 꼼짝하지 않았다. 오후 일곱시경 리자가 전화를 해왔다. 부모님 집으로 자기를 만나러 오지 않겠느냐는 것이었다. 엄중한 감시에서 풀려난 벨라를 위해 조촐한 파티를 열 거라고 했다.

나는 그럭저럭 침대에서 빠져나와 급히 옷을 주워입고 리자 부모님 집으로 갔다.

미나가 따뜻하게 키스하며 나를 맞아주었다. 그녀는 친절한 태도로 나를 작은 식당으로 안내했다. 하루 종일 아무것도 먹지 못한 나는 소금에 절인 청어, 제필트 피시, 라트크스 등 그전엔 한 번도 먹어본 적이 없는 아슈케나지 특별 요리들을 즐겁게 마구 먹었다.

사미는 내게 고개만 살짝 끄덕였다. 그는 예전에 레지스탕스 요원이었던 자크와 주느비에브 탈망 부부와 함께 있었다. 전쟁 영웅인 이들에 대해 사람들이 이야기하는 것을 나도 들은 적이 있었다. 탈망 부부는 국민적 신화의 일부를 장식하고 있는 사람들이었다.

주름이 많은 피부에 또렷한 두 눈을 가진 자크 탈망은 깡마른 일흔 살의 노인이었다. 같은 연배로 보이는 주느비에브는 흰머리를 묶어 쪽을 찐, 쾌활한 얼굴에 미소를 잘 짓는 매력적인 노인이었다. 그녀의 가냘픈 목소리는 쉰 듯한 남편의 목소리와 대조를 이루었다.

나는 눈으로 리자를 찾으며 탈망 씨 가족과 몇 마디 주고받았다. 리자는 중년의 두 남자와 토론중이었다. 나는 그들에게 다가갔다.

환영의 키스를 한 리자는 자기 남자 형제들에게 나를 소개한 후 부엌 쪽으로 사라졌다.

마흔 살의 벨라는 큰 키와 떡 벌어진 어깨가 인상적이었다. 긴 머리를 뒤로 묶고, 흰 와이셔츠를 반쯤 열어젖힌 그는 큰 키 탓인지 홀쭉해 보였다. 그가 미소를 짓자 노란 치아가 드러났다. 니코틴 중독의 부당함에 대해 설교를 하고 있는 동생을 놀리듯 바라보며 그는 연신 담배를 피워댔다. 몇 분 후, 그는 날카로운 침묵에서 깨어나 새 담배에 불을 붙이면서 말했다.

"뭐 어떠니, 폴. 난 너하고 함께 살지 않잖아. 걱정할 필요 없어. 넌 나와 만나는 일이 거의 없잖아. 내가 너를 따라가기 어렵다는 건 사실이지만."

그러고 나서 내 쪽을 향해 짐짓 과장된 어조로 덧붙였다.

"집 안에선 모두 폴을 몹시 자랑스러워하죠. 동생은 보스니아에서 이제 막 돌아왔어요. 그는 '국경 없는 의사회' 소속이죠. 근사하죠, 안 그렇소?"

"보스니아에서 돌아왔나요?"

나는 폴에게 공손하게 물었다.

"네, 그곳에 삼 개월 넘게 있었어요."

"쉽지 않았을 텐데요?"

미처 폴이 대답할 새도 없이 그의 형이 대신 대답을 했다.

"사실이오. 부상당한 아이들의 다리를 자르기도 하죠. 말하자면 용기가 있어야만 합니다. 이 모든 것이 사형집행인들의 자식을 돌보기 위한 것이죠."

폴의 이마가 붉어졌다. 그는 거북한 듯 나를 쳐다보았다.

"쉽지 않습니다. 쉬운 일이 아니죠…… 그런데 돌아오는 것이 더 어렵더군요. 매일 텔레비전에서 학살 현장을 보면서 아무 일도 하지 않는 것에 익숙해지는 게 말입니다. 저녁 여덟시 뉴스 덕분에 이제 우리는 더이상 모르고 있었다고 말할 수도 없어요."

폴은 자기 아버지처럼 뻣뻣하고 말랐지만 키는 훨씬 작았고, 밤색 머리칼을 짧게 자르고 있었다. 수염이 희끗희끗했으며, 반짝거리는 두 눈은 청회색을 띠었다. 그의 시선 속엔 리자와 똑같은 순수함과 성실하며 천진난만한, 감탄스러운 아이의 모습이 깃들어 있었다. 성인의 연륜은 절망의 한 끝만 채색하고 그의 순수함은 손상시키지 않았다. 폴 페를망은 정의로운 사람이었다. 그의 얼굴에는 그를 이해하지 못하는 세상 위를 떠도는, 이해받지 못하고 번민하는 영혼의 무한함이 담겨 있었다. 그는 재물에 초연한 사람의 관대한 표정을 짓고 있었다. 그것은 물질적인 것에는 일말의 관심도 갖지 않으면서 사회적 삶의 코드를 제압할 줄 아는 사람에게서 볼 수 있는 표정이었다. 그가 추구하는 것은 다른 것이기 때문이었다. 폴 페를망은 거짓말을 할 줄 모르며 민감한 사람이었다. 사람과 사물을 판단하는 척도인 그의 가슴은 사랑으로 넘쳤다.

"전 세계가 일어나고 있는 사건에 충격을 받죠."

그가 말을 계속했다.

"그러나 뭔가를 하는 사람은 아무도 없어요. 국제적인 공동체도 무능하기 짝이 없습니다. 유럽연합과 국제연합은 예전의 능력을 가늠하기가 불가능합니다. 매번 우리는 생각할 수도 없는 일이 어떻게 일어나는지 자문하곤 하죠. 그러고는 똑같은 이야기만 되풀이하는 겁니다."

"네가 그렇게 떠돌아다니는 것에 대해서 틸라는 뭐라고 해?"

벨라가 공격적으로 말을 잘랐다. 그는 방금 다가온 가늘고 긴 눈에 두툼한 입술과 창백한 안색을 한 예쁜 갈색머리 여자를 가리켰다.

"제 아내 틸라를 소개합니다."

폴이 말했다.

그녀는 환하게 웃으며 내게 인사하고 벨라 쪽으로 돌아서며 말했다.

"그의 아내의 의견은요, 정신분석학자에게 가서 벨라, 당신의 문제 먼저 해결하는 편이 낫겠다는 거예요. 당신은 쇼아를 소화시키지 못했잖아요. 하지만 이젠 끝났어요. 벨라, 이건 다른 이야기예요. 이해 못하겠어요? 이스라엘에서 우리는 그 모든 것에 대해 일절 입을 다물죠.

욤 하쇼아,* 그건 영웅적 행위를 기념하는 날이에요. 바르샤바 게토의 봉기를 기념하는 거죠. 우린 도살장에 끌려간 양처럼 당한 것을 기억하고 싶어하지 않아요. 우린 부끄럽단 말이에요, 알겠어요?"

사방으로 흩어진 곱슬머리, 청바지와 단화가 우아함과 결의와 묘하게 혼합되어 기묘한 인상을 풍겼다.

"당신도 항상 쇼아를 생각하나요?"

그녀는 내 쪽으로 몸을 돌리며 물었다.

"네, 물론이죠. 당신은 아닌가요?"

나는 되물었다.

"저요? 저는 정신과 의사예요. 그러니 똑같진 않겠죠."

그녀가 대답했다.

"틸라 페를망 씨, 당신은 히틀러에 대한 책을 출간하지 않았나요?"

내가 물었다.

"맞아요. 그 책을 읽었나요?"

"네, 난 히틀러의 젊은 시절에 대한 논문을 준비하고 있습니다. 그의 집은 그가 즐겨 묘사한 목가적인 장소는 분명 아니었던 것 같소."

"내가 보기에 히틀러는 아버지로부터 사디즘과 자아도취적인 성격을 물려받은 것 같아요. 근친상간을 저지른 조상 때문에 혼란에 빠지기도 했지요. 그의 아버지 알로이스는 자신보다 스물세 살 연하인 클라라 푈즐과 세번째 결혼을 해서 히틀러를 낳았죠. 클라라는 알로이스의 육촌이었기 때문에 그 결혼은 로마의 허가를 받고 나서야 이루어졌어요."

"당신도 역사학자요?"

---

* 쇼아의 희생자를 기리기 위한 추모일. 니산(유대력 7월)의 스물일곱번째 날로, 바르샤바 게토 봉기 기간중이었다.

벨라가 물었다.

"네, 그런데 왜 '당신도'라고 하는 거죠? 여기에 역사학자가 또 있나요?"

내가 물었다.

벨라가 대답하려고 하자 폴이 그를 노려보며 말렸다.

"어쨌든 벨라를 지지해주러 오시다니 참 친절하시군요."

"아! 이 친구가 여기 있는 게 나를 지지하기 위해서라구?"

벨라는 짐짓 순진한 척하며 외치듯 말했다.

"자기 친구들의 수를 알게 되는 것은 얼마나 경이로운 일인지!"

어색한 침묵이 감돌았다. 벨라는 자신의 작은 승리에 자만하여 폴, 틸라 그리고 나를 번갈아가며 쳐다보았다.

"친구가 없는 사람은 감옥만큼이나 좁은 마음을 가진 사람이지."

폴이 마침내 희미한 미소를 띠며 말했다.

"고마워, 폴. 감옥에 대한 네 암시는 매력적이야. 다행히도 넌 우리들을 현실로 돌아가도록 해주기 위해 거기 있잖니. 하지만 난 내 여동생이 우리의 새 '친구'를 혹여 거북하게나 하지 않았는지 겁이 나는군. 변호사 말에 따르면 오해는 곧 풀릴 거래. 익명의 편지와 내 집에서 발견된 권총, 전부 다 속이 뻔히 들여다보이는 것들이거든. 지금 경찰이 관심을 가지는 것은 살인자가 왜 우리에게 관심이 쏠리도록 했냐는 거야. 그자가 거짓 증거들을 만들어낸 게 틀림없어."

그는 빈정대는 웃음을 지어 보이며 덧붙였다.

"그러나 만약 내 도덕성을 증명해줄 증인이 필요하게 될 경우, 난 오늘 저녁 쇼아의 생존자들, 옛 레지스탕스 요원들 그리고 작은 천사 같은 내 동생까지 포함한 명망 높은 사람들이 훌륭한 모임을 가졌다고 증언할 거야. 폴, 넌 작은 천사지, 안 그래? 어머니가 말하는 게 바로 그거 아니야? ……가엾은 어머니는 이 세상 전체를 선동하기 위해 노심초사하는 것 같아."

"벨라, 제발 좀 진정할 수 없어요?"

틸라가 그의 말을 끊었다.

나는 점잖게 눈을 돌렸다. 내 시선이 리자의 시선과 마주쳤다.

나는 그녀에 대한 것을 어제 일처럼 뚜렷이 기억한다. 그녀는 머리를 쪽쪄 올렸고 두 눈에선 섬광이 비쳤다. 그녀의 날씬한 몸매는 연분홍 새틴 원피스에 감싸여 있었고 원피스 밖으로 드러난 날씬한 두 다리엔 가죽끈이 달린 덧신이 신겨져 있었다.

그녀를 쳐다보기 위해 내가 몸을 약간 돌리자 뒤에서 두 손이 내 어깨를 움켜잡았다.

"예쁘죠, 안 그래요?"

벨라였다. 1미터 90센티의 그는 빈정거리며 나를 위아래로 훑어보았다. 나는 비틀거렸다. 그가 원망하는 것은 나일까 아니면 전 세계일까?

"네, 예뻐요."

나는 대답했다. 그가 내 눈을 똑바로 응시했다.

"그녀를 잘 압니까?"

"무슨 말씀인가요?"

"내가 하고자 하는 말이 무엇인지 잘 알 텐데요."

"친구예요. 그게 다입니다."

"정말이요? 친구라, 그게 다라고? 정말이지 내 사랑하는 여동생은 항상 나를 놀라게 한단 말이야……"

그는 점잔을 빼며 말했다.

이 마지막 말의 의미를 물어보기도 전에 미나가 우리에게로 왔다.

"워싱턴에서 체포된 남자가 석방되었다고 방금 변호사가 알려왔어."
그녀가 말했다.

"그래요, 로버트슨이죠. 영화 필름을 암거래한 자가 바로 그자입니다. 그런데 그는 암살자는 아닌 것 같아요. 그는 우편으로 필름의 일부를 받았다고 합니다. 할 일이 적힌 지시문과 함께 말입니다……"
내가 말했다.

"벨라를 고발한 것과 똑같은 또다른 익명의 편지가 한 통 더 있었어요."
그녀가 지적했다.

"변호사는 이런 일관된 방식이 그것이 음모라는 가정을 확증시켜줄뿐 아니라 우리 아들의 무죄를 쉽게 증명해줄 거라고 생각하고 있죠. 그건 그렇고, 워싱턴에서 그 필름을 봤나요?"

"네."

"리자는 실러 옆에 작은 갈색 노트가 있더라고 말하던데요?"

"네, 사실입니다."

"당신도 그걸 기억하나요?"

"네, 거의 다요."

"가장자리에 빨간 솔기가 있던가요?"

사실이었다. 프란시스 신부가 진홍빛 페이지의 불길한 책에 대해 이야기했을 때 나는 필름 속의 노트를 떠올렸다. 그 책의 가죽커버 상단은 빨간 실로 꿰매져 있었다.

"그래요. 기억이 나는 것 같아요. 그런데 어떻게 그걸 아시죠?"

"라파엘, 당신은 역사가이고 나는 신학자입니다. 당신처럼 나도 과거의 자료들, 특히 쇼아에 관련된 것들에 관심을 가지고 있죠. 나는 그

노트의 내용에 대해 나름의 견해를 갖고 있습니다만, 지금으로선 그것에 대해 많은 것을 이야기할 수는 없군요. 어쨌건 누가 벨라를 원망할 수 있겠어요?"

그녀는 갑자기 주제를 바꾸며 덧붙였다.

"이애가 혐의를 받게 되면 특히 누구에게 이익이 될까요?"

나는 만약 그가 나한테 한 것처럼 다른 사람들에게도 신랄하게 대한다면 많은 사람들이 그를 원망할 거라는 생각을 했다.

"그걸 물어봐야 할 사람은 바로 그 자신이죠."

나는 벨라 쪽을 돌아보며 대답했다.

벨라는 잠시 깊은 생각에 잠기는 듯하더니 이내 머리를 끄덕였다.

"분명 누군가 있어. 그래……"

"그게 도대체 누군데?"

"이 세상에서 나를 그 무엇보다도 싫어하는 자……"

미나가 갑자기 눈치챘다는 듯 그를 주시했다.

"너 혹시 그 사람을 생각하는 건 아니겠……"

"맞아요. 내가 왜 그자를 생각하는지는 어머니도 잘 아시잖아요."

그가 말문을 막았다.

"무슨 말이죠?"

내가 물었다.

"장 이브 르레라는 친구 이야기요."

미나가 개입하기도 전에 벨라가 대답했다.

"뭐, 말하자면 옛 친구라 할 수 있지요."

그는 '옛'이라는 단어에 강하게 힘을 주었다.

"장 이브 르레, 역사학자 말인가요?"

내가 물었다.

"그렇소. 그를 압니까?"

벨라가 물었다.

"개인적으론 모르지만 이름은 잘 알고 있지요. 왜 그가 당신을 원망합니까?"

"리자……"

그가 말을 시작하려 하자 그의 어머니가 말허리를 잘랐다.

"벨라와 그는 한때 무척 가까웠어요. 그런데 한 번 다툰 후로 관계가 악화되었죠. 그렇지만 그가 너를 원망한다고 말하는 건 과장이야, 벨라."

"어머니가 내 말을 끊기 전에 내가 하고 싶었던 말은 리자 또한 장 이브를 좋아하지 않는다는 거였어요."

벨라는 천천히 말했다.

"그게 전부요."

그는 거짓 미소를 띠며 말을 마쳤다.

"경찰에겐 말했나요?"

나는 벨라에게 물었다.

"아니오. 난 그들이 헛되이 뒤를 밟게 하고 싶지 않았소. 그건 고약한 일이지, 안 그렇소? 누군가를 고발할 때엔 그의 행동에 대해 완전한 확신을 가져야만 하는 거요……"

그는 내 눈을 응시하며 마지막 말을 던졌다.

나는 뭔가 불편한 기분을 느끼며 곧 물러났다.

2

나는 그날 저녁 페를망 씨 집을 방문하게 된 것이 우연이 아니었다는 생각이 들었다. 그들은 아마도 나를 통해 몇 가지 정보를 펠릭스에게 전달하려고 한 것 같았다. 그래서 나는 바로 그날 밤 서둘러 그에게 그 이야기를 해주었다.

다음날부터 펠릭스는 장 이브 르레에 대해 수소문하기 시작했다. 그가 프랑스에 없고 이탈리아 로마의 프랑스 학교에 있다는 정보를 긴급히 입수할 수 있었다.

전화로 연락을 취하진 못했지만 장 이브 르레는 다음주에 파리로 돌아올 예정이라고 했다.

며칠이 지났다. 그 동안 펠릭스는 다른 사건을 취재하느라 이 일을 미뤄둬야만 했다. 국회의 재정과 관련된 복잡한 문제였다. 파리 근교의 아동 살해 사건도 있었다.

그 주 내내 나는 리자에게 가까이 접근해보려고 시도했다. 펠릭스의 충고에 따라, 한 발 한 발 다가가려고 애썼다. 그녀의 가슴속 대신 나는 그녀의 일상생활 속을 비집고 들어갔다.

그것은 친밀함이나 애정은 없으나 진정한 이해와 공감, 그리고 정신적 유대가 있는 새로운 결합의 시작이었다. 우리는 환상적인 앙상블을 이루었다. 마치 오누이 같았다. 이러한 형제애가 때때로 나에겐 근친상간의 기쁨을 주기도 했다. 나는 열망하며 그녀를 눈으로 빨아들이고 만지며, 지옥 속에서 스스로를 불살랐기 때문이다. 그것은 절망인지 황홀인지 알 수 없는 기이한 상태 속으로 나를 밀어넣는 일종의 엔크라티즘*이었다.

내가 순결을 발견한 것은 바로 그 순간이었다는 생각이 든다. 그것은 어떤 강력한 힘 또는 정화 같았다. 오늘에서야 나는 고통 없이 그 긴장과 유혹과 금욕을 기억할 수 있다. 그때가 내겐 가장 큰 사랑의 순간들이었던 것 같다. 기쁨은 쾌락보다 강하고 정신의 합일은 육체적 결합보다 훨씬 더 진실하기 때문이다.

펠릭스는 '유혹에 넘어가지 않는 남자는 천국을 얻을 수 없다'며 나를 놀리고 야유했다. 또 그는 내가 고통을 무한히 증대시키고 악의 왕국을 세우는 인간의 종자를 번식시키는 것을 피하기 위하여 금욕을 실천한다고 말하기도 했고, 욕망은 사탄의 무기요, 육체관계는 인간을 어리석은 상태로 몰아넣는다고 빈정대기도 했다.

사실 그의 말이 틀린 것은 아니었다. 나는 그녀에게 정욕을 품지 않을 수도 있었다. 나는 그런 마음을 품은 것을 거의 후회하기까지 했다.

---

* 170년경 타티아노스의 제자였던 엔크라티트들이 주창한 금욕(엔크라테이아) 교리. 물질을 혐오스러운 것으로 간주하여 모든 육체적인 쾌락을 금했다.

욕망은 악과 같지 않은가? 욕망은 어리석고 거칠고 과격하다. 그 동기는 비합리적이고, 그 의지는 완고하며, 그 이상은 편협하다. 재빠르게 욕망을 채우고 사라져버리는 악처럼 욕망은 다시 태어나기를 거듭한다. 욕망은 어둠의 왕자이다. 독이 있고 위험하기 때문이다. 욕망은 먹이 위로 단숨에 덤벼든다. 또는 웅크리거나 쭈그리고 기어오르거나 미끄러진다. 욕망은 악처럼 불타고 얼어붙기도 하며 가면 뒤에 숨어 변신한다. 욕망은 악과 같이 마법을 부리며 행동으로 시도하고 매력적인 말로 유혹한다. 그러나 욕망은 눈앞의 대상, 그 존재 너머로는 아무것도 보지 못한다. 욕망이 추구하는 것은 악이 추구하는 것과 같은 물질이다. 시작도 끝도 동기도 없이 욕망은 순식간에 나타났다 사라지면서 절망의 밤의 김빠진 향기만 남겨놓는다.

펠릭스는 그러나 욕망에는 한계가 있으므로, 내가 그의 충고를 따르고 결코 과장하지 말아야 한다고 말했다.

하지만 매 순간의 이 현기증, 우리의 삶이 전복될 수 있다고 느끼는 이 결정적인 순간을 그는 결코 알 수 없으리라. 욕망의 절정, 욕구불만에 대한 묘한 만족감을 결코 알 수 없을 것이다.

아니다. 나와 리자 페를망을 묶어주는 것은 욕망이 아니었다. 그것은 욕망과는 달랐다.

모든 것은 정신 속에 있고, 육체는 영혼에 달려 있으며, 영혼은 또다른 세계를 꿈꾼다는 인식, 그것은 이름을 갖고 있었다.

사랑. 그것은 극도의 충격이며, 활기를 띠는 허무다. 서로 끌어당기는 힘이며, 끼워맞춰지는 형태다. 제어할 수 없는 그 힘은 흥분시키는 동시에 진정시키며 미치게 만들면서도 가라앉힌다. 그녀를 알기 전 나의 몸은 감옥이었다. 나의 영혼이 부딪히고 숨막혀하는 좁은 지하감옥이었다. 그러나 그녀가 합일로 가는 최초의 문을 열어주었다.

내가 말하고자 하는 것은 첫 순간의 황홀감, 베로나의 연인들*의 광기를 나 또한 경험했다는 것이다. 정열의 고통, 나는 그것도 체험했다. 그것은 무한하고 흔들리지 않으며, 불처럼 뜨겁고 바위처럼 오만한 욕망이 그 자신과 대립되는 거부 앞에서 절정을 맛보는 것이다. 허무로의 도피, 심연의 유혹, 불면의 밤, 어린애 같은 눈물, 고독…… 나는 이 모든 것을 발견했다. 영광스러운 발걸음, 삶의 아름다움에 대한 흔들림 없는 확신, 미소와 미광으로 최소한의 관심을 드러낼 때, 태양이 봄날 아침을 비출 때, 나는 그것이 무엇인지 알 수 있다. 가장 격렬한 허무주의, 절망과 형이상학적인 번민 또한 나는 안다. 나는 모든 극단적인 것을 알고 있었다. 가장 강렬한 행복과 가장 절망스러운 낙담, 가장 음험한 증오와 가장 감미로운 애정, 기쁨과 고통, 삶과 죽음, 지혜와 광기, 이 모든 것을 나는 첫눈에 느낄 수 있었다.

그러나 내겐 소질이 없었다. 창조적인 상상력도, 말이나 글로 다 할 수 없는 모험을 경험하는 데 필요한 개방적인 정신도 없었다. 나는 정열에 유리한 허약함조차 갖지 못했으며 충실하고 무조건적으로 집착하는 능력도 없었다. 또한 지상의 행복을 위험에 빠뜨릴지도 모르는 위험한 짓을 행하기엔 너무 현실적이었다. 나에게 일어난 일은 글자 그대로 생각도 할 수 없는 것이었다. 나는 역사를 연구하며 살아왔다. 나는 불신을 품은 채 여러 세기들을 연구했다. 그런데 갑자기 나의 모든 방황이 존재를 증명해주는 놀라운 의미를 갖게 된 것이다. 나는 이런 일

---

* 로미오와 줄리엣을 말함.

이 나에게 일어날 것이라고는 한 번도 생각해본 적이 없었다. 나는 흔들렸다. 존재의 자제력을 잃어버릴까 두려웠다. 이 허구의 존재, 먼지들을 날려보낼 수 있는 이 한숨의 존재.

성 아우구스티누스가 종교에 귀의했듯이 나는 정열 속으로 투신했다. 개종을 통해서. 혹자들은 은총이라고 말하리라.

그녀는 매일 센 강가에 있는 니코 호텔 수영장으로 수영을 하러 갔다. 나도 매일 그녀와 동행했다.

그곳은 작은 수영장이었다. 일본인 몇 명이 조용히 물 위에 떠 있었고 다른 사람들은 수영장 가에서 천천히 움직이며 이상한 운동을 하고 있었다. 결코 완성할 수 없는 어떤 동작을 위해 도약하는 것 같았다. 조용하고 평온한 이 사람들은 지고의 힘, 즉 자기 통제력을 갖기 위해 애쓰는 듯했다. 인내와 결심은 세계를 지배하는 열쇠가 아닌가. 그들의 끝없는 동작은 사람들이 시끄럽게 떠들며 몸을 흔들어대는 다른 수영장보다 명상하기에 훨씬 더 좋은 특별한 고요함을 이곳에 부여하고 있었다.

그들을 따라해보던 나는 리자가 물 속에 잠겨 날씬한 몸으로 물살을 헤치고 긴 다리로 물장구를 치며, 예리한 두 팔로 칼처럼, 노처럼 물결을 가르는 것을 보았다. 펠릭스는 그것이 탄탈로스의 고통*이라고 말했다. 묵상하도록 나를 자극하는 이 시련을 통해 나는 내 몸이 깨끗하게 정화됨을 느꼈다. 흔히들 묵상의 극치는 신에 대한 묵상이라고 한다. 사실 이런 수영장은 헤르몬 산꼭대기 위 어디엔가 있던 것이다. 그

---

* 원하는 것을 눈앞에 두고도 얻지 못하는 고통. 제우스의 아들 탄탈로스는 눈앞의 음식을 먹으려고 하면 그것들이 멀어져가는 형벌을 받았다.

것이 갈릴리까지 내려와 사해로 흘러들어갔다. 노아의 조상, 야렛은 그것을 요르단 강이라 불렀다. 맑고도 혼탁한 그 물의 자연스런 흐름 속으로 내려가는 것은 쾌락이었다.

나는 차가운 물을 좋아했다. 수영장 물에 비치는 내 모습을 바라보는 것이 좋았다. 그것이 진정한 나의 존재 같았다. 희미하고 변하기 쉬운 그 모습은 높은 파도와 합쳐졌다. 때때로 나는 물 속을 바라보는 사람이 내가 아니라 자신의 실제 존재를 찾고 있는 다른 사람, 말하자면 나의 분신이 아닌가 하는 생각도 들었다. 그는 나를 유심히 살폈고, 존재가 말하고자 하는 것이 무엇인지 알고 싶어했다. 그는 나 자신을 반향하며 말했다. 너, 너는 누군가? 진정한 것을 아무것도 느끼지 못하고, 무한한 본질은 하나도 표현하지 못하며, 다른 세계의 베일 하나도 벗기지 못하는 그림자들의 역사학자인 너, 너는 누군가? 너는 옷을 벗고서 소외된 너의 무감각한 상태를 뒤흔들려고 하는가? 이 수영장 속에서 마침내 발가벗으려고 하는가? 너는 파도의 찰랑거림을 듣고 있는가? 이것이 바로 빛의 인간, 흐린 물과 맑은 물에 비친 상대자, 그 쌍둥이가 했던 말이다. 이 물은 투명한 베일과도 같이 타는 불꽃으로 세계의 깊은 심연을 소생시켰다.

그녀는 항상 똑같은 순서를 되풀이했다. 물 속에서 몇 분간 잠수한 후에 한 시간 동안 평영이나 자유형으로 헤엄을 치고 달콤한 냄새가 나는 오일을 두 팔과 다리에 바른 뒤 초봄의 태양빛을 쬐는 것이었다. 나는 그녀의 등에 오일 바르는 것을 도와주었다. 천천히 섬세한 동작으로 그녀의 피부에 부드러운 기름이 잘 스며들도록 문질렀다. 그리고 그녀의 피부가 어떻게 삶의 눈물을 마시고 원상태로 재생되며, 또 그것에 만족해하는지를 보고 감탄했다. 리자의 등은 완연한 풍경이었고, 나는 그곳의 지리학자였다.

　두 개의 작은 구릉이 완만한 경사를 타고 평온하고 아름다운 평원의 지맥으로 솟아 있는 언덕까지 내려갔다. 그 끝도 없이 고요한 표면에는 매끈매끈하고 편편한 지대, 운모가 흩어져 있는 긴 해변, 모래톱에 좌초된 조개껍데기, 상아 위의 흑단이 있었다. 리자의 사막, 그것은 백색의 사막이었다. 나는 그 모래를 애무하며 살짝 고랑도 파놓았다. 나는 태양으로 인한 가뭄에 대처하기 위해 풍부한 물질로 이루어진 순결한 해변을 깨웠다. 나는 기적의 장인이었고 그것을 믿는 마지막 사람이었다. 마침내 그 기적을 통해 사막에 비가 내렸다. 비는 비탄에 잠긴 심장을 적시는 향유와도 같았다. 밤의 꽃으로 떨어지는, 자극적이고도 달콤한 빗방울이었다.

　수영장은 보그르넬 탑 위, 파리 전체가 내려다보이는 높은 곳에 있었다. 여섯시경, 인광(燐光)을 발하는 아우라의 커튼을 둘러친 빛이 내렸다. 그것은 천지창조의 광경이었으며, 우리가 처음 맛보는 허무의 순간이었다. 무게도 잴 수 없고, 유체나 가스처럼 희지도 검지도, 붉거나 푸르지도 않았다. 어떤 색깔도 없었다. 그것은 천정점(天頂點)이었다. 자비로운 창공, 최초의 섬광이기도 했다. 가벼운 수증기가 웅덩이에서 올라와 하늘을 향해 높이 올라갔다. 빛, 불과 태양인 태초의 빛은 밤을 몰아내고, 우리를 둘러싸고 있던 허무는 자취를 감췄다…… 내 앞에서 기적이 이루어졌다. 어둠과 심연에서 하늘이 솟아올랐고, 그 아래로 강물과 숲 나무 풀 천체 달 해 별 모든 살아 있는 존재들이 떠올랐다. 그 모든 것에 나는 놀라움을 금치 못했다. 내 앞 저 멀리로, 창조 이전의 세계, 세상이 태어났고 아마도 다시 그곳으로 가게 될 무(無)의 세계가 보였다. 저승을, 별의 공간을 예감할 수 있었다. 나는 무한을 주시하면서 최초의 공포를 느꼈다.

그것은 도시의 구름 위, 하늘 속에 있는 바다 같기도 했고 구름 속에 있는 신선한 계곡 같기도 했다. 흰색, 갈색 또는 초록의 빛깔들은 강하지 않았고, 수영장의 흰 거품은 이른 아침의 이슬보다 더 영롱했다. 그것은 맑은 물결이었다. 또한 주위에 회색과 흰색 조약돌이 둑을 형성하고 있는 작은 골짜기였다. 그 뒤로 신비한 공간들이 수평선의 베일을 벗기고 있었다. 해가 서쪽으로 지는 그때는 밤이 낮의 비위를 맞추는 순간이었다.

그녀는 순결한 물살 속에서 수영을 하며 첫이슬처럼, 무지갯빛 꽃처럼 물 안으로 잠수해 들어갔다.

나는 그곳에서 시간이 물처럼 풍성하고 재빠르게 흘러가는 것을 하염없이 바라보고 있었다. 하늘이 내려오고 붉은색, 보라색, 자주색, 푸른색의 창공이 타올랐다. 공기는 이제 질식할 것 같은 도시에서처럼 숨을 조이지 않는 대신 금색 베일로 악취를 덮었다. 어느덧 밤이 아주 조용히 다가와 있었다. 여전히 하늘을 비추고 있는 조명들을 제외하고는 모든 것이 까맣게 변했다. 달이 대지를 밤새워 지켰다. 반짝거리는 빛의 도시는 하늘을 주시하고 있는 듯했다. 마치 두 세상, 위쪽 세상과 아래쪽 세상이 마주 보고 있는 듯이. 그리고 우리는 지상과 하늘 사이의 공간에 걸려 있었다. 마치 그 둘을 결합시키기 위해 그곳에 있는 것 같았다.

나는 백옥같이 우아한 리자의 얼굴과 몸을 씻은 물로, 그것이 마치 그녀의 몸에서 발산되는 것인 양 목을 축였다. 그녀가 수영장에서 나오자 수천 개의 작은 무지개 같은 물방울들이 그녀의 피부에서 미끄러져 내렸다. 그녀의 미소 띤 두 눈은 삶의 불꽃으로 반짝거려 쳐다보기조차 힘들었다.

리자의 눈, 그것은 구(球), 홍채, 동공으로 이루어진 동심원의 세계였다. 염소 때문에 빨간 소정맥들이 가지를 치고 있는 흰자위, 모래 언덕 위의 산호나 진줏빛 같은 그 흰자위는 상처입은 달이었다. 군청색 바탕에 회색 반점들이 찍혀 있는 홍채의 중간원은 하늘과 별들이었다. 때때로 거기서는 비가 잿빛 구름 아래서 울고 있었다. 깊이를 가늠할 수 없는 깊고 어두운 동굴, 흑단 같은 밤, 신비 중에서도 신비인 동공의 중심원은 지상의 은밀한 밑바닥이었다.

온 세상이 수영장에 반사되었고 모든 것이 그 수영장 속으로 흡수되었다. 사람들은 정화되기 위해 그곳으로 왔다. 그리고 나는, 그녀가 차는 물, 그녀의 존재를 소유한 액체, 저주받은 심연 속에 매몰되는 액체였다. 그리고 짙은 키스를 통해 그녀의 몸과 어우러지는 물결이었다.

수영을 마친 후, 우리는 저녁을 먹으러 갔다. 배가 고팠던 우리는 식사 전 웨이터가 갖다준 빵에 달려들었다. 그녀는 포도수를 그대로 마시는 것을 좋아하지 않아 포도주에 물을 탔다.

헤어지기 전에 우리는 두 뺨에 완벽하게 순결한 키스를 나누었다.

1995년 3월 29일 밤 열한시 사십분, 우리는 보그르넬의 미래지향적이고 무미건조한 동네에 있는 영화관에 갔다. 그곳에서 나는 리자 페를망에게 기습적으로 키스를 했다. 영화에 대해선 제목만이 기억날 뿐이다. 〈하워즈 엔드〉.

그 다음날 저녁 여덟시 오분, 누가 우리집 문을 노크했다. 문을 열자 일그러진 얼굴에 두 눈이 충혈된 리자가 들어왔다. 그녀는 한마디 말도 없이 비틀거리며 복도를 따라 거실로 들어갔다. 그리고 두 손으로 머리를 쥐며 안락의자에 털썩 주저앉아 흐느꼈다.

"왜 그래요, 리자? 도대체 무슨 일이오?"

내가 물었다.

그녀는 내 쪽으로 고개를 들더니 눈물이 가득 고인 눈으로 잠시 나를 바라보았다.

"실러의 암살자로 새로운 용의자가 방금 소환됐어요."

"그게 누구요?"

"장 이브 르레예요."

"벨라의 친구 말입니까? 그렇다면 그건 당신 오빠가 결백하다는 의미잖소! 그런데 왜 그런 얼굴을 하는 거요?"

두서없는 질문들이 쏟아져나왔다.

그녀는 어디서부터 시작해야 할지 모르겠다는 듯 얼버무리는 행동을 취했다.

"역사학자이자 비시 정부 역사 전문가인 장 이브 르레 말이오?"

나는 진정하려고 애쓰며 그녀에게 재차 물었다.

"그 사람을 잘 압니까?"

"네, 잘 알아요."

그러나 그 마지막 문장은 그녀의 발작적인 흐느낌으로 인해 목구멍 속에서 막혀버렸다. 나는 그녀에게 손수건을 건넸다. 그녀는 아이처럼 손수건으로 입을 막고 숨을 헐떡였다.

"그를 정말 잘 알고 있소?"

나는 다그쳐 물었다.

그녀는 미안한 기색으로 나를 쳐다보더니 고개를 끄덕였다.

"우리는 관계를 가졌었어요."

그 말에 방 안에 있는 벽들이 멀어지고 발치의 방바닥이 무너졌다. 나는 현기증이 나서 그녀의 맞은편 안락의자 위로 쓰러졌다. 그것은 호전되어 완전한 회복을 눈앞에 둔 찰나, 다시 기운을 차리고 달려드는 병마와 같았다. 프란시스 신부가 옳았다. 그의 말처럼 우리는 천국으로 가고 있으며, 나쁜 정령들이 길가에서 우리를 공격한다.

악마의 분노는 신의 은총을 엿본 자들 앞에서 더욱 증폭된다고 했다. 악마의 분노는 자기가 지배하려고 마음먹은 인간의 심장이 자기로부터 빠져나가는 것을 그대로 보고만 있지 않는다. 잔혹성 때문에 그는 사자라 불리며, 교활함이 형태를 갖추고 있기에 호랑이라고 불리는 것이다.

"당신들이 관계를 가졌다고 했소?"

나는 분명하게 발음했다.

"그래서 경찰이 좀전에 나를 불렀던 거예요."

그녀는 천천히 말을 시작했다.

"그들은 그가 실러를 죽였다고 생각하고 있어요."

"무슨 근거로 그들이 그러는 거요? 증거라도 있소?"

그녀는 내게 절망 어린 시선을 던졌다.

"난 그들에게 귀띔을 한 사람이 벨라라는 확신이 들어요. 그렇게 하지 말라고 빌었는데…… 나는 우리가 먼저 조사해보길 원했어요. 하지만 벨라는 그들에게 전부 다 털어놨어요…… 가엾은 장 이브에게 복수한 거라구요……"

"정확히 무슨 일이 있었소?"

"장 이브가 실러를 증오했다는 거죠. 경찰들이 그 신학자의 휴지통을 뒤진 것 같아요. 손으로 쓴 협박 편지에 생각이 미친 거죠. 결국 그들은 그 편지들을 찾아냈어요."

그녀는 두려워 몸을 떨었다. 나는 그녀에게 위스키를 가져다줬다.

"싫어요, 술은 아무 소용도 없어요."

나는 일어나서 신경안정제를 가지러 갔다. 그러나 그녀는 그것도 거절했다.

"먹어요. 단언하건대, 이게 당신을 진정시켜줄 거요."

그녀는 눈썹 하나 까딱하지 않고 약을 입에 털어넣은 뒤, 단숨에 위스키 한 잔을 들이켰다.

"그런데…… 당신들은 관계를 끊었소?"

나는 내가 무슨 말을 하는지 의식도 못 한 채 물어보았다.

"네."

"오래 전부터요?"

그녀는 또다시 고개를 끄덕였다.

그녀는 술을 더 따르라고 잔을 내밀었다. 그러고는 소파에 가서 드러누웠다. 곧이어 그녀는 잠이 들었다. 나는 그녀를 잠시 바라보았다. 누구일까? 그녀는 나에게 누구를 떠올리게 하는가?

다음날 아침 아홉시에 펠릭스가 신문을 흔들어대며 쳐들어왔다.

"봤나?"

인사도 없이 그는 나에게 물었다.

물론 언론들은 그 사건을 집중 보도하고 있었다. 그 사건은 그것이 가진 신비나 현실성만큼이나 그 중대함으로 우리 동시대인들을 매혹시켰다. 저녁 여덟시 뉴스, 그것은 민주주의 사회의 무훈시이며 일상적인 대연극의 희곡이고, 관습의 파괴이며, 마법이 풀린 화덕 속에서 신이 만들어내는 하루하루에 의미를 주는 광기의 작은 낟알이다.

텔레비전의 가십 코너를 계속 먹여살리고 있는 가장 놀라운 사실은 실러의 나머지 반쪽 몸통을 아직도 찾지 못했다는 것이었다. 장 이브 르레는 아무것도 자백하지 않았다.

펠릭스는 자신감 있는 발걸음으로 거실을 향해 걸어갔다.

"펠릭스……"

나는 리자가 거기 있다는 것을 알리려고 했으나, 내가 미처 말을 꺼내기 전에 그는 소파에 누워 있는 그녀를 보고 말았다.

"오, 실례. 방해하려 한 건 아니네."

나는 그에게 짤막하게 상황을 설명해주었다. 그녀가 깊이 잠들어 있었기 때문에 우리는 침실로 들어갔다.

"믿을 수가 없어……"

펠릭스가 중얼거렸다.

잠시 침묵이 흘렀다. 그 동안 나는 담배를 피웠다.

"펠릭스, 도대체 왜 그러나?"

"아니야, 아무것도 아니야……"

펠릭스는 주머니에서 시가를 꺼내어 천천히 포장지를 벗겼다. 그는 매우 깊은 생각에 빠져 있었다.

"뭘 생각하나?"

나는 재차 물었다.

"그자, 르레를 생각하고 있어."

"그런데?"

"나도 조사를 해봤어. 그에겐 흥미가 가는 특별한 점이 있지. 그는 자네와 나, 우리 둘 다 알고 있는 성직자의 조카야……"

"누구? 프란시스 신부 말인가?"

나는 놀라서 물었다.

"그래, 실러의 친구였던 프란시스 신부지. 지금 그는 로마에 있어. 르레가 소환되기 바로 직전에 로마로 르레를 만나러 갔던 거야."

"자네도 르레가 범인이라고 생각하나?"

이 말이 끝나기 무섭게 리자가 아직 잠이 덜 깬 무거운 눈을 하고서 문턱에 모습을 드러냈다.

"아니에요, 그건 불가능해요."

그녀가 나의 질문에 대답했다.

"왜죠?"

"잘 들어보세요. 끔찍한 살인이 벌어졌어요. 모든 사람들이 아연실색해 범인을 찾고 있어요. 하지만 장 이브 르레는 남의 죄를 대신 짊어지도록 지목된 희생양일 뿐이에요!"

"왜 그렇소?"

나는 놀라서 물었다.

"반(反)유대인들에게는 쇼아에 관심을 가지고 있는 비유대인이 유대인보다 더 나쁘다는 거죠. 그는 배반자이자 변절자거든요, 이해가 돼요?"

"알 것 같소. 하지만 그 일에 대해선 어쨌든 경찰을 믿을 수밖에 없지 않소."

"경찰을 믿는다구요? 1942년에 일제 단속이 있었고 또 그후 의용대가 나왔죠?"

그녀는 빈정대는 투로 눈썹을 치켜올렸다.

"1942년이라, 그렇소…… 봄바람 작전, 벨 디브* 일제 단속이 있었죠. 4051명의 어린이, 5802명의 여자, 3031명의 남자, 모두 1만 2884명이 체포됐소."

"명령에 따른 그 영광스런 사냥 일람표는 경찰국 문 앞에 새겨졌어야 마땅한 거 아닌가요?"

"1942년…… 1942년 7월."

나는 생각에 잠긴 듯 이 말을 반복했다. 그런데 며칠이더라? 이상했다. 날짜가 통 기억이 나지 않았다. 나는 평소에 날짜를 잘 기억했다. 날짜는 기본이고, 더 중요한 옛일도……

벨 디브 일제 단속…… 전국에서 차출되어 각각 두세 명의 경찰로 구성된 9백 팀이 가담했다. 군복이나 민간복 차림의 파리 경찰대원, 사법경찰, 정보부, 헌병대, 기동대, 경찰이 조직한 빈유대인 특별반들이었다. 도리오의 PPF**의 하수인들까지 합세했다. 그들은 새벽 네시에 오래 전부터 수첩에 기록되어 있던 아파트에 도착하여 남자, 여자, 아이, 노인 할것없이 전 가족을 몽땅 차에 실었다. 독신자나 아이가 없는 부부들은 드랑시***로 향했고, 다른 사람들은 파리의 벨 디브 경기장으

---

* 옛날 파리에 있던 자전거 경기장.
** 프랑스의 정치가인 자크 도리오가 1936년에 창설한 프랑스 인민당.

로 보내졌다.****

"그렇지."

나는 갑자기 소리쳤다.

"16일, 1942년 7월 16일이었어."

리자는 당황하며 나를 쳐다보았다.

"그게 왜요?"

"빌어먹을. 리자, 실러의 살인범은 이념적인 살인자요."

"무슨 말인지 설명해주시겠어요?"

"이건 정신병자나 광인의 짓이 아니오. 더 잔인해요. 우리가 생각하는 것보다 훨씬 더 고약한 사건이라구요……"

*** 비시 정권하의 프랑스 유일의 유대인 수용소.
**** 이때 벨 디브 경기장으로 이송되었던 유대인들은 후에 아우슈비츠 수용소에 수감되었다.

3

펠릭스와 리자는 근심과 경악이 뒤섞인 눈으로 나를 주시했다.

"실러는 1995년 1월 27일 살해되었소. 여기서 떠오르는 게 하나도 없소?"

내가 물었다.

"없어요."

"내가 왜 좀더 일찍 알아채지 못했을까! 그날은 아우슈비츠의 해방 기념일이오…… 정확히 50주년이시요. 실러가 쇼아 진문가였다면 이 날이 결코 예사롭지 않은 날임을 유추할 수 있겠지요?"

그 다음날, 펠릭스는 경찰에 소환되었다. 경찰에선 그가 조사하여 얻은 실러의 암살에 대한 정보를 듣고 싶어했다. 그는 아침나절을 경찰서에서 보냈다. 그곳에서 자신이 품은 의혹을 이야기했다. 그 살인자는 아마도 제2차 세계대전과 관련이 있는 듯하지만 어떤 방식으로 연루되어 있는지는 아직 밝혀진 바가 없다는 것을.

나중에 나에게 알려준 대로 그는 경찰서장의 사무실에서 흥미로운 사람을 만났다.

"안녕하십니까, 나를 기억하겠소?"

강한 남미 억양으로 남자가 말했다.

강철같이 푸른 눈과 농진이 생긴 빨간 코, 구멍이 숭숭 나 있는 두 뺨을 보고 펠릭스는 워싱턴 기념관에서 우리들이 두 번인가 마주쳤던 그 이상한 사람을 즉시 알아볼 수 있었다.

"물론이죠, 페라라 씨."

펠릭스가 대답했다.

"여기서 나를 만난 게 놀랍지 않소?"

"뭐 그리 놀랄 일도 아니죠. 난 당신이 그저 단순히 국제연합 주재 전 아르헨티나 대사가 아니라는 것, 그리고 우연히 기념관에 온 게 아니었다는 것쯤은 예상하고 있었소."

"브라보, 브라보. 매우 예리한 통찰력이군요."

페라라는 눈에 흥미로운 빛을 띠며 말했다.

"당신은 CIA나 FBI 소속인가요?"

페라라는 미소를 지었다.

"나는 프랑스 경찰과 협력하고 있소. 이 사건이 우리 두 나라와 관계가 있는 것 같아서요."

"기념관에서 상영된 필름을 암거래한 존 로버트슨에 대해선 더 아는 바가 없습니까? 혹시 범인으로 짐작되는 자라도 있습니까?"

펠릭스는 페라라에게 물었다.

"로버트슨은 네오나치 수정주의자이며 쇼아에 대한 강연과 학회에 자주 참석하긴 했어도 살인자는 아니오. 그는 그 필름의 일부를 우체국을 통해 익명의 소포로 받았습니다."

"누가 그걸 보냈는지 알 방도는 전혀 없습니까?"

"그자는 분명 역사학계나 가상 역사학계에 몸을 담고 있는 사람이오…… 따라서 당신의 도움이 우리에겐 귀중하다고 할 수 있겠죠. 우리는 그 좁은 바닥에서 중개를 해줄 사람이 필요합니다. 한 가지만 더 말해주시오. 당신 성(姓)은 독일 계통입니까?"

"아니오. 아마도 알자스 쪽일 겁니다."

펠릭스가 대답했다. 그는 잠시 생각한 뒤 덧붙였다.

"그런데 난 알자스에는 한 번도 가본 적이 없어요."

펠릭스는 오후에 장 이브 르레와 이야기를 하고 싶었다. 그렇지만 그는 구치소에 있고, 어떤 발언도 신문에 나는 것을 원치 않았다. 우리는 그의 변호사를 통해 그가 자신의 결백을 끈질기게 주장하고 있음을 전해들을 수 있었을 뿐이다.

펠릭스는 르레에 대해 조사하기 위해 로마로 떠나기로 결심했다. 그는 신문사로부터 어렵지 않게 파견근무를 허락받고 나에게도 동행을 권했다. 그는 기필코 프란시스 신부를 만나고자 했다. 그에게서 소중한 정보를 얻을 수 있으리라 생각하고 있었다.

그는 자기의 생각을 알리기 위해 경찰에 전화를 걸었다. 경찰은 알바레스 페라라가 우리와 함께 갈 거라고 대답했다.

나는 당장 수락했다. 나는 로마에 자주 가는 편이었다. 가능한 한 자주 그곳에 갔다. 나는 리자를 함께 데려가 그녀에게 석양 무렵의 로마를 보여주는 광경을 상상해보았다. 자니쿨룸에서부터 시작되는 무성한 폐허들의 앙상블, 눈앞에 약간 솟아 있을까 말까 한 도시. 연보라색과 보라색의 봉우리들이 있는 언덕 주위를 바라보는 상상도 했다. 노란색, 회색, 자주색이 박혀 있는 짙은 초록의 평원이 눈앞에 펼쳐진다. 나무와 불타는 숲들, 벌판과 강, 테베레 강은 물결치는 심연 속에 하늘빛을 반사하고 로마의 여름 밤하늘처럼 찬란하게 별빛이 빛나는 도시로 흘러간다. 모든 교회들이 중첩되고 모든 시대들이 총집합하여 과거가 현재로 되살아나 구체화되는 곳 로마에 있는 것, 죽은 자들 사이에 잠시 거주하는 것. 나는 그 모든 것들을 사랑했다. 로마는 시작이고 종말이다. 콜로세움의 커다란 타원 안에서 벌어지는 검투사들과 맹수들의 싸움중에 황제가 으스대며 걸어나오는 광경을 보며 사람들은 손뼉을 쳤다. 그러나 이제는 파편밖엔 남아 있는 게 없다. 내게는 정치가의 연설과 군중의 외침이 여전히 들려왔다. 그리고 판테온, 고대 로마의 광장, 유피테르 신전, 팔라티노 언덕…… 이 천상의 장소들이 가진 낭만적인 힘을 바라보는 그때부터 그것은 바로 나의 돌덩이, 먼지 그리고 재가 되었다. 네 필의 백마가 끄는 수레를 타고 정복자는 긴 행렬의 선두에서 행진하고 그 옆에서 노예가 중얼거린다. "당신도 유한한 생명을 가진 존재에 불과하다는 것을 기억하시오." 과거의 광채에 싸여 있는 로마는 잃어버린 천국이다. 그 잔해들은 모든 존재에 공통적인 영락(榮落)을 증명하고 있다. 로마는 슬프다. 로마는 울고 있다. 그 흐느낌은 분수를 가득 채운다.

원시적이고 혼미스러운 로마, 숲과 자동차들 사이에 그리고 맑은 물과 더러운 강 사이에 흩어져 정돈되어 있지 않은 로마는 헝클어진 머리에 단정치 못한 복장을 한, 그러나 매력적인 여인 같았다. 그것은 시간이다. 기억의 미로를 어루만지는 유적과 좁은 길 사이로 달아나는 시간이다. 나의 역사가로서의 본능은 죽은 자들과 함께 무언가를 세우고 정리하고 분류한다. 아니다. 로마는 웅대하지 않다. 사랑이 그렇듯 로마는 대이변이며 예상치 못한 폭포수다. 피폐한 사랑이 그렇듯 로마는 폭풍우로 인해 평평해지고 짓눌린 유적이며 소란 후에 잠잠해진 긴 해변이다.

우리는 나도 자주 가곤 했던 피오리 광장 뒤의 작은 호텔에 여장을 풀고 프랑스 역사학자들을 위한 연구소인 로마 학교가 있는 파르네제 궁까지 걸어갔다. 우리는 잔해와 조각, 수많은 파편으로 가득한 정원을 가로지르고 수도원 한가운데 있는 포도밭 담장 앞을 지나갔다. 빌라와 수많은 실편백나무가 있는 궁전 앞에서 우리는 안마당에 핀 로마의 꽃들에 감탄했다. 송악의 긴 가지들이 돌집을 쓰다듬고 있었다. 우리는 회랑과 수없이 많은 광장들을 지났는데, 그 한가운데로 풍부한 강물이 흘러가고 있었다. 우리는 밀크커피를 마시기 위해 멈춰 섰다. 너무 많이 휘저어서 허옇게 인 거품 속에 티스푼이 세워져 있었다. 그 다음에 우리는 높은 담벼락 그늘 밑 베네치아 광장 쪽으로 나 있는 코르소 가로 들어섰다. 마치 어두운 복도에서 빛을 찾은 것과도 같았다.

거대한 저택이었다. 위엄 있게 생긴 앞면은 엄숙한 코니스로 장식돼 있었다. 우리는 궁륭 안으로 들어섰는데 그곳은 삼각면을 인 창문들과 면한 안마당으로 통했다. 창문들 가운데에 꽃장식 두 개가 황소의 머리를 에워싸고 있었다. 우리는 중앙 건물로 들어가서 화려한 회랑을 지나갔는데, 마술처럼 둥근 그곳의 천장에는 고된 임무에 고통스러워하는 테세우스의 모습이 그려져 있었다. 그 다음으로 우리가 구경한 방은 바쿠스와 아리아드네의 승리를 찬양하는 방으로, 주신(酒神)과 포도송이들, 술 취한 실레노스, 바쿠스 신의 여제사장들의 그림들로 가득했다.

우리는 이층에 도착했다. 그곳엔 로마의 프랑스 학교가 있었다. 오후 네시였다. 학생들과 연구원들이 휴가중이어서 사람은 그리 많지 않았다. 우리는 여비서에게 질문을 던져 우리가 알고자 하는 바를 캐내는 데 성공했다. 두 눈과 검은 머리가 테세우스의 아리아드네와 닮은 구석이 있는, 하얀 실크 블라우스를 입은 이탈리아 여자였다. 그녀는 우리들의 정신없는 질문에도 당황하지 않았다.

"최근에 장 이브 르레를 보셨습니까?"

대답을 이미 완벽히 알고 있는 펠릭스가 물었다.

"아뇨. 우리도 사흘간이나 보지 못한 걸요."

그 젊은 여자가 대답했다.

그가 소환되어 취조를 받았다는 소식이 이곳까지는 아직 알려지지 않은 것 같았다.

"당신은 그가 여기서 하던 연구의 주제를 알고 있습니까?"

"모르겠는데요. 하지만 기다려보세요. 찾아볼 수 있을 거예요."

그녀는 자리에서 일어나 서랍을 뒤적거리더니 작은 색인카드 뭉치를 꺼내어 한 장 한 장 넘기기 시작했다. 알바레스 페라라가 조급한 기색을 보이려는 찰나 아리아드네가 외쳤다.

"아, 여기 있군요, 찾은 것 같아요! 르레 씨는 비시 정부 때 로마 학교와 고등사법학교 교장, 교육부 장관을 역임했던 제롬 카르코피노에 대한 논문을 찾아보고 있었네요. 그는 1933년 독일 제3제국과 가톨릭 교회 사이에 조인된 협약 이후의 피우스 12세와 나치즘에 대해 조사하기 위해 이곳에 왔어요."

그녀는 카드에 있는 내용을 성실하게 읽어주었다.

"그가 묵고 있는 곳의 주소를 우리에게 가르쳐줄 수 있겠소?"

페라라가 테이블 가장자리를 손가락으로 두드리며 물었다.

"누구요? 피우스 12세 말인가요?"

그녀는 눈이 휘둥그레져 반문했다.

"아니, 장 이브 르레 말이오."

페라라는 퉁명스런 말투로 대답했다.

"안 돼요, 그럴 순 없습니다. 연구원들의 개인 주소를 알려주는 건 금지되어 있어요."

그러자 페라라는 털투성이 손으로 거칠게 경찰 신분증을 그녀의 코앞에 들이댔다. 겁을 먹은 여자는 순순히 따랐고, 우리는 이내 택시를 타고 그녀가 가르쳐준 주소로 갔다.

그곳은 나보나 광장에 위치한 매력적인 작은 이층집이었다. 수위에게 열쇠를 부탁할 필요도 없었다. 자물쇠를 부수고 문을 열 필요도 없었다. 먼저 와 있던 누군가가 우리에게 문을 열어주었던 것이다.

프란시스 신부였다. 그는 우리를 보고도 놀라지 않았다. 펠릭스와 나는 페라라의 새로운 신분을 그에게 알려주었다.

우리는 고가구와 짝이 맞지 않는 안락의자들이 놓여 있는 기실로 들어가 자리를 잡았다. 테이블과 책장 위, 그리고 창가 여기저기에 불이 켜진 양초가 수십 개 놓여 있었다. 사향 같은 냄새를 풍기는 연기가 방 안을 가득 채우고 급기야 우리 목구멍까지 들어왔다. 우리 앞에 있는 벽난로 위에는 책과 오래된 노트 더미가 뒤죽박죽 놓여 있었고, 대들보에는 마른 식물들이 매달려 있었다. 그중 한 군데에 조각으로 장식된 지팡이가 하나 걸려 있었는데, 제일 굵은 끝부분은 아래쪽으로 기울어져 있었고, 다른 끝에는 일곱 마디로 묶인 가죽끈이 매달려 있었다.

"당신 조카를 마지막으로 본 게 언젭니까?"

페라라가 물었다.

"정확히 일 주일 전이오. 그 가엾은 아이가……"

그리고 그는 떨리는 목소리로 덧붙였다.

"단언하건대 그 아이는 범인이 아니오…… 그리고 나는 누가 그랬는지도 알고 있소…… 이건 음모요."

"음모라고요? 누가 조작한 음모란 말입니까?"

펠릭스가 물었다.

프란시스 신부가 그의 귀에 대고 무슨 말을 소곤거리자, 눈썹을 치켜뜬 펠릭스의 입가에 주름이 졌다. 그가 뭔가 마음에 들지 않을 때 하는 제스처인 입을 삐죽거리려는 낌새도 맡을 수 있었다.

"만약 당신들이 알고 싶다면……"

프란시스 신부가 높은 톤으로 말을 이었다.

"실러의 암살자는 그쪽에서 찾아야만 한다고 생각해요. 내 조카 장이브는 전쟁을 연구하는 역사학자요. 그는 자기 아버지의 행동을 보상하려고 애썼소. 아시겠소?"

"자기 아버지의 행동이라니요? 그가 무슨 일을 했는데요?"

펠릭스가 물었다. 노인은 자신이 너무 많은 말을 한 것을 깨달은 듯 당황했다.

"그의 아버지는…… 오, 아무것도…… 아무 일도 안 했소. 그때는 전시였어요. 그러니 어쩌겠소…… 그리고 알다시피 사상자가 그리 많았던 건 아니오."

그는 말을 더듬거렸다.

"유대인들이 충격을 받아 과장을 한 게지. 그들은 이해하지 못했소."

펠릭스는 냉담한 표정으로 그를 바라보았다. 나는 그의 그런 모습에 늘 놀라곤 했다. 그는 친구나 지인들과 사적인 대화를 할 때도 공격성을 보였다. 그런 만큼 그는 조사를 할 때나 '자기 일'을 할 때 자칭 위엄 있는 침착성을 유지할 수 있었던 것이다. 그는 독재자들, 옛 대독 협력자들, 살인범들과도 눈썹 하나 까딱하지 않고 이야기할 수 있었다. 정보를 강탈하고 싶은 사람들에게 자기 의견을 고집할 수도 있었으며 그런 경우엔 절대적인 악의를 드러낼 수도 있었다.

"그에게 근심거리가 생긴 것은 그 처녀와 만나고 난 후부터였소."

노인은 말을 계속했다.

"어느 처녀 말인가요?"

펠릭스가 물었다.

"리자 페를망 말입니다. 당신들도 잘 알겠지만, 여자들이란 불행의 씨앗이죠…… 옛일이 생각나는군요."

프란시스 신부는 우리를 잠시 쳐다보더니 이야기를 시작했다.

"난 스무 살이었소. 신학 공부를 할 때였지요. 사람들이 말하듯 나에겐 사명감이 있었소. 나는 수도사가 되고 싶었고, 내 영혼을 신의 두 손 안에 두고 싶었소. 내 운명을 맡기고 싶었던 거요. 여러분은 이런 생각을 해본 적이 있소? 집안 분위기라고 하는 것은 이마나 코, 턱 같은 형태학에서 나오는 것이 아닙니다. 뭐라 설명할 순 없지만 단번에 눈에 띄는 거지요. 그래서 수도사들이 서로 닮은꼴을 하고 있는 겁니다. 그때는 내가 선택받은 계보에 속했던 축복받은 시간이었지."

프란시스 신부는 그 마법의 시간들을 잘 기억해내려는 듯 하늘로 눈을 들어올렸다. 그러고는 특별히 말을 건네듯 갑자기 나만을 응시하며 말을 이었다.

"어느 겨울 아침에 모든 것이 갑자기 변해버렸소. 어떻게 내가 그 처녀를 만났는지 지금은 잘 생각나지 않지만, 그녀 때문에 내 인생은 뒤죽박죽이 되었다오."

노인은 고개를 끄덕였다. 페라라는 멍한 태도로 그의 말을 듣고 있었고, 펠릭스는 얼굴에 경멸의 빛을 띠며 조용히 시가를 문 채 그를 관찰하고 있었다.

프란시스 신부가 말을 이었다.

"내가 하는 이야기를 비웃고 있군요. 당신은 사탄과 이 세상을 흔드는 나쁜 정령들을 믿지 않지요. 귀신들림을 경험해본 적도 없고요. 당신은 악마를 믿지 않아요…… 하지만 아시오? 악마는 존재합니다. 내가 그것에 대해 이야기해주길 원하시오?"

그의 두 눈이 흥분하여 크게 벌어졌다.

"홀로 있을 때, 악마는 알몸으로 있는 것을 좋아합니다. 그리고 자신의 냄새가 퍼져나가도록 하지요. 그것은 끈적끈적한 물 냄새, 시커먼 폭풍우 냄새, 고약한 썩은 냄새지요. 사람들 가운데 있을 때, 그는 아무도 그 성분을 알 수 없는 향유를 뿌려 이 악취를 가립니다. 그는 어둠과 성수와 양초가 있는 집을 좋아하고, 별과 혜성을 좋아합니다. 유성은 그의 성냥이고 번개는 그의 고함이죠. 그는 불과 유황도 좋아합니다. 당신들도 그건 쉽게 알 수 있을 겁니다. 그의 시선은 인간의 시선에서 나오는 힘을 능가하지요."

그가 눈을 크게 떴다. 뺨은 창백하고 관자놀이엔 정맥이 뛰고 있었다. 그의 쉰 목소리가 점점 강도를 더해갔다. 그는 양초를 집어 자신의 눈높이까지 들어올렸다. 불꽃이 음영을 드리우자 그의 얼굴이 해골처럼 움푹 패었다.

촛불이 그려놓은 후광 주위로 어둠이 방 안을 점령해버린 것 같았다. 경미한 욕지기가 느껴지고 가슴과 머리가 몹시 아파왔다.

나는 펠릭스에게 시선을 던졌다. 그는 무표정한 얼굴로 머리를 뒤로 가볍게 젖히고 무엇엔가 열중한 모습으로 계속 시가를 피워대고 있었다. 페라라는 자기 안락의자 가장자리를 신경질적으로 두드리고 있었다. 여기에 정상적인 사람이 한 명이라도 있는가?

"보시오."

프란시스 신부가 외쳤다.

"성스러운 불이 우리를 휩쓸어버려 우리는 어둠 속, 악마의 제국 속에 있잖소!"

그리고 그는 질긴 진홍색 천으로 짠 태피스트리가 걸린 벽 위의 한 점을 강렬하게 응시하기 시작했다.

"사탄, 너 거기 있구나!"

그가 말했다.

"세상의 왕자, 너는 처음부터 끝까지 인산을 시배하는구나. 하지만 신께서 너를 보고 계셔. 너는 그를 볼 수 없지만, 신은 너를 보실 수 있어. 그리고 네가 불시에 인간들에게 다가가는 것을 허락하시지. 너는 하나가 아니야. 너는 다수지! 너는 군단이야! 너는 세상의 개체들만큼이나 많은 모습을 띨 수 있어. 왜냐하면 너는 있는 그대로의 너를 나타내기를 두려워하기 때문이지. 그래서 너는 변장을 해. 너는 가면을 쓰고 살고 있어. 너의 계략이 때때로 너를 보이지 않게 만들지. 그러나 나,

나는 너를 볼 수 있어. 너를 식별할 수 있단 말이야!"

탁자 위에 놓인 촛불빛이 반사된 것이었을까? 수많은 촛불과 마법의 지팡이, 사람을 취하게 만드는 향내가 나는, 방 안을 감도는 이상한 분위기 때문이었을까? 벽 위에 걸린, 무늬를 넣어 짠 태피스트리에 비친 그림자들이 춤을 추기 시작했다. 그 그림자들은 뱀 용 사자 숫염소 박쥐 인간의 손과 발을 가지고 있었다. 괴물의 얼굴에 꼬리와 흉악한 동물의 발을 가진 악마의 모습을 하고 있었다. 탁자 위에서 작은 불꽃들이 마치 제단에 놓인 불꽃처럼 모든 것을 태워 없애려는 듯, 마법의 힘으로 반항적이고 성 잘 내는 피에 목마른 이 양서류들을 지배하려는 듯 흔들거리며 타올랐다. 불은 그들의 분노를 선동하고 있었다. 작은 요정처럼 팔다리를 흔들어댔다. 그 몸들은 모든 형태를 띠고 있었다. 사자의 머리, 뱀의 꼬리, 독수리의 날개, 거북이의 옆구리……

모든 종(種)들이 미끄러지며 걸어가고 울부짖고 팽창되며, 마음대로 오므라들고 사지를 모았다가는 다시 늘어졌다. 붕괴와 파괴, 지옥과 형벌! 그것은 짐승의 썩은 시체와 뱀, 불 위에서 발을 구르는 부서진 두꺼비들의 원무였다. 끊임없이 변모하는 악마의 피조물들, 뿔이 다섯 달린 복수의 세 여신, 살무사, 심장, 온갖 기관, 인간과 비인간, 사후의 실루엣들이기도 했다.

노인은 손가락으로 촛불을 끄면서 중얼거렸다.

"악마는 항상 우리 주위에 있소. 죄악이 늘 존재하기 때문이오. 그러나 악마는 어떤 시기에는 자기를 더 많이 드러내려고 합니다. 한 시대의 종말이 바로 그런 위험한 시기요."

펠릭스는 내게 시선을 던졌다. 그 시선은 이렇게 말하고 싶어하는 듯

했다. '이 노인네가 내 신경을 거스르기 시작하는군.'

페라라도 같은 생각이었던 것 같았다. 그는 떠날 기색으로 몸을 일으켰다. 우리가 그의 뒤를 따라 일어서려는데 페라라가 갑자기 몸을 돌렸다.

"당신 조카에 대한 일인데, 진짜 살인범을 찾는 데 우리에게 도움이 될 만한 뭔가 기억나는 거라도 있소? 무엇이건 간에요."

프란시스 신부는 잠시 생각에 잠겼다.

"물론 있소. 몇 주 전 장 이브가 나한테 말했소. 만약 자기에게 무슨 일이 생기면 내가 자기의 상자를 열어야 한다고요."

"무슨 상자죠?"

"은행에 있는 상자요."

"그걸 경찰에게도 말했소?"

"경찰은 아직 나에게 아무것도 묻지 않았소."

"그가 당신에게 그 상자 번호를 주던가요?"

"그렇소, 나에게 주었소…… 음, 파리로 돌아가면 내가 그걸 간수할 거요."

"그 번호를 우리에게 줄 수 없소? 어쩌면 우리가 당신 대신 그걸 찾아줄 수도 있을 텐데요."

페라라가 짐짓 친절한 척하며 말했다.

"안 됩니다. 그건 말도 안 되는 소리요. 장 이브는 누구에게도 그 번호를 가르쳐주지 말라고 당부했소. 그리고 그 번호가 어디 있는지도 확신할 수 없고……"

프란시스 신부가 대답했다.

펠릭스는 호기심에 차서 그를 주시했다. 페라라는 준엄한 시선으로 노인을 바라보다가 갑자기 문을 향해 걸어갔다.

우리가 계단을 내려가고 있을 때, 프란시스 신부가 층계참에 나타나 우리 뒤를 따라오며 주술 같은 말을 내뱉었다.

"그 여자를 조심하시오! 그 여자는 위험합니다. 그 여자는 당신을 홀 릴 거요…… 인형을 하나 만드는 데는 성유 몇 방울과 축성된 빵조각 들, 손톱 부스러기, 제물의 이빨이나 머리카락만으로도 충분합니다. 그리고 그 인형은 칠성사, 세례, 성찬식, 견진례, 사제직, 종부성사를 받습니다. 몽마*와 음몽마녀**를 특히 조심하시오! 모든 것이 영적인 세계 속에 있소. 그것이 화를 낼 때는 괴물 같은 음모를 조장합니다! 다 시 말하건대 그 여자를 조심하시오! 내 조카를 홀린 것이 바로 그 여자 요. 바로 그 여자란 말이오!"

노인의 말은 밤 속으로 사라졌다. 페라라는 호텔로 돌아가기 위해 택 시를 불렀다. 그는 조그만 검은 차 속으로 빨려들어가듯 사라졌다. 나 는 걷고 싶었다. 펠릭스도 나를 따랐다.

"자네 그거 봤나? 그 그림자들, 그 끔찍한 짐승들 말이야."

내가 물었다.

"무슨 말을 하는 건가?"

"벽 위에서 춤을 추던 그 피조물들 말일세. 자네도 보지 않았나? 프란 시스 신부가 말한 그 끔찍한 세계 말이야. 자네, 아무것도 못 본 건가?"

"아니, 무슨 소린가, 라파엘? 자네 신경이 너무 예민해진 거 아닌가?"

"정말 아무것도 못 봤단 말인가?"

---

* 잠자는 여성과 성교하기 위해 돌아다니는 남자 악마. 잉큐버스(incubus).
** 잠자는 남자와 성교한다는 여자 악마. 서큐버스(succubus).

"얼마 전부터 자네는 더이상 예전의 자네가 아니네. 자넨 점점 이성을 잃어가고 있어. 지금 자네가 이러는 것도 그 사제가 자네의 정신 속에 그런 영상들을 각인시키는 데 성공했다는 증거일세!"

그는 빈정거리는 투로 나를 응시했다.

"바꿔 말하면, 자넨 암시의 제물이 된 셈이지. 자네가 사랑에 지배당한 후부터 자네에겐 어떤 일이든 다 일어날 수 있게 된 거야!"

"그런 말을 하는 저의가 뭔가?"

"정열도 신앙처럼 암시의 지배를 받지. 암시란 고정관념이 되어버릴 정도로 사람에게 뿌리를 박는 생각일세. 사랑 또한 최면과도 같은 암시에서 오는 거야."

"좀 과장하고 있다고 생각하지 않나?"

"아니. 히틀러를 봐. 그는 온 국민에게 최면을 거는 데 성공했잖나."

우리는 호텔을 향해 걸어갔다. 잉크빛 하늘 아래서 불안한 로마, 그 역사적인 도시의 길들을 지나쳤다. 우리가 걸을 때마다 포장된 보도에 발소리가 울려퍼졌다. 가로등 불빛이 땅바닥에 무서운 그림자를 드리웠다. 그림자는 어디에서 오는 것일까. 가로등 불빛에 비친 우리 몸의 그림자일까. 혹은 저 높은 곳, 환상적인 어둠의 엄청난 더미 아래, 하늘의 뿌리에 도사리고 있는 그 큰 뱀자리에서 나오는 것일까. 공기 속에서 느낄 수 있는 중력과도 같이, 흔들리는 나뭇잎과 반짝이는 별빛 속에서 시원한 바람이 불어왔다. 이따금 그 바람은 세게 휘몰아치기도 했다. 이 밤, 로마에는 다른 세계, 잘못된 복제가 빚어낸 듯한 끝없이 광활한 세계가 펼쳐져 있었다. 갑자기 우리가 여기 있지 말아야 했다는 느낌이 들었다. 차라리 잠이나 자는 것이 더 나았으리라. 우리는 모든 고

차원의 진실을 외면한 채 일생을 보내기도 하는 것이다.

"아까 프란시스 신부가 자네 귀에 대고 뭐라고 말했나?"
나는 펠릭스에게 물었다.
"오! 아무것도 아니야……"

어쩌면 결국은 프란시스 신부가 옳은지도 모른다. 세계의 모든 역사는 뱀으로부터 시작해서 뱀에서 끝난다는 말. 그것은 세계의 변천처럼 꼬리에 꼬리를 문다. 하나에서 전체로, 전체가 다시 하나로 이어지는 계속적인 순환. 뱀은 도처에 있다. 그것은 우주를 똬리로 둘러싸는 원형이다. 그것은 지구에서 토성에 이르는 유성의 일곱 구(球)이며 어둠과 빛을 분리시키는 고리이고 거대한 강 같은 대서양이 물결치는 대지이다. 그것은 음식물의 성분을 바꾸는 내장의 주름들로, 마치 뱀처럼 소비, 분해, 부패 등 생명의 흐름을 보여준다. 그렇다, 뱀은 소우주에서 대우주까지, 인간의 몸에서부터 무한한 하늘까지 도처에 존재하며 삶의 모든 메커니즘을 영속시킨다. 그것은 지고의 지식으로, 최초에도 있고 종말에도 있다. 그것은 죽음을 지배한다. 그것은 인간의 첫번째 지배자이고 역사의 반역자이다. 에덴 동산에서 감히 신의 권위에 문제제기를 한 것도 바로 그것이다. 인간에게 자기 기원의 비밀을 알려주기 위해 신의 분노에 용감히 맞선 천국의 진정한 영웅도 바로 그 뱀이다. 그러기 위하여 뱀은 이브를 유혹했고 그것도 모자라 아담마저 유혹했다. 이 최초의 부부에게 앎과 쾌락을 가져다주면서. 이브, 타락한 여자, 그 나쁜 여자를 통해 악이 전해진 것이다…… 어쩌면 프란시스 신부가 옳은지도 모른다. 리자는 내가 생각했던 여자가 아닌지도.

나는 펠릭스를 쳐다보았다. 그는 고뇌 속에서도 마치 아무 일도 없다는 듯 내 옆을 무표정하게 걷고 있었다. 내 손이 떨렸다. 이 밤은 여자였고 세상과도 같은 신비였다. 우리가 지혜를 향해 단 한 걸음도 내딛지 못한 채 수천 년의 세월이 파묻혀버렸다. 그는 여기서 무엇을 하고 있나? 좀더 알아보려고, 계속 더 알아보려고 하는 것일까? 하지만 정확히 무엇을 알겠다는 말인가? 그 살인범에 대한 진실……? 악에 대한……? 이 무슨 부조리란 말인가. 이해할 수 있는 것은 하나도 없고, 이성적인 것도 전혀 없다. 이성적으로 되려고 하는 것조차 없다. 악은 유일하지도 확실하지도 않다. 악은 말이나 연설처럼 시시각각 변하며 그 표시는 확실하지도 자명하지도 않다. 이성은 알지 못한다. 왜냐하면 상상할 수 없기 때문이다. 평온하고 오만한 이성은 그의 믿음에, '진리'라고 명명하는 것의 얼어붙은 호수 표면에 머물고 있다. 다시 말해 그것은 그의 무지, 즉 지식의 부재가 아니라 알고자 하는 욕망의 부재인 것이다.

처음엔 두 토막으로 살해된 남자가 있었다. 그런 다음 이 운명적인 악순환이 일어났다. 나 자신이 작동시킨 장치가 있었다. 앞으로 나아가면 나아갈수록 나는 점점 더 헤맸다. 나는 이곳에서 무엇을 하고 있나. 혼란을 통솔하기 위해 서 있는 창백한 군인들처럼, 나뭇잎이 듬성듬성한 해롭지 않은 이 나무들처럼, 가로등의 말없는 얼굴이 쏟아붓고 있는 이 이상한 불빛 아래서 말이다. 고개를 하늘로 쳐들고, 밤마다 이 황폐한 땅에 나무를 다시 심는 그들의 노고에 증오를 외치는 이 소란스런 불빛을 마주하고 나는 도대체 무엇을 하고 있는가.

그렇다. 이 세상엔 이상한 것들이 있다. 신의 작품이 아닌 이 세상, 교활한 영혼을 가진 가학적이고 나쁜 조물주만이 만들 수 있는 이 세상.

우주의 하늘 아래 있는 내 주위의 모든 건물—교회, 집 들은 천 년의 기만의 영속을 증명하고 있는 듯했다. 그렇다. 인간은 그들이 살려고 애쓰는 이 땅에서 이방인이었다. 그들은 잃어버린 장소의 침전물이었다. 무겁고 어두운 이 물체는 모든 것들 중에서 가장 역동적이지 못하고 가장 부동적이며 가장 무겁다. 천상의 궁륭에서 떨어져나온 별들은 도망갈 수 있는 길이 있음을 보여주었다. 하지만 그게 어떤 길인가?

"무슨 생각을 하고 있나?"

펠릭스가 물었다. 우리는 본능적으로 발길을 재촉하고 있었다.

"참 이상해. 난 아직도 그 환영들의 영향을 받고 있는 것 같네."

"뭐라구? 자네 프란시스 신부가 한 이야기를 말하고 싶은 건가? 그 신부가 하는 이야기들에 대해선 이제 이골이 났다. 난 그 상자 건을 생각하고 있네. 자넨 어떻게 생각하나?"

펠릭스가 물었다.

사실 나는 그 상자에 대해서는 전혀, 아무것도 생각한 바 없었다. 그건 아주 모호한 이야기로 들렸다. 그 상자 속에는 편지나 보석 혹은 돈 따위가 들어 있을 것 같았다.

그런데 나는 왜 조용한 로마, 나의 황량한 동양에서 이렇게 떨고 있는 것일까.

"펠릭스, 그가 아까 자네 귀에 대고 뭐라고 했나?"

"정말 알고 싶나?"

나는 그렇다고 대답했다.

"그는 그 모든 것이 유대인들의 잘못이었다고 말했네. 그들이 죄를 지었기 때문에 강제수용됐다고 했어."

나는 내가 예감했던 고통, 향수의 파도처럼 내 몸속에서 올라오는 그 고통을 이해할 수 있었다.

이전에 유대인들은 내게 추상적 본질이나 역사적 개념에 불과했다. 그러나 지금은 모든 것이 변했다. 그건 리자가 있기 때문이었다.

나는 천 번쯤 그 질문을 다시 생각해보았다. 그것은 모든 사람들이 시시때때로, 전쟁과 관계가 있건 없건 자문하는 진실하고 유일한, 그리고 형이상학적인 질문이었다. 또한 펠릭스가 우리는 아마도 아무것도 하지 않았을 것이며, 많은 역사학자나 신문기자들처럼 우리 역시 서구 기독교 사회의 토지 구조에 관한 논문을 쓰거나 『누벨 르뷔 프랑세즈』에 멋진 문학평론을 쓰기 위해 집필했을 것이라고 결론짓기 위해 자문하고 또 나에게도 집요하게 묻는 질문이기도 했다.

그 질문은 이 세기에 관한, 양심에 관한, 인간에 관한 질문이다.

진정한 질문, 좋은 질문은 대답 가능한 질문이다. 대답하지 않을 수 없는 질문이다. 그 앞에서 어떤 회피도 용납되지 않는 질문이다. 이 세상이 어디에서 왔는지, 어디로 가는지, 우리는 왜 여기 있는지 자문해봤자 아무 소용이 없다. 그러나 이 질문에 대답하는 것, 그것은 모든 질문에 대답하는 것이나. 거기에는 시초와 종말에 대한 질문의 답도 포함되는 것이다.

나라면 무엇을 할 수 있었을까? 나치의 혼란 속에서 나는 무엇을 했을까? 쇼아가 일어나는 동안 나는 무엇을 했을까?

나는 과연 무엇을 했을까? 목숨을 내걸고 독일인들과 투쟁했을까? 애국주의적인 혹은 공산주의적인 전투적 태도로 저항했을까? 드골이 프랑스인들이 별로 듣지도 않은 그 터무니없는 호소를 할 때 합류했을까? 위조서류들을 만들었을까? 지하신문 제작에 참여했을까? 나는 숨어서 활동하는 인간이었을까? 또다른 정체성을 가지고 이중의 삶을 살았을까? 항독 지하운동에 참여했을까? 시를 썼을까? 하늘을 믿는 자와 믿지 않는 자를 노래했을까? 유대인을 지하실이나 농장, 또는 우리 마을에 숨겨주었을까? 그것이 세상에서 가장 자연스러운 일처럼 느껴져 유대인들을 숨겨주었을까? 그들이 선택받은 민족이기 때문에 숨겨주었을까? 유대인들을 별로 좋아하진 않지만 넘지 못할 한계가 있기에 그들을 숨겨주었을까? 나는 환경이 어떻든 간에 굳세고 용감했을까? 나는 영웅이었을까? 씩씩한 전투원이 되었을까? 결백한 자들을 구하고 조국을 방어하기 위해 내 생명을 담보로 내걸었을까? 고문을 당해 실토했을까? 나는 무엇을 했을까? 내 확신의 이름으로 나는 무엇을 말했을까? 위험한 일에 말려들 수도 있었을까? 자유에 대한 철학적 작품을 썼을까? 희곡이 체제를 암암리에 비판하고 있다고 주장하면서 그것을 무대에 올렸을까?

나는 의용군에 소집된 좀 가난한 타입이었을까? 지도자였을까? 부하였을까? 열성적인 공무원 혹은 관료였을까? 심사숙고하지도 않고 명령을 했을까? 나는 비시로 떠났을까? 파리에 머물렀을까? 런던에 갔을까? 혹은 체르첼*에 갔을까? 1940년이나 1945년에 최초의 항독 운동자들 무리 가운데 있었을까? 혹은 1943년의 항독 지하운동에 합류했을까? 나는 강제노동국을 위해 독일로 떠났을까? 강제노동국 때문에 항독 지하운동에 참여했을까? 나는 죄수가 되었을까? 탈옥했을까? 암거래를 했을까? 궁핍 때문이었을까 혹은 이익을 내기 위해서였

---

* 알제리의 항구 이름.

을까? 원수(元帥)의 명령을 정직하게 수행하는 충실한 협력자였을까? 페탱을 열심히 지지하는 열광적인 협력자였을까? 나는 확신도 없이 비겁하게 그를 따랐을까? 동업조합주의 때문이었을까 혹은 야망 때문이었을까? 나는 라발*의 연설에 동의할 수 있었을까? 『나는 도처에 있다』를 읽었을까? 『나는 도처에 있다』에 글을 썼을까? 국가혁명이라는 이상에 유혹된 그 지성인들에 속했을까? 밀고나 증오를 부추기는 기사로 유대인 남자, 여자, 아이들의 죽음을 선동했을까? 동지들을 팔아넘겼을까? 확신이나 질투 또는 이익 때문에 그렇게 했을까? 유대인들을 고발했을까?

유대인들을 고발했을까? 그들처럼. 그래, 그들처럼. 왜? 왜 그것을 말하지 않는가? 집안의 중대한 비밀이기에. 벽장 속의 시체. 시체, 라파엘, 넌 아무 말도 하지 마. 입 다물어. 넌 아무것도 못 들은 거야. 이건 거짓말이야. 네 할아버지가 거짓말을 했어. 가엾은 양반이 엉터리 같은 이야기를 꾸며내고 있는 거야. 할아버지는 노인이 돼버렸어. 노인? 그건 늙었다는 뜻이지. 너무 많이 늙은 것 말이야. 라파엘, 더이상 할아버지 말은 듣지 마라. 네가 할아버지 만나는 걸 더이상 허락하지 않겠다. 그리고 그 바보 같은 짓을 되풀이하는 것도 금지한다. 알아듣겠어? 그 가엾은 노인은 이제 죽을 일밖에 남지 않았어.

그래, 그들처럼. 나는 유대인들을 경찰에 넘겨주었을까? 중국 잉크를 사용하여 내 좋은 필체로 그들의 주소를 정성스럽게 써서 말이다. 나는 글을 열심히 썼을까 혹은 급히 썼을까? 그들의 이름, 그들의 특징을 말해주었을까? 그들이 숨어 있는 곳을 가르쳐주었을까? 고발장을 가지

---

* 1883~1945, 프랑스의 정치가. 2차대전중 페탱에 협력하여 비시 정부의 부총리와 법무장관을 지냈다. 전쟁이 끝난 뒤 독일에 협력했다는 죄목으로 처형되었다.

고 있었을까? 혹은 그것을 우체통에 넣었을까? 나는 증오심, 만족감 혹은 그런 애국적 행동을 수행한 자의 평온한 정신으로 그것을 우편으로 부쳤을까? 편안한 마음으로 집에 돌아왔을까 혹은 좀 불편한 마음으로 돌아왔을까? 후회나 자책을 했을까? 밤에 잠을 잘 잤을까 혹은 땀에 젖어 잠을 깨었을까? 그 사람들을 없애버린 것에 만족했을까? 나는 유대인들이 나의 경쟁자이기 때문에 그들을 고발했을까? 나는 유대인들의 상점이나 아파트를 차지하기 위해 그들을 내쫓았을까? 스트라스부르의 보주 가에 있는 유대인들의 커다란 아파트에 살기 위해 그들을 집단으로 이동시켰을까? 그들이 나보다 돈을 더 많이 번다는 이유로 팔아넘겼을까? 나는 나의 이웃사람이 사라지기를 바랐을까? 질투 때문이었을까 아니면 이익의 미끼로 쓰기 위해서였을까? 분노나 욕구, 필요에 의해서였을까? 쾌락이나 사디즘, 악덕과 사악함 때문이었을까? 나는 유대인들을 양도했을까? 나는 유대인들을, 그들이 유대인이기 때문에 넘겨주었을까? 나는 자문도 해보지 않고 아무 생각 없이 넘겨주었을까? 그들에게 일어날 일이 무엇인지 알면서 넘겨주었을까? 나는 그들을 기차에 태워 보냈을까? 그들을 죽음의 수용소로 보냈을까? 나는 그들을 가스실로 밀어넣었을까? 그들을 고발했을까? 그들을 고발했을까? 나는 우리 부모처럼 그들을 고발했을까? 오, 신이여!

목소리들이 내 머릿속에서 울부짖었다. 내 머리를 폭발시킬 정도로 우레와 같은 소리로 크게 울부짖었다. 질문, 고통과 비탄의 중얼거림. 그 생각을 할 때마다 똑같은 외침, 똑같은 고함소리, 끔찍한 고함소리, 죽음의 외침이 들렸다. 저주의 말들이 우리 집안을, 불행한 선조와 그의 모든 후손들을 저주하고 있었다. 귀를 째는 듯한 일격이 내 머리를 내리치면서 파열시켰다.

그러나 오늘 저녁의 질문은 다른 것이었다. 만약 누가 리자를 내게서 빼앗아가려고 했다면 난 어떻게 행동했을까? 그런 생각을 하니 나의 온몸은 공포와 분노로 떨렸다.

그렇다. 나는 무기를 들었을 것이다. 그리고, 물론 죽였을 것이다.

"우리가 해야 할 일이 무엇인지 알고 있나?"

나는 소스라치게 놀랐다. 펠릭스의 목소리가 우렁찬 파도처럼 길가의 좁은 벽 사이로 울렸다.

"아니."

"우린 파르네제 궁으로 다시 돌아가야 해."

"언제? 그리고 왜?"

"지금 당장. 거기서 뭔가 찾을 수 있을 것 같네."

시각은 거의 자정이 다 되었다. 우리는 테베레 강을 따라 걷다가 로마 학교 쪽으로 향했다. 나는 그보다 길을 잘 알고 있었지만, 생각에 빠져서 무의식적으로 펠릭스를 따라갔다. 그가 길을 헤매 오래된 묘지를 지나치게 되었다.

바람이 한 차례 불었다. 우리는 점점 더 빨리 걸었다. 우리의 발소리는 침묵을 깨우고, 죽은 사들의 영혼을 떨게 하며 무기력한 땅을 마구 짓밟았다.

우리는 이끼가 듬성듬성한 기다란 평석 앞을 지나갔다. 그 앞에 서 있는 십자가는 심하게 기울어져 넘어지기 일보 직전이었다. 무덤 주변으로 쏠려 있던 내 시선에 옆으로 비켜나 있는 평석 뚜껑이 들어왔다. 그 무덤은 제대로 덮여 있지 않았다.

나는 갑자기 걸음을 멈췄다.

"왜 그래? 귀신이라도 본 건가?"

펠릭스가 물었다.

나는 평석을 그에게 가리켰다. 그는 몸을 수그리고 손으로 무덤을 쓸었다.

"누군가 무덤을 열려고 했던 것 같네. 누가 이 무덤을 신성모독했을까? 무슨 이유로?"

누가 감히 죽은 자들의 영혼에 도전했는가? 누가 날카로운 울음을 우는 새를 깨웠는가? 누가 이 창백한 잠을 방해했는가?

우리는 묘지를 떠나 파르네제 궁 쪽으로 갔다.

달빛에 비친 그 오래된 르네상스 건물은 우아함과 균형미로 더욱더 돋보였다. 나는 예전에 그곳에 머무른 적이 있었다. 그래서 입구를 통하지 않고도 내부로 들어가는 방법을 잘 알고 있었다. 우리는 벽을 기어올라 안마당으로 들어간 후 웅장한 층계를 조용히 올라 신성한 사랑과 세속적인 사랑의 그림이 걸려 있는 큰 살롱 앞을 지나갔다. 사형집행인 앞에 선 황제들이 멍한 시선으로 복도를 따라 우리를 응시하고 있었다.

마침내 우리는 도서관에 도착했다. 그곳은 분명 장 이브 르레가 수사본들과 고서적에 둘러싸여 연구를 한 곳이었다. 펠릭스는 주머니에서 작은 열쇠 하나를 꺼냈다. '이국적인' 르포 취재차 갔던 곳에서 사온 만능열쇠였다. 우리는 둥근 천장이 있는 거대한 홀 안으로 들어갔다. 안쪽에는 도서관장의 개인 아파트 쪽으로 연결되는 회랑이 있었지만, 회랑으로 통하는 입구는 철책으로 차단되어 있었다.

훨씬 더 컴컴한 방 쪽으로 철문이 나 있었다. 그 방은 감옥과 비슷했다. 우리는 앞으로 천천히 걸어갔지만 실은 그럴 필요가 없었다. 그 장소는 완전히 텅 비어 있었기 때문이다.

펠릭스가 내 앞에서 걸어갔다. 따닥따닥 하는 소리가 들릴 때마다 우리는 소스라치게 놀랐다. 그것은 활동하는 책들의 소리였다. 그들 역시 시간에 휩쓸려버렸다. 책들은 자기들끼리 소곤거리며 비밀 이야기를 나누고 있었다. 몹시 늙고 초췌해져 먼지로 바스러질 준비를 하고 있는 책들은 더 젊은 책들에게 마지막 충고를 건네고 있었다. 젊은 책들의 힘찬 페이지들은 불경한 자들의 눈과 손이 아직 닿지 않은 순결한 상태였다. 얇고 파손되기 쉬운 다른 책들은 겨우 자신을 지탱하고 있었다. 그 책들에겐 방법이 많지 않았다. 자신들의 빈약함 때문에 다른 책들, 화려하고 부유한 책들보다 더 오래 살지 못할 거라는 사실을 그 책들은 이미 알고 있었다. 일을 너무 많이 한 나머지 그 책들의 겉장은 훨씬 더 빨리 구겨지고, 페이지들은 훨씬 더 빨리 누렇게 변해버렸다.

'이 귀찮은 방문객들은 무엇을 찾고 있는 거지?' 어떤 책들이 묻자, '우리의 비밀을 간직할 수 있도록 겁을 줘서 내쫓아버리자' 하고 다른 책들이 대답했다. 그러자 그들 중 어떤 책들이 끔찍한 일들을 중얼거렸다. 범행의 마지막 보호자는 바로 이 책들이다. 책들은 밤마다, 사람들이 도서관을 떠나면, 자기들이 더 좋아하는 활동, 즉 불길한 음모, 수세기 전부터 그들이 꾸미는 음보를 조장하는 일에 진념하며, 그럴 때 방해받는 것을 몹시 싫어한다. 책들은 모든 책과의 연합을 슬그머니 준비한다. 그것들은 각자 자기가 가진 작은 능력을 발휘한다. 종교서적은 정신에 힘을 아끼지 않고, 과학서적은 기술을 가져오며, 철학서적은 꿈에서 깨어나게 하고, 정치서적은 집합시키고 열광시킨다. 그리고 또 수많은 책들은 가장 큰 부분인 이념을 전파하고 의식의 설득을 이루어내기 위해 다른 책들에 대한 말을 하는 데 이용된다. 왜냐하면 그들이 참을성 있게 실행하는 그 숭고한 계획, 책들의 최고의 유토피아는 그야 말로 세상의 종말을 의미하기 때문이다.

아니다. 그것은 동화가 아니다. 책들은 자신들의 절망과 깊은 공포를 외친다. 그 책들 위로 잃어버린 아이들과 책을 쓴 자들, 그리고 그 책이 불타기 전에 그것을 읽은 자들의 피와 살이 분출되고 있다.

비밀스러운 암흑보다 훨씬 더 어두운 복도 끝에 시체 반 토막이 놓여 있었다.

4

　가까이 다가갈수록 자극적이고도 끔찍한, 견딜 수 없는 악취가 풍겨왔다. 나는 돌연 발길을 멈췄다. 모든 감각이 깨어났다. 눈뿐 아니라 가장 미세한 피부조직, 콧구멍, 신체의 모든 돌기들이 그것을 살피며 지켜보고 있는 것 같았다.

　우리는 더 가까이 다가갔다. 실내가 어두워 분명하게 분간하기는 힘들었지만 그것은 희미한 다갈색 형태로 흩어져 있던 것들을 한데 모아놓은 것 같았다. 그것은 끈적거렸으며, 죽임을 당한 목숨처럼 생기 없고 물렁물렁했다. 그런데 그 형태들 속에는 뭔지 모를 공통점이 하나 있었다. 그것들은 긴밀하게 달라붙듯 서로 엉겨붙어 있었던 것이다. 그것은 물체들이 쌓여 이루어진 조그만 산이었으며, 군데군데에서 거의 시커멓게 된 불그스레한 물질을 흘리고 있었다.

　끈적끈적한 웅덩이 속에 잠겨 있는 그것은 검은 피로 뒤덮인 몸통과 공포에 뒤틀린 눈을 한 얼굴이었다. 코와 입이 시작되는 부분은 늘어진 혓바닥이 가로막고 있었고, 학살당한 몸에서는 창자가 흘러나와 있었다. 내장, 잘린 창자, 절단된 뼈, 힘줄과 찢어진 살. 우리는 모든 것을 다 보았다. 분리된 추골, 초록색과 회색 곰팡이로 뒤덮인 내장, 갈라진 위장, 풀려나온 창자가 보였다. 살이 파손되고, 신경은 풀어헤쳐지고, 복막과 세포막 따위가 부패하여 전부 밖으로 스며나오고 있었다. 마치 푸줏간의 동물처럼 모든 것이 들여다보였다.

아니다. 보이는 것은 죽음이 아니었다. 죽음은 우리가 지금 눈앞에서 느끼는 것에 비하면 하찮은 것에 불과했다. 한 사람, 한 개인이 제물의 얼굴을 떼어버리기 위하여 거기에 달려들었다. 그것은 자연적인 상태가 아니었다. 동등, 분할, 대칭에 근거하는 심미적 윤리적 기준을 갖춘 문화적 차원이었다. 거기엔 제물과 사형집행인, 노예와 주인이 있었다. '그'는 어떤 의식에 따라, 핵심적이고 항구적인 규칙과 규범에 따라 한 남자가 살해될 수도 있다, 아니 살해되어야만 한다고 결정했다. 그러나 거기엔 살인만이 존재한 것이 아니었다. 거기엔 생명의 붕괴가 있었다. 통제되지 않은 광포함이란 없었다. 철저히 제어되는, 사려 깊고 질서정연하고 조직된 동작이 있었다. 거기엔 결정이 있었고, 결정의 냉혹한 집행이 있었다. 의식이 있었다.

거기엔 지상에 자신의 광채를 돌려주는 신을 향한 시선도 있었을까? 그리고 '아버지, 가능하면 이 잔을 제게서 거두어주소서' 하는 최후의 생각도 있었을까?

내 앞에서 펠릭스가 비틀거렸다. 나는 그를 부축하기 위해 한 걸음 앞으로 나섰다가 물컹한 물질을 밟고 미끄러져 실러의 반 토막 시체 위로 넘어졌다. 어떤 맛이 입 안에 느껴졌다. 그 맛은 미처 막을 겨를도 없이 스며나와 흐르며 내 몸 밖으로 퍼져나갔다.

모든 별과 성좌들이 내려다보고 있는 가운데 나는 복수의 불길을 번득이며 재냄새를 풍기는 뜨거운 분노로 활활 타올랐다. 나는 손을 입에 가져다댔다. 피였다. 나는 코피를 흘리고 있었다. 나는 막 태어난 조그만 인간처럼 체액에 뒤덮여 있었다. 멀리서 신음소리와 외침이 들려왔다. 아마도 속죄양의 소리이리라. 아니면 단순히 울고 있는 아이의 고함소리일지도 모른다. 그렇잖으면 나, 구덩이 속에서 울부짖고 아우성치는 나 자신의 소리인지도 몰랐다.

우리는 급히 도서관을 빠져나왔다. 나는 화장실로 달려가 세면대에서 몸을 씻었다. 더러운 핏덩이들이 내 눈 코 입에 달라붙어 있었다. 내 피에 실러의 썩은 피가 뒤섞여 있었다. 이물질이 섞여 있는 일종의 거무스름한 액체였다. 거울에 비친 내 모습을 보니 얼굴을 식별하기조차 힘들었다.

몸을 씻고 난 후 나는 펠릭스와 다시 만났다. 우리는 반쯤 넋이 나간 채 호텔로 급히 돌아와 우리가 본 것을 알리려고 알바레스 페라라의 방문을 노크했다. 방 안에서는 아무 대답이 없었다. 우리는 더 세게 문을 두드렸다. 그러나 그는 안에 없는 것 같았다. 새벽 세시가 지나 있었다. 도대체 그는 어디에 갔을까? 우리와 헤어진 후 무엇을 하고 있는 걸까?

우리는 그의 방에서 내려오다가 어딘가에서 방금 돌아오던 그와 마주쳤다. 우리는 즉시 그에게 우리가 본 것을 이야기했다.

"누가 경찰에 알리기 전에 다시 그곳으로 가야겠군요. 난 조용히 그 시신을 조사하고 싶소. 나를 따라오시오."

그가 명령조로 말했다.

우리는 지체 없이 택시를 불러 타고 한마디 말도 없이 서둘러 그곳으로 갔다. 그는 아무것도 묻지 않은 채 우리가 시체를 발견한 장소까지 따라왔다.

페라라는 손수건으로 코를 막은 후 무슨 고깃덩어리를 대하듯 불쾌감 하나 없이 실러의 상반신을 조사하기 시작했다. 그는 단서들을 수집했으며, 어느새 메모까지 해가며 벌어진 상처 속에 연필을 집어넣고 내장과 창자들을 뒤적이고 있었다. 가까이 다가가 코와 입 근처까지 들어올려 세세한 부분을 살펴보기도 했다. 펠릭스는 밖으로 나갔고, 나는 아연실색한 표정으로 그를 관찰했다.

"참 이상하군요. 이 남자는 살해된 지 삼 일이 지나지 않은 것 같소."

몇 분이 지난 후 그가 말했다.

"뭐라구요? 무슨 말을 하는 겁니까?"

"부패의 정도로 봐서 이 남자는 최대한 길게 잡아도 삼 일 전쯤 살해된 것으로 보입니다. 당신에게 증명할 수도 있소."

그는 되풀이해서 말했다.

"아니 그렇다면? 이것은 실러와 관계가 없다는……"

"아니오. 이것은 실러의 시체입니다. 내가 갖고 있는 인상착의에 따르면 의심할 여지가 없소."

그는 피가 잔뜩 응고되어 있는 두 손을 손수건으로 닦았다. 그러고 나서 주머니에서 사진을 꺼내어 재빨리 훑어보았다. 내 눈앞에 있는 사진 속의 얼굴과 발 아래 흩어져 있는 것 사이엔 별다른 공통점이 보이지 않았다. 페라라는 비교해본 것에 만족하며 다시 하던 일을 계속했다. 그는 엄청난 집중력을 발휘하여 일을 처리했다. 땀방울이 그의 얼굴을 타고 흘러내렸다. 나는 점점 더 놀라며 그를 쳐다보았다. 나의 불안을 의식한 듯 갑자기 그가 고개를 들고 말했다.

"정보부 일을 하기 전에 나는 의학을 가르쳤소…… 이런 일들은 겁날 게 없어요."

아침 일곱시에 우리는 경찰서에 들러 그곳에서 아침나절을 보냈다. 정오 무렵 우리가 경찰서에서 나올 때 한 무리의 신문기자들이 우리를 덮쳤다. 기자들은 온갖 언어로 질문 공세를 퍼부으며 우리를 괴롭혔다. 카를 루돌프 실러의 시체가 분명합니까? 언제부터 시체가 이곳 로마에 있었나요? 왜 시체의 한 부분은 베를린에서, 다른 한 부분은 로마에서 발견되었습니까? 2차대전과 관계가 있습니까? 왜 시체의 나머지 반을 여태껏 아무도 찾지 못한 건가요? 시체가 기적적으로 보존이 된 건가요? 냉동실에 보관되어 있었나요?

펠릭스와 나는 그들을 떼어버리는 데 성공했다. 이윽고 우리는 호텔로 우리를 태우고 갈 택시에 몸을 실었다.

오후에 나는 성 베드로 성당으로 갔다. 그 피의 밤이 지난 후 순수로 내 몸을 가득 채우기 위해 피에타를 다시 보고 싶었던 것이다. 내가 그 조각상을 처음 본 것은 아주 오래 전이었다. 나는 몇 분 동안이나 그 조각상에 사로잡혀 있었다. 한 번도 만난 적이 없었던 가장 순수한 표정을 담고 있는 그 하얀 대리석의 얼굴에서 나는 눈을 뗄 수가 없었다. 내리뜬 눈, 가느다란 코, 신중한 입술, 턱의 보조개, 고상한 이마를 응시하면서 나는 깨달았다. 그것은 바로 리자, 그녀였다. 나의 어렴풋한 추억, 나의 사랑, 또다른 나였다.

나는 성모 마리아 상을 유심히 쳐다보았다. 내리깐 눈꺼풀은 아래쪽에 있는 물체를 응시하고 있는 것 같았다. 꼭 다문 입술과 창백한 안색은 무엇 하나 드러내지 않았다. 행복하고 평온해 보였다. 그녀의 이마에 고통의 주름살이라곤 전혀 없었다. 눈은 울고 있지 않았으며 입에는 가벼운 미소가 살짝 배어 있었다. 그녀는 뽐내듯 자기 아들의 상처입은 가슴을 응시하고 있었다. 그를 자랑스럽게 안고 있었다. 예전에 나는 그녀가 피로해 보인다고 생각했었다. 그러나 이번에야말로 그녀의 진정한 모습이 내게 드러났다. 그것은 다름아닌 위안이었다. 피에타는 죽은 자기 아들을 찬미하고 있었고, 그 찬미에 도취돼 있었다. 그녀는 눈부시고 매혹적인 공포 앞에서 황홀해하고 있었다. 로마를 수호하는 피에타는 격렬한 로마의 온화한 여왕이었다. 원형 경기장, 정복당한 자들이 모욕을 당했을 개선문, 전쟁과 검투사들의 로마, 피비린내 나는 로마, 천둥 치는 로마의 여왕이었다. 이상한 수증기가 땅의 내장에서부터 올라오고, 흑옥같이 까만 테베레 강이 도시와 시골을 소용돌이로 분리시키고, 번갯불에 불타는 로마가 폐허 속에서 죽은 자들을 다시 일으켜 세울 때, 오! 찬미여. 공포의 아름다움이 그 모자이크 위에 그려지고, 찢겨진 몸들이 기쁨으로 황홀해한다. 야만의 승화물, 그것이 예수다. 그의 두 발은 땅에 닿고 머리는 교회의 궁륭에 닿아 있다. 가시덤불이 자라는 잔해, 금이 간 벽에서 흐르는 곪은 상처를 주재하는 자가 바로 예수다. 왜냐하면 이곳에선 모든 것이, 심지어 이교도조차도 기독교도적이기 때문이다. 불길이 도시의 절반을 휩쓸었을 때부터, 그 화재의 책임자로 몰린 자들이 저지르지도 않은 죄로 벌을 받았을 때부터 고통은 그 나라를 지배했다. 그들의 사형집행은 운동경기 도중에 이루어졌다. 사람들은 그들에게 야생동물 가죽을 입혀 개들로 하여금 갈기갈기 찢어버리게 했고, 기독교도들은 공동묘지 매장을 금지당한 그들의 시체를 비밀장소에 묻어야 했다.

그들은 그곳, 땅밑 지하묘지를 사지가 떨어져나간 시체들의 묘소로 제공했다. 그들은 육체는 재생되며 영혼이 불멸성을 가진다고 생각했기 때문에 그들에게 안식처를 주어야만 했다. 땅밑에 팬 거대한 회랑들은 광활한 공동묘지를 형성하고 있었다. 그렇게 죽어 매장된 자의 수는 6백만 명 정도로 추산된다. 죽은 자 6백만 명이 모성적이며 인간적인 좁은 벽감(壁龕) 속에 안장되어 있었으며 사망자들과 생존자들 간의 관계를 보여주는 각각의 이름이 새겨져 있었다. 로마의 좁은 도로들 밑에 있는 피난처, 그 친숙한 집 속에 6백만의 사망자들이 있다. 6백만의 묘지는 조각으로 장식되고 이끼로 덮여 있다. 때때로 손가락 하나가 이 화강암 위를 훑어 두서너 편의 편지, 그리고 이름을 식별해내기도 한다. 신성모독으로부터 죽은 자를 보호하려는 이 비문들은 보이지 않는 세계의 신비를 향해 떠나는 영혼의 세심한 보호자처럼 고인의 이미지와 함께하고 있다. 인간적인 로마에서는 집결하는 것이 아직도 가능했다.

저녁미사 시간이었다. 종이 울려퍼질 때 나는 느꼈다. 그렇다. 나는 성령의 존재를 느꼈던 것이다. 어둠에 싸인 스트라스부르에서 나는 성당의 상빛빛 궁륭과 육중한 후면을 전 번도 더 보았다. 그러나 이러한 감정은 한 번도 느껴보지 못했었다. 사암으로 지어진 교회를 상징하는 여인은 감동을 주기에는 너무나 엄격한 얼굴을 하고 있었다. 하지만 나는 시나고그*를 마주하고 있는 두 눈을 가리고 있는 그 조각상을 좋아했다. 그 부드러운 얼굴은 거대한 건물보다 훨씬 더 밝게 빛났다. 그러

---

* 유대교 회당.

나 그것은 살로 된 가슴이 아닌 돌의 가슴에 불과했다.

하늘의 창백한 빛, 성체 배령자들의 흰 양초, 멀리서 바람이 실어오는 성시 낭송 소리…… 수도원들은 자기도 모르게 그의 위엄을 증명하고 있었다. 그는 어디에고 존재했다. 지하예배당과 미라들 속에, 해골 대퇴골 견갑골 골반 천장에서 내려온 두개골 속에, 사형집행인들이 천사들을 이겼던 성 세바스찬의 순교 속에, 사랑과 고통과 도취로 반쯤 눈을 감은 베르니니의 성 테레지아의 실신 속에도 존재했다. 그 영혼은 거기에 있었다. 그는 마치 눈[目]처럼 나를 바라보고 있었다. 불타는 눈, 타오르는 눈, 뜨거운 분노와 재냄새가 나는 분노로 불타는 눈.

그 다음날인 1995년 4월 3일. 실러 사건의 마지막 에피소드가 모든 신문에 게재되었다.

우리는 다시 파리로 돌아왔다. 비행기 안에서 펠릭스는 지난밤 동안 그가 알아낸 것을 나에게 얘기해주었다. 그는 프란시스 신부를 만나러 다시 돌아갔다가 그와 '뜻이 통하게' 되었다고 했다.

"뜻이 통했다고 했나? 그래서?"

나는 놀라서 물었다.

"난 그걸 알아냈네."

"무엇을?"

"그야 물론 상자의 번호지! 그는 저녁 내내 유대인들에 대해 독설을 퍼부었네. 그러고 나더니 나에게 정을 느꼈던지 그 번호를 주었어. 그 프란시스 신부가 말일세. 덤으로 나는 간밤에 알바레스 페라라가 잠시 사라졌던 이유도 밝혀냈다네."

"그는 어디 있었나?"

"그러니까 친애하는 페라라 씨는, 한마디로 말해서 프란시스 신부에게 갔었다네. 그도 나와 똑같은 생각을 했던 거지. 그는 상자 번호를 얻으려고 했어. 그러나 그가 행한 방법은 분명 좋지 않았던 것 같네······"

"그의 방법이 어땠는데?"

"어제 내가 프란시스 신부를 봤을 때 그는 몸 여러 군데에 시퍼런 멍이 들어 있었어. 또 손가락도 하나 없었네."

5

　파리에 도착하자마자 우리는 급히 7구로 갔다. 그곳엔 상자가 보관
되어 있다는 은행이 있었다.

　우리는 그 속에서 서류함을 하나 꺼내어 집으로 가지고 갔다. 펠릭스
가 몹시 흥분하여 그것을 열었다. 그 속에는 고문서 보관소에서 면밀히
조사하던 서류들과 비슷한 낡은 서류들이 들어 있었다. 그는 그것을 집
어서 조심스레 펼쳐놓고 훑어보기 시작했다.

　"빌어먹을! 이것 좀 봐. 아니 이럴 수가, 이것 좀 봐!"

　그가 외쳤다.

　나는 그가 내미는 서류들을 건네받았다. 고백하건대 나 역시 놀랐다.

　누군가 노크를 하는 통에 우리는 우리가 발견한 것에 대해 서로 이야
기할 겨를조차 없었다. 리자였다. 펠릭스가 조심스럽게 가버린 후 나는
그녀와 단둘이 남았다.

"시체에 대한 소식을 들었어요. 벌써 온 신문에 떠들썩해요."

그녀가 고뇌에 찬 어조로 말했다.

그녀는 탁자 위에 있는 촛불을 들고 담배에 불을 붙였다. 불꽃이 그녀의 얼굴을 특별하게 그려냈다. 새까만 속눈썹, 은은한 루주색으로 강조된 입술, 분홍색 광대뼈, 느린 동작이 그녀에게 거의 비현실적인 모습을 부여하고 있었고, 창백한 그녀의 살갗 아래로 평소보다 더 빨리 뛰는 듯한 정맥들의 파리한 망이 드러나 있었다.

그녀의 두 손에서 눈을 뗄 수가 없었다. 유난히 긴 손가락의 손톱들은 부드러운 촛불빛을 굴절시켜 열 가닥으로 분사하고 있었다.

"그런데 리자, 당신은 그 사람, 실러를 잘 아시오? 예전에 그를 만난 적이 있었소?"

내가 물었다. 그녀의 시선에서 빛이 사라졌다.

"아뇨."

잠시 후 그녀가 덧붙였다.

"난 그를 잘 몰라요. 부모님 집에서 본 적은 있지만, 그게 다예요."

"정말 그게 전부요?"

"네."

그녀는 거짓말을 했다. 왜? 그녀는 대체 무엇을 감추고 있는가?

"그럼 어떻게 해서 당신은 그의 이론들을 그렇게 잘 알게 됐소?"

"엄마가 말해줬죠."

나는 얼른 침을 삼켰다.

"리자, 당신은 나에게 진실만을 이야기해야 해요. 당신 아버지는 얼마나 오랫동안 실러를 알고 있었소?"

"오래 전부터일 거예요."

"아버지가 그를 만난 건 언제였죠?"

"모르겠어요. 당신도 알다시피 아버지는 과묵한 편이니까요…… 그런데 왜 유독 나에게만 그런 질문을 하는 거죠?"

그녀는 내 쪽으로 눈을 들었다. 나는 그녀를 유심히 살폈다. 그녀는 잠을 충분히 자지 못한 것 같았다. 두 뺨은 움푹했고 회색 눈의 언저리에는 그늘이 고통스럽게 드리워져 있었다.

나는 이 모든 것이 감추고 있는 게 무엇인지 자문해보았다. 살인자와 함께 산 과거에 대한 고뇌일까. 혹은 옛 애인과 자신이 아직도 관계가 있다고 느끼고 있는 것일까. 그녀는 여전히 그를 사랑하고 있는 것일까.

"난 장 이브를 만나러 갔었어요."

리자가 지친 모습으로 마침내 입을 열었다.

"언제, 어디로요?"

나는 다소 빠른 어조로 물었다.

"오늘, 감옥으로요."

"그가 무슨 말을 했소?"

"그는 결백하다고 했어요. 이 모든 일을 전혀 이해할 수 없다고요."

"시체 반 토막이 로마 학교에서 발견된 것도?"

"그는 그것이 음모라고 생각해요."

"당신도 그렇게 생각하시오?"

"난 장 이브가 그런 일을 했다고는 생각하지 않아요."

"리자."

나는 그녀의 눈을 들여다보며 말했다.

"솔직하게 대답해줘요. 당신은 아직도 그를 사랑하고 있소?"

침묵이 흘렀다.

"그건 복잡해요. 우리 사이 말예요."

"말하자면요?"

"난 최근엔 그를 그다지 자주 보지 못했어요. 우리는 몇 달 전에 헤어졌거든요. 물론…… 이별은 쉽지 않았어요."

나는 그녀에게 위스키를 한 잔 따라주었다. 그리고 담배를 집었다. 그녀는 잔 속에 비친 자신의 모습을 한참 동안 응시하더니 단숨에 술을 들이켰다. 나는 전에도 그녀가 그렇게 마시는 것을 본 적이 있었다.

"당신들은 왜 헤어졌소? 무슨 일이 있었소?"

"우리는 서로에게 화가 나 있었어요."

"그게 언제요?"

그녀는 나를 한 번 쓱 쳐다보았다.

"몇 달 전이에요. 우린 다퉜지요. 내가 그에게 어떤 일에 대해 깊이 생각해보라고 부탁했었거든요…… 그가 이탈리아로 떠난 것도 바로 그 때문이었구요. 그때부터 난 그의 대답을 기다리고 있었어요……"

그녀는 두 손으로 자신의 머리를 부여잡고 흐느끼며 덧붙였다.

"난 후회하고 있어요. 알겠어요?"

그녀는 눈물이 글썽한 눈으로 나를 강렬하게 바라보았다. 그 눈은 뭔가 애원하고 있는 것 같았다.

"무엇을 후회하고 있단 말이오?"

"그에게 고통을 준 것을요. 그의 견해에 대해 이해심이 부족했던 것, 참을성이 없었던 것도요. 그와 함께 문제를 해결하는 대신 그를 내게서 멀리 떠나보내버린 것도요…… 나는 확신해요. 네, 나는 우리가 해결책을 찾을 수도 있었을 거라고 확신해요. 그는 나쁜 사람이 아니었어요. 그는 이상주의자였어요…… 1981년 5월을 마치 젊은 시절의 가장 아름다운 추억인 것처럼 이야기했었지요."

나는 신경질적으로 담배를 껐다. 두 손이 떨려왔다.

"당신들은 왜 절교를 했소, 리자?"

"그건 이야기가 길어요……"

"……그렇다면 듣지 않는 편이 더 낫겠군요."

갑자기 나는 결심하고 말했다.

나는 르레가 체포된 순간부터 리자가 그들의 모든 역사를 우수에 젖어 곱씹고 있음을 깨달았다. 그녀는 과거를 상기하고 추억들을 아름답게 채색하며 그 남자를 찬양하고 있었다. 그녀는 그에게 충분히 잘해주지 못했다고 자인하며 스스로를 비난했다. 한마디로 그녀는 후회하고 있었다. 나는 어느 날 밤엔가 그녀와 함께 있는 것을 보고 내가 깜짝 놀란 적이 있는 그 남자가 바로 르레라는 것을 깨달았다. 그를 어디선가 봤다는 인상을 받은 터였다. 직업상 나는 그와 한번쯤 마주쳤을 수 있기 때문이다. 받아들일 수 없을 만큼 이해되지 않는 부조리한 상황이었으나 여하튼 질투가 났다. 르레가 처해 있는 상황을 고려해본다면 관대해질 수도 있었지만, 그렇게 되지 않았다.

바로 그날, 나는 알았다. 내가 약자였다는 것을. 나는 자신이 없었다. 나는 감정을 제어할 수 있었을 것이다. 그리고 리자가 충격을 받았다는 것을 이해해야만 했다. 그러나 그렇게 하는 대신 나는 무정한 태도로 일관했다.

"미안하오, 리자. 약속이 있어서 나가봐야 합니다."

나는 갑자기 일어서며 말했다.

그녀는 천천히 문 쪽으로 갔다. 한결 어찌할 바를 모르고, 더욱더 넋을 잃은 모습이었다. 그녀는 이야기하고 위안을 얻을 지지자를 찾기 위해 나에게 왔다. 그러나 그녀가 얻은 것은 냉혹함과 역정뿐이었다.

그녀가 떠나자마자 나는 펠릭스에게 전화를 걸었다. 그리고 르레가 여전히 아무것도 자백하지 않았음을 알렸다.
"어떤가? 그 서류 다 읽어봤나?"
내가 물었다.
"그 이야기라면 전화상으론 좀 곤란한데."
그가 짤막하게 대답했다.
"왜?"
"무슨 일이 일어날지 알 수 없으니까. 좀 있다 오후 여섯시, 뤼테시아에서 만나세. 괜찮나?"
"좋아."

약속시간에 나는 뤼테시아에 도착하여 회전문 앞에서 그를 기다렸다. 펠릭스가 오는 것이 보였다.
그때 갑자기 한 남자가 오토바이를 타고 나타나 그를 세차게 떠밀고는 펠릭스가 들고 있던 서류를 정확한 동작으로 강탈하여 전속력으로 달아났다.
우리는 즉시 호텔 앞에 서 있던 택시를 잡아타고 서류를 탈취해간 오토바이를 추격했다.
혼잡한 파리에서 우리가 탄 차와 오토바이의 간격은 순식간에 벌어졌다. 오토바이는 자동차 행렬 사이를 능란하게 빠져나갔다. 오페라 광장에서 우리는 그가 트리니테 교회 쪽으로 멀리 사라지는 것을 보았다.

4부

1

담배 한 대, 그리고 한 대 더. 알다시피 난 담배가 너무나 필요하다. 신비로운 담배는 내게 영감을 불어넣고 내 입천장에 밀착된 혀를 풀어 놓는다. 담배에 불을 붙이면 그것은 불길이 되어 맹렬하게 타오른다. 또한 그것은 뱃속과 내장 속의 화산이며 위로 올라가는 정화의 불이다. 이 신성한 불은 수백만 년 전부터 지상의 더러움을 자신의 힘과 영혼으로 씻어준다. 나는 불멸의 인간이다. 그 불이 나를 비추고 어둠을 꿰뚫으며 밝게 비추기 때문이다. 부드러운 불, 불을 먹는 사람처럼 내가 모조리 먹어버리는 나의 불, 사랑의 불꽃에서 피어오르는 연기는 하늘까지 높이 솟아, 저 멀리 신의 힘이 미치는 추억의 나라를 향해 올라간다.

말은 담배가 지속되는 시간만큼 지속된다. 그리고 불은 모든 것을 앗아간다. 덧없는 담배처럼 떠올려진 삶들, 죽은 모습들은 썩은 흔적만을 남기기 전 지상의 가슴들을 잠시 동안 밝히고, 차가운 재는 지나간 행위처럼 쌓인다. 그리고 뜨겁고 유연한 이 모든 물질과 정신은 다시 먼지가 된다. 회색과 검은색의 먼지가. 인생도 이처럼 재를 향해 떠나는 길이다. 슬프고 사색적인 나의 담배처럼, 혹은 신경질적이고 서투른 리자의 담배처럼, 뻣뻣한 뱀처럼 안간힘을 다하는, 때로는 불 같으며 때로는 중압적인 펠릭스의 시가처럼. 우리 세 사람은 모두 숨을 내쉬고 들이마셨으며 삶을 내쉬고 죽음을 내뿜었다. 죽음이 승리했기 때문이다. 그 마지막 숨결은 인간의 콧속에 키스처럼 불어넣어진 최초의 숨을 대신한다. 담배, 그것은 모래 위의 바람, 숲의 기원, 물의 범람이다. 리자는 땅에 있는 먼지를 털어내듯 땅바닥에 숨을 내쉬었다. 그 땅을 유혹하고 검은 날개를 가진 어둠을 지배하기 위하여 숨을 헐떡거렸다. 불타는 밤은 새벽을 구슬리고, 그 입에서는 밤이 속삭이는 말의 선율이 흘러나왔다. 그것은 착한 아이들, 영혼의 거울들이다. 그녀가 내뿜는 신성한 영감과도 같은 담배연기는 내 안에 삶을 창조했다. 그러자 폐 깊숙한 곳에 있는 나의 검은 숨결이 그에게 화답했다. 그리고 그 숨결은 그곳에서 타고 있는 불을 냉각시켰다.

우로보로스*와도 같이 담배는 우주의 순환을 강조한다. 담배는 영혼들을 운반하고, 변화시키거나 새로 태어나게 만든다.

오토바이를 놓친 후, 우리는 뤼테시아로 다시 돌아왔다. 그리고 힘없이 바의 안락의자에 털썩 주저앉았다.

"자네 이 서류에 대해 누구에게 말한 적 있나?"

나는 펠릭스에게 물었다.

"없어! 아무한테도 말 안 했네!"

---

* 그리스의 고대상징으로, 자신의 꼬리를 물어 삼키는 뱀, 벌레, 사악한 용을 가리킨다.

"그러면 상자에 대해서는?"

"안 했네. 경찰에게조차 말하지 않았다구."

"오늘 일로 봐서 우리가 미행당하고 있다는 생각이 드네."

"미행뿐 아니라 도청까지도……"

"내 생각으론 우리가 아주 복잡한 연쇄상황에 말려든 것 같네. 이건 이제 역사학자들에게만 해당되는 이야기가 아니야. 알겠나?"

"모르겠어."

"이 살인에는 정치적인 물밑 세력도 개입해 있네. 그들은 우리의 영역과는 완전히 다른 영역에 손을 대고 있어."

"자네 영역과 다르다는 말이겠지. 내 영역은 아니야. 나야 계속 정치를 다뤄왔으니까 그런 것은 무섭지 않아."

펠릭스가 대답했다.

"이건 정치적인 문제만도 아니야. 펠릭스, 이건 종교적인 문제라구. 자네 브론스타인이 교황에 대해 했던 말 기억하나? 외교적이고 국제적인 발언이었지. 그건……"

"그래서?"

그가 내 말을 끊고 말했다.

"그들 숫자가 많아질수록 그들은 나를 더욱 방해하려고 들겠지. 그러면 나는 더욱더 집요해질 거고."

"빌어먹을, 펠릭스, CIA도 개입했어. 이건 게임이 아닐세."

"누가 게임이라고 했나?"

"한 남자가 두 토막으로 잘렸어. 자네 내 말 듣고 있나? 자네에게도 그런 일이 생길지 누가 아나?"

"바로 그거야. 한 남자가 두동강이 났어. 그리고 난 그 이유를 알고 싶네. 그들이 나를 방해하면 할수록 나는 더 달라붙을 걸세."

"정의에 대한 자네의 욕망이 자네에게 경의를 표할 정도군. 하지만 자네는 사소한 것을 잊고 있네. 카를 루돌프 실러는 치사한 놈이었어. 치사한 놈 때문에 왜 자기 생명을 위태롭게 해?"

"라파엘, 자넨 나를 몹시 실망시키네. 우리가 맨 처음에 했던 이야기들을 기억하지? 말할 권리도, 행할 권리도 이제 다시는 결코 가질 수 없는 것들이 존재한다고 자네는 말했었지. 자네가 나에게 고백했던 그 말을 난 아직 기억하고 있네. 쇼아에 관한 연구가 자네의 인생을, 사물을 보는 방식과 윤리관을 바꿔놓았다고 하지 않았나? 일어난 사건이 무엇이든 이해하기로 결정했다고도 했어. 기억나지? 자네의 윤리관은 둘인 건가? 정의의 무게는 하나인데 그것을 재는 척도는 두 개란 말인가?"

"정의는 하나야. 그건 사실이네. 그러니 가면을 쓴 채로 복수의 게임을 할 필요는 없지. 정의가 제 본분을 다하도록 내버려둬. 그리고 자네 자신을 보게. 자네는 이 사건을 더는 제어할 수 없네. 자넨 속고 있는 거야. 난 내가 무슨 말을 하는지 잘 알고 있어. 난 거기에 내 인생과 젊음을 바쳤어. 나 자신도 여러 번 거기에 사로잡힐 뻔했네. 어느 정도는 거리를 둬야만 해."

"너무 늦었네, 라파엘. 기계는 이미 작동된 셈이야. 돌아가고 있는 것을 중지시킬 수는 없어. 그리고 이해하는 것, 그게 바로 자네 계획이 잖나."

"맞네. 하지만 어떤 대가를 치르더라도 이제는 하지 않을 걸세."

"안 한다구? 변한 거라도 있나? 자네를 변하게 만든 게 도대체 뭔가? 왜 자네가 점점 더 멀어져가는 것처럼 느껴지지? 이제는 나와 관계를 끊으려고까지 하지 않나. 그렇잖나, 응? 나를 그냥 내버려두려는 거지? 자네가 나한테 말했던 것처럼 이야기한 후, 그리고 나를 만나러 온 후 나를 쫓아버릴 작정이지…… 내게 폭력과 악, 그리고 지식의 신비를 열어준 자네가 말일세."

그는 마지막 말을 거의 심술궂게, 기이하게 번득이고 빈정대는 신랄한 어조로 내뱉었다. 마치 피에 전 더러운 빨래를 하고 있는, 물기를 빼기 위해 토할 것 같은 기분으로 불쾌한 얼굴을 하고 그것을 손가락 끝으로 비틀어 짜고 있는 듯했다.

"좋아, 그렇다면 할 일은 단 한 가지뿐이네."

내가 말했다.

"그게 뭔가?"

그는 내 눈 속을 응시하며 시가를 꺼냈다. 나는 종이와 연필, 담배를 꺼냈다.

"우리의 기억을 더듬어보자구……"

르레의 서류에는 비시 정부 시대와 관련된 미셸 페로의 서류 전부가 포함돼 있었다. 전직 장관의 경력에 이상한 어두운 구석이 있다는 것은 사람들도 이미 알고 있었던 일이다. 그리고 페로가 제4공화국의 많은 정치인들처럼 만년에 레지스탕스가 되었다는 것 또한 알려져 있다. 가장 혼란스러운 것은 그가 페탱 원수 묘지의 헌화식 복원에 공헌했다는 점이었다. 그는 1914년에서 1918년 사이의 전쟁영웅에게 고개를 숙였다. 마치 페탱의 단상이 뚜렷이 드러나기라도 한 것처럼, (펠릭스에 따르면) 화가 히틀러*에게 경의를 표하듯이.

---

* 히틀러는 독일노동당에 입당하기 전, 그림을 그려 팔아 생계를 유지했다.

우리도 더는 아는 바가 없다. 비시와 그는 무슨 관계일까? 그는 정말로 혁명비밀결사대* 소속이었을까? 이 의문들에 대한 모든 대답은 르레가 작성한 서류 속에 다 있었다.

"그 리스트의 원본이 있었어. 자네 기억하지?"

펠릭스가 물었다.

"그래, 코어 리스트였지."

내가 대답했다.

"그게 정확하게 뭐였나?"

"1937년 9월 16일, 경찰은 혁명비밀결사대 회원이며 비밀조직 정보부의 고문서 보관인 아리스티드 코어 집을 가택수색했지. 그리고 그곳에서 행동에 참여한 모든 자들의 이름과 주소가 발견되었어. 그들은 그것을 토대로 리스트를 작성했지. 이것은 혁명비밀결사대 회원들의 이름이 적혀 있다고 알려진 유일한 서류야. 그런데 그 속에 페로의 이름도 명시되어 있었어. 그러니까 그는 자신이 줄곧 단언해왔던 것과는 반대로 1936년과 1937년에 '라 귀외즈'**를 뒤엎어버릴 뻔했던 비밀단체인 혁명비밀결사대 소속이었던 거야. 혁명비밀결사대의 모든 대(大)위원들은 공화국의 소멸에 대비하여 비시에 있었어. 그들은 1940년 7월 9일과 10일에 페탱 원수에게 전권을 부여하는 가결회의에 모두 참석했지. 그들은 '국가 혁명의 적들', 다시 말해서 드골 파, 공산주의자, 프리메이슨, 유대인들과 투쟁하기 위해 모두 출석했던 거야. 고로 페로의 경력은 테러리즘으로 시작되었다고 할 수 있지……"

---

* la Cagoule. 1932년에서 1940년 사이에 활동한 극우단체로 수도사들이 입던, 눈과 입부분만 뚫린 두건이 달린 소매 없는 외투 카굴(cagoule)을 착용한 데서 이름이 유래했다.
** 왕당파가 공화제를 가리켜 부른 명칭.

"가장 거룩한 사회주의 체제 안에서 자기 경력을 완성하기 위해서 말이지."

"능동적인 페탱주의를 거쳐서 말이야. 르레가 수집한 정보들 가운데는 페로가 쓴 원수의 영광에 대한 글도 있었네. 그 속엔 제3공화국에 대한 페로의 사나운 증오심이 드러나 있지. 그리고 그가 비시 정부로부터 최고 훈장인 도끼 문장(紋章)을 수여받은 기록도 있었어. 부사령관과 12위원회 명의로 수여된 것이지. 그것을 받기 위하여 그는 다음과 같은 맹세를 해야만 했어. '나는 페탱 원수가 프랑스에 몸을 바친 것처럼 그에게 나의 몸을 바치겠습니다. 나는 그의 가르침을 섬기고, 그의 인격과 업적에 충실히 따를 것을 서약합니다.'"

그 문서에는, 프랑스가 독일 점령군으로부터 해방된 후 페로가 옛 혁명비밀결사대와 전쟁중에 잘못된 선택을 했던 다른 당파 사람들에게 도움을 제공했다는 사실도 기록되어 있다.

우리가 기억하고 있는 마지막 서류는 모리스 크레텔의 편지였다. 옛 마른 도지사, 경찰국장, 친독 의용대장, 유대인 강제수용 책임자, 반인류적 범죄 피의자인 모리스 크레텔. 그 편지는 그의 옛 친구인 미셸 페로에게 쓴 것이었다.

그건 수수께끼 같은 편지였다. 펠릭스와 나는 주목을 끄는 마지막 문장인 '당신은 아무 걱정 하지 마시오. 나는 실러가 우리를 여기서 빼낼 수 있을 것이라 전적으로 믿고 있소' 외에는 사리에 맞는 표현을 찾아볼 수 없었다.

그 편지는 1994년 10월 24일에 작성된 것이었다. 다시 말해 크레텔이 재판 도중 법정 한가운데에서 암살당하기 엿새 전이었다.

"나는 장 이브 르레가 한 역사잡지에 크레텔에 관한 평론을 썼던 것을 기억하네. 그가 쓴 칭찬의 말이 나를 놀라게 했어. 그는 크레텔에게 매혹된 듯 강하고 풍부하고 특별한 크레텔의 인간성에 대해 이야기했네. 그를 현대적이고 지성적이며 역동적인 비시의 젊은 관리, 신중하고 실용적이며 쓸모 있는 남자, 점령국 독일에 맞서 정중하면서도 단호하게 고상함을 보여줄 줄 아는 애국자로 묘사하고 있었지. 이상했네. 르레는 크레텔과 두세 번 만난 후 의심스런 그의 과거를 지워버린 것 같았어……"

내가 말했다.

"그런데 그는 이 서류를 가지고 뭘 했을까? 또 왜 그것을 은행 금고 안에 넣어두었을까? 다른 논문이나 책을 쓸 준비를 하고 있었을까? 전쟁 때의 행적을 빌미로 페로를 위협했을까? 혹은 반대로 누가 맡긴 자료를 보관하고 있었던 것일까?"

펠릭스가 물었다.

"리자는 르레가 사회주의 신화에 매혹됐었다고 말했네. 1936년 인민전선, 사십 시간…… 그가 당의 가장 탁월한 당원들 중 한 명의 이미지를 실추시켰다니 나로서는 별로 수긍할 수 없는 일이야."

"진실을 알게 되었을 때, 그의 마음속에서 무슨 일이 일어났는지 알 수만 있다면 난 어떤 대가라도 치르겠네. 그가 자기 영웅을 구하러 온 것이라면 궤변일까? 그렇잖으면 진실이 훨씬 중요하므로 모든 것을 밝혀내야 한다고 결정했을까? 역사가, 해체주의자, 우상 파괴자, 전설의 격렬한 비판자들은 자신들의 신화가 무너질 때 어떻게 행동할까?"

펠릭스가 말했다.

"내가 그런 상황에 있다면…… 난 연루된 사람을 만나러 갈 것 같네.

그리고 그에게 내가 알고 있는 것을 말한 후 설명을 요구하겠어. 그렇게 해서 그에게 기회를 줄 것 같네."

"자넨 변명이 가능하다고 생각하나?"

"언제고 이해의 여지는 있는 것 아닌가."

"고로 자넨 미셸 페로를 만나러 갈 거라는 얘긴가?"

"그래."

"르레도 아마 똑같은 추리를 했을 거야."

우리는 토론을 좀더 이어갔다. 페로와 크레텔 사이에 오갔던 이상한 대화가 시사하듯이 전쟁과 연관된 충격적인 사건들의 중심에 실러가 있는 듯했다. 펠릭스는 전직 장관이 실러 살인을 담당했을 수도 있다고 생각했다. 그럴 경우 모든 것을 신문에 밝히는 것이 더 나을 수도 있다.

"비시에서의 그의 활동에 대한 것을 모두 말하면? 그중엔 정부를 뒤엎을 만한 것도 있겠지!"

"그렇게 생각하나?"

펠릭스가 육식동물 같은 태도로 미소를 띠며 말했다.

"사백만의 페탱주의자들을 잊지 말게…… 게다가 프랑스인들은 쉽게 잊어버리지."

프랑스인들에게 비시 문제가 미묘한 사안이자 진정한 국가적 증후군인 것은 사실이다. 1960년대 말까지 프랑스 여론에서는 독일에 협력했다는 잘못을 인정하는 데 대한 완강한 거부와 그 문제를 연구한 초기 저서들 중 한 권에서 발단된 신화, 즉 페탱이 적에 대한 방패물 구실을 했다는 신화가 지배적이었다. 그런데 쇼아에 비시 정부가 관여했음을 처음으로 주장한 미국 역사학자 덕분에 갑작스런 깨달음이 일면서 억압돼 있던 진실이 드러났다. 페탱과 라발은 특히 유대인 강제수용에 대한 독일의 요구에 앞장서 조처했다. 라발은 독일이 요구한 리스트에 아이들도 포함시키는 것이 좋겠다고 생각했다. '왜냐하면 아이들을 부모와 떼어놓는 것은 잔인한 처사이기 때문이었다.' 실제로 아이들 역시 부모를 따라 강제수용되었다.

미국의 시각은 시간을 정확하게 돌려놓았다. 대부분의 역사학자들은 여전히 '비시 정부의 파시즘'에 대해 이야기하기를 꺼리고, 오히려 그것을 '현대의 권위적 체제'라고 말하기를 좋아하지만 말이다.

『필리프 페탱, 전쟁사령관, 국가원수, 프랑스의 순교자이며 성인』. 1958년 출간된 책의 제목이다. 이 책은 1940년과 1944년 사이에 저질러진 범죄의 정치적 책임자인 그 노인을 묘사하고 있는데, 페로는 이 인물에 자기 자신을 바친 것 때문에 괴롭힘을 당했다.

우리가 발견한 사실들은 꽤나 심각한 것이었다. 우리가 감시당하고 있다는 추측엔 의심의 여지가 없었다. 분명 미셸 페로의 측근들이 우리를 쫓고 있는 듯했다.

페로는 실제로 실러의 살인에 연루되어 있을까? 왜 크레텔은 그들이 그곳에서 나오려면 실러를 전적으로 신뢰해야 한다고 말했을까? 그 말은 무엇을 암시하는 것일까?

우리는 페로를 만나러 가기로 결정했다. 역사 연구를 핑계로 그의 비서에게 약속을 받아낸 터였다. 펠릭스가 유명한 신문기자이기 때문이었을까, 아니면 우리가 누구인지 그가 이미 잘 알고 있기 때문이었을까? 어찌 되었건 페로는 그 다음주 오퇴유 가 6번지의 자기 집에서 우리를 만나주기로 했다.

그 저택은 독특했다. 방들은 매우 넓었으나 화려함과는 거리가 멀었다. 하인이 거실로 우리를 안내했는데 그곳에는 고가구들이 수수한 가구들과 어울려 나란히 놓여 있었다. 사회주의 이상에 충실한 페로는 부르주아가 되지 않으려고 늘 신경을 썼고 돈과 소유를 증오한다고 말했었다.

족히 십오 분은 기다린 우리 앞에 그가 파나마 모자를 쓰고 태평스럽게 나타났다. 나는 만나는 모든 사람들에게 영향을 미치는 그의 매력에 항상 놀라워했는데, 이제 그 이유를 분명히 이해할 수 있을 것 같았다. 이 수수께끼의 남자는 늠름한 모습을 하고 있었다. 키가 크고 마른 그는 황금 손잡이가 달린 지팡이에 살짝 기대면서 걸음을 옮겼다. 그는 우리에게 인사하기 위해 모자를 벗었는데, 노화로 인한 검버섯이 드러난 당당한 얼굴, 높게 솟은 이마, 가볍게 돌출된 귀가 눈에 들어왔다.

나이와 더불어 그의 얼굴은 밀랍빛으로 변했고, 두 뺨과 눈은 움푹 패어들어갔다. 그의 입술은 시간에 잡아먹히기라도 한 듯 거의 보이지 않았고, 한때는 날카로웠지만 지금은 마모된 회색 이빨들은 해골이 될 머리에 완강하게 달라붙어 있었다. 그럼에도 그의 귀족적인 용모, 엄숙한 모습, 깊고 존경할 만한 주름, 잔인해 보이는 빈정대고 삐죽거리는 입에서는 알 수 없는 매력이 배어나왔다. 몹시 삭고 별나며 에리하고 꾀발라 보이는 두 눈은 절제된 거만함으로 대상을 고정시키고 평가하며 대항하는 것 같았다. 프란시스 신부라면 그의 눈 속에 간악함이 깃들어 있다고 말했을 것이다.

그는 꽤나 큰 가면을 쓰고 있는 것 같았다. 영광과 노년의 가면. 그것은 그가 자기 태도를 완고하게 고수하고 있기 때문이었다. 사람들의 본성은 나이가 들어감에 따라 훤히 드러나는 것 같다. 마치 책이 펼쳐지

듯 그들의 얼굴에 드러나는 것을 읽을 수 있다. 페로의 얼굴에 나타난 것, 그것은 무엇보다 교활함이었다. 적들을 길들일 줄 아는 남자, 인간에 대한 환상을 더이상 갖고 있지 않은 남자의 자신감도 보였다.

그는 미소로 우리를 맞이했다. 권력자의 침울하고 무감각한 미소였다. 그는 주위를 선회하는 파리들을 손으로 한 번 휘저었다.

우리는 허비할 시간이 없었다. 펠릭스는 실러의 죽음을 조사해봤다고 그에게 단도직입적으로 말했다.

"나는 그를 잘 알지요. 그는 크레텔의 친구였소. 그리고 나의 친구이기도 하고요. 난 이해할 수 없소. 그 살인의 끔찍함과 비열함에 놀랐다오. 그런데 유감스럽게도 그 문제에 대해 난 당신들에게 아무것도 말할 수가 없구려. 나 역시 경찰과 마찬가지로 당황하고 있으니까."

페로가 말했다.

"그럼 장 이브 르레는요? 그를 잘 아십니까?"

"물론이오. 지난여름에 그는 자기가 쓰고 있던 책의 주제에 대해 몇 가지 질문을 하러 나를 찾아왔소."

"그는 모리스 크레텔과 당신의 관계에 대해 질문했습니까?"

펠릭스가 물었다.

"그렇소. 크레텔은 옛날부터 나의 친구였소. 나는 그 사실을 결코 비밀로 하지 않았소."

"당신의 친구 크레텔은 1942년 7월 벨 디브 일제 단속의 책임자입니다."

펠릭스가 끼어들었다.

"그는 공무집행자였고 명령을 수행한 것뿐이오. 당신들도 알다시피 그 시기엔 모든 것이 간단하지 않았소. 너무나 혼란스러운 시대였지."

페로는 건성으로 대답했다. 그의 시선은 창문을 통해 뭔가를 유심히 보듯 옆으로 향했다.

"당신 친구는 당신이 말한 대로 명령만 시행한 것이 아니었습니다."

펠릭스가 단호한 어조로 말을 계속했다.

"당신 친구는 나치들의 비위를 잘 맞췄어요. 그리고 나치들은 그를 '매력적'이라 생각했고, 그와의 만남이 '친구 같은 분위기' 속에서 이루어졌다고 말했습니다. 그렇지만 당신들의 우정은 순진무구하지도 사심이 없지도 않았어요. 나는 크레텔이 종전 후 은행과 재계에서 영향력 있는 인물이 되었을 때 당신을 많이 도와주었다고 생각합니다."

"그가 레지스탕스의 일원이었다는 것을 당신들에게 상기시켜야만 하겠소?"

"뭐라고요? 당신은 모리스 크레텔이 정말 레지스탕스였다고 우리에게 이야기하고 싶은 겁니까? 코레즈에서요? 사부아에서요? 그는 증명서를 위조해가면서 독일인들이 레지스탕스 조직 속으로 침투하는 것을 도와줬어요. 그 일이 명백히 드러나자 그는 그 위조된 신분증들은 일부러 결함 있게 만들어 레지스탕스들이 그들을 식별할 수 있게 한 것이라고 항변했지요. 하지만 그 설명으로는 누구도 속일 수 없었습니다…… 장관님, 당신 친구는 나치들의 진十였어요."

그는 빈정거리는 시선으로 우리를 위아래로 훑어보았다. 그의 입술은 줄곧 사악한 지성의 미소를 짓고 있었다.

"당신 몇 살이오?"

그가 펠릭스에게 물었다.

"이 일은 나이하고는 아무 관계가 없다고 생각하는데요."

"당신은 젊소. 일어난 일이 무엇인지 알기에는 너무 젊소. 내가 확언하건대 그 당시는 모든 것이 지금 당신이 생각하는 것처럼 분명치 않았소. 레지스탕스와 대독 협력자들 사이의 경계선이 명확하지 않았다오. 게다가 크레텔은 재판을 받았고 해방 때 무죄를 선고받았소. 그건 내겐 이미 종결된 사건이오."

"크레텔은 반역죄로 재판을 받았지만, 반인류적 범죄에 대한 소송에서는 제외됐습니다. 크레텔의 모든 행동이 고등법원에서 재판에 부쳐졌고 그가 무죄를 선고받았다는 것 또한 거짓말입니다. 그는 다시 재판을 받아야 했지만 그때는 모든 소송 절차와 행정적 결정이 더디게 진행되었습니다. 몇 년간의 소송 절차 끝에 당신 친구는 결국 법정 한가운데서 암살됐죠. 혁명비밀결사대의 회원이었던 미셸 페로에 대해 폭로하려던 순간에 말입니다."

펠릭스가 항변했다.

나는 입술을 깨물었다. 우리는 순수한 펠릭스, 제조 연도가 붙어 있는 특급 포도주와 같은 펠릭스를 바랄 권리가 있었다. 이 일은 과연 어떻게 마무리될 것인가?

"당신이 말하고 있는 내용에 대한 증거는 갖고 있소?"

"코어 리스트가 있다면요? 그리고 크레텔의 편지도 있다면요?"

이 말에도 페로는 결코 냉정을 잃지 않았다. 오히려 재미있다는 듯 눈썹을 치켜올렸다.

"정말이오? 그것들을 나한테 보여줄 수 있겠소?"

그가 말했다.

"아뇨, 하지만 당신이 우리에게 그것들을 돌려줄 수 있지 않을까요?"

펠릭스가 재빨리 응수했다.

페탱 원수 수하의 공무원이었던 페로는 제4공화국 최고위층 정치가

답게 모든 것을 간파했다. 그는 다 죽어가는 사람의 가증스런 이죽거림으로 응했고 그 이죽거림은 이내 독살스런 미소로 변했다. 그의 시선은 펠릭스에게서 내게로, 나에게서 펠릭스에게로 옮겨가더니 마지막에는 벽난로 불에 고정되었다.

우리는 그것이 무엇을 의미하는지 이내 알아차렸다. 펠릭스가 고함을 치기 시작했다.

"당신이 불태웠군. 비열한 비시 정부 지지자 놈!"

펠릭스는 더이상 감정을 억제하지 못했다. 분노에 사로잡힌 그는 페로의 목덜미를 잡아 격렬하게 흔들었다. 페로의 늙은 피부는 온통 빨갛게 변했고, 그는 애처롭게도 숨이 막혀 헐떡이기 시작했다.

"당신이 크레텔을 죽이도록 시켰어, 안 그래? 그가 소송 때 당신에 관한 진실을 털어놓을까봐 겁이 났던 거야. 그래서 그를 암살하도록 시켰어!"

펠릭스는 고함을 쳤다.

벽에 밀어붙여져 목이 졸린 페로는 한마디도 하지 못했다.

"그러고 나서 당신은 실러를 죽이도록 사주했소."

펠릭스는 흥분해서 말을 이었다.

"당신은 당신 대신 다른 사람을 감방에 집어넣는 일을 잘도 해내는군!"

"놔주시오, 놔주시오."

노인은 헐떡거렸다.

펠릭스는 살짝 손을 떼었다. 그러자 페로가 더듬거리며 말했다.

"그 서류는 잊어버리시오. 그것이 한때 있었다 하더라도 이제는 더이상 존재하지 않소. 사실이오. 크레텔에 대해서라면 아무도 그의 죽음을 슬퍼하지 않을 거라고 생각하오. 그렇지만 난 실러는 죽이지 않았소……"

"거짓말쟁이!"

펠릭스는 주름 잡힌 그의 목을 다시 조였다. 두 눈이 튀어나온 노인의 얼굴이 파리하게 변하고 있었다.

나는 그 자리에 있었다.

나는 펠릭스가 거기 내 앞에서 살인을 저지르는 것을 보았다. 그러나 그를 막기 위한 어떤 일도 할 수가 없었다.

2

"자네가 틀렸어! 자넨 상대를 잘못 안 거야!"

나는 펠릭스에게 소리쳤다.

그의 귀에는 아무 소리도 들리지 않는 것 같았다. 나는 그가 돌이킬 수 없는 일을 저지르기 전에 권위를 나타내고자 그의 팔을 붙잡아 바깥으로 끌고 나갔다. 우리는 재빨리 저택 밖으로 나왔다.

나는 그를 택시 안에 밀어넣고 뤼테시아로 향했다. 그리고 위스키 더블을 두 잔 시켜놓고 생각을 가다듬었다.

"어찌 된 영문인가?"

나는 그를 심각하게 쳐다보며 물었다.

"우린 좀더 알아보기 위해 그곳에 간 거지 복수하러 간 게 아니야. 난 신문기자라면 쉽사리 화를 내지 않을 거라고 생각했네."

"그건 나 역시 마찬가지야. 정말 우스꽝스런 일이군…… 내 체면이 말이 아니라구."

그는 유감스런 표정으로 고개를 끄덕였다.

"우리는…… 자네나 나나 이런 종류의 수사에는 익숙지가 않아."

나는 단언했다.

"그래."

펠릭스도 대답했다. 그의 눈은 또다시 분노로 타오르고 있었다.

"문제는 체포가 아닐세. 우리는 너무 멀리 왔어. 우린 지금 목표점에 아주 근접해 있단 말일세."

"목표점에 근접해 있다구?"

"르레는 비시 정부를 지지한 크레텔과 페로의 과거와 관련해 불리한 사실들을 발견한 걸세."

"그런데 그는 그 서류로 뭘 하려고 했을까? 왜 그것을 금고 안에 넣어두었을까?"

"아마 모든 것을 밝히려고 했던 게 아닐까? 아니면 그들을 협박하려고?"

"어쩌면 그는 아무 이야기도 하지 않기로 결심했을 수 있네. 생명의 위협을 느꼈을 수도 있고. 어떻게 알 수 있을까? 만약 페로가 자기의 '영원한 친구' 크레텔을 죽이도록 사주했고 또 르레가 그 증거를 갖고 있었다면, 르레는 자기 생명을 위태롭게 하기보다는 차라리 자기가 알고 있는 것을 묻어두는 방법을 택했을 수도 있지."

여전히 이해하기 어려운 의문이 한 가지 있었다. 실러 집에서 발견된, 르레의 협박 편지들은 어떤 동기로 씌어진 것일까? 왜 크레텔은 페로에게 쓴 이상한 편지 속에서 실러를 언급했을까?

르레는 펠릭스를 만나는 것을 이미 거절한지라, 거기에 대해 정보를 줄 수 있는 유일한 사람은 리자였다.

나는 그녀에게 전화를 걸었다. 운 좋게도 그녀는 집에 있었다.

한 시간쯤 후 그녀가 도착했다.

그녀는 연분홍색 블라우스와 자두색 크레이프 천의 스커트를 입고 있었고, 묶지 않은 매끄러운 머리칼을 어두운 베일처럼 어깨 양쪽으로 내려뜨리고 있었다.

"무슨 일이죠?"

그녀는 어색함과 우아함이 섞인 모습으로 자리에 앉으면서 물었다.

나는 페로와 만났을 때 일어난 일을 그녀에게 이야기해주었다. 나는 어떤 이야기든 하나도 생략하지 않고 크레텔과 페로에 대해 우리가 알고 있는 것을 모두 다 얘기했다.

"당신에게 곤란한 질문을 하나 해야겠소."

내가 말했다.

"네?"

그녀가 대답했다. 그녀는 소나기가 쏟아질 듯한 회색이 섞인 하늘색 눈으로 나를 바라보았다.

"질문을 해도 될는지……"

"하세요."

"당신들이 다투기 전 마지막 몇 개월 동안 장 이브 르레가 관심을 쏟고 있던 것이 무엇이었소?"

그녀는 두 눈을 내리깔았다. 침묵이 흘렀다.

"장 이브는 최근에 태도를 바꿨어요."

그녀는 머뭇거리며 이야기를 시작했다.

그녀는 내가 내미는 담배를 받았다. 그리고 그녀의 얼굴에 뜨거운 불

그림자를 던지는 촛불로 담배에 불을 붙였다. 그녀는 담배연기를 훅 뿜어낸 후 투명한 목소리로 말을 계속했다.

"그는 국가사회주의의 역사를 다시 만들어야 한다고 말했어요. 나치주의에 부정적인 면만 있는 건 아니라고 했죠. 유대인에 대한 이야기엔 신물이 났으며 유대인들을 비시 정부의 유일한 희생자로 간주하는 것도 지긋지긋하다고 했어요. 그는 그것을 어설픈 강박관념이라고 했고, '그 기억을 다음 세대에 전달하기 위해 설명할 수 없는 것을 이야기하려고 시도하는' 그 모든 증언들을 이제는 더이상 견딜 수 없다고 했어요. 그리고 그는 조롱했어요……"

그녀는 눈을 크게 뜨면서 손가락으로 자기 가슴을 찔렀다.

"나에겐, 그가 한 짓이 바로 이랬어요. 알겠어요? ……내가 어렸을 때 우리 아버지는 전쟁 전에 마레에서 살았던 당신 사촌들의 무덤이 있는 바뇌 공동묘지로 나를 데려가셨죠. 난 어렸지만, 그들이 거기서 죽지 않았다는 걸 잘 알고 있었죠. 난 아버지께 물어봤어요. '아빠가 시체들을 여기로 옮겨오라고 시켰어요?' 그는 대답하지 않았어요. 난 계속 물어봤죠. 그는 시체들이 거기 있지 않다는 말을 내게 할 수 없었던 거예요. '도대체 시체들은 어디 있어요?'

아버지의 침묵은 나의 유년 시절을 온통 짓눌렀어요. 그는 절대로 웃지 않았어요. 형제들과 나에게 살가운 말 한마디 건넨 적이 없었죠. 식사중에도 그는 신문으로 얼굴을 가렸어요. 마흔 살인 오빠 벨라는 조그만 아파트에서 살아요. 배관 일을 하면서 근근이 먹고살죠. 우리는 삶을 지속하려고 했어요. 시험을 치고 직업을 가지고…… 하지만 기쁨의 순간 속에서 삶은 더욱더 끔찍하다는 것을 알게 됐어요. 기쁨마저도 쓴맛이었기 때문이죠. 그것도 모자라 우리가 사는 것을 방해하는 유령이 있었어요. 어떻게 너는 아우슈비츠에 계셨던 아버지에게, 그 악몽에 사로잡혀 결코 회복될 수 없는 아버지에게 사춘기 발작을 일으키고 반항할 수 있니? 내가 아주 사소한 말썽이라도 일으키려고 하면 그때마다 우리 어머닌 이렇게 말했어요. '네 아버지에겐 그렇게 말하지 마라.' 그리고 나는 그 말이 무슨 뜻인지 잘 알았구요. 그는 고통스런 운명을 겪었으므로 생이 끝날 때까지 다른 고통에서는 면제되어야 한다는 의미였어요. 그리고 그건 사실이었어요. 하지만 그런 건 가장 하찮은 문제였어요. 어머니는 때때로 몹시 지쳐서 자기 방에 틀어박혀 계셨어요. 더이상 견딜 수 없었기 때문이었죠. 그것을 입밖에 내어 말할 수도 없었구요. 어머니의 서랍장 속에는 수많은 약이 있었어요. 어머니가 틀어박힐 때마다 나는 어머니가 영영 사라질까봐 겁이 나곤 했어요.

부모님의 침대 위에는 할머니 사진이 군림하고 있었어요. 우리들은 할머니에 대해선 절대로 말하지 않았어요. 사진을 보면 그녀의 입술은 말을 하고 싶어하는 것처럼 보였어요. 뭔가 말을 하고 싶은데 끝내 하지 못하는 것처럼 느껴졌어요. 그녀는 그런 얼어붙은 태도를 견지하고 있었고 입에서 나오는 것은 침묵뿐이었죠. 나는 어린 시절부터 똑같은 꿈을 꾸어왔어요. 가방을 꾸려 어디론가 떠나는 꿈을. 뭔가 끔찍한 일이 일어나기 전에 나를 기다리고 있는 기차를 타야만 했어요. 피할 수 없는 엄청난 불행, 침범하는 힘, 이름 없는 공포로부터 도망쳐야만 했거든요. 사람들은 편집증에 대해 이야기하지만 그건 하찮은 단어예요. 실제로 일어난 사건은 모든 공포를, 편집광들의 모든 정신착란적인 환상들을 넘어서기 때문이지요. 우리 오빠 벨라는……"

그녀는 절망적인 몸짓을 했다.

"열일곱 살쯤 자기 선생님들이 CIA나 독일 혹은 프랑스의 악덕 정치

경찰이라고 의심했어요. 자기는 그 선생님들이 만들어놓은 거대한 음모의 타깃이라고 생각했고요. 그는 자기를 상대로 대대적인 음모가 꾸며졌다고 확신했어요. 그래서 미제라면 무엇이든 다 증오하기 시작했지요. 그는 이스라엘이나 소련으로 망명하겠다고 이야기했고, 자신의 관점을 기록하거나 작은 종이 쪽지들을 의심하며 시간을 보냈어요…… 그 시기에 그는 자기 방에서 한 발짝도 나오지 않았어요. 사람들이 그에게 다가가면 그의 두 눈동자는 수축되고 얼굴 윤곽이 움츠러들면서 호흡곤란으로 가쁜 숨을 내뱉었죠. 어머니가 몇 시간 동안이나 이야기하려고 시도했지만, 그럴 때면 그는 두 눈이 튀어나올 정도로 울부짖었죠. 그런 발작이 새벽 서너시까지 계속되곤 했어요. 그러는 동안 아버지는 벨라의 방문 앞을 지키며 그의 말을 들었어요……"

그녀는 갑자기 말을 멈추었다. 그러더니 다시 시작했다.

"장 이브는 벨라와 사이가 아주 좋았어요. 그들은 친구처럼 지냈죠. 서로 많은 이야기를 했고 그를 도와주었어요. 그러던 1994년 가을, 모든 것이 돌변했어요. 벨라는 장 이브가 자기를 공격했다고 생각하고 그를 증오하기 시작했죠."

"왜죠? 무슨 사건이라도 있었소?"

"네, 탈망 사건 때문이었어요. 우리 부모님의 레지스탕스 친구 말이에요. 당신도 알죠?"

나는 페를망 씨 집에서 파티가 있던 날 만난 옛 레지스탕스 요원 부부를 기억하고 있었다. 리자는 이른바 '탈망 사건'에 대해 두 시간에 걸쳐 우리에게 자세히 이야기해주었다.

탈망 부부는 1944년 8월 주느비에브 탈망 검거를 명령했던 모리스 크레텔의 재판에서 증언을 해야 했다. 그때 법정에는 탈망 부부의 증언의 진위를 판단하기 위해 구성된 장 이브 르레를 위시한 역사학자들이 있었다. 그들이 근거로 삼은 자료 가운데는 카를 루돌프 실러의 책도 있었다. 그 책에서 실러는 탈망 부부가 레지스탕스를 배신했으며 그들의 개인적인 영광을 위하여 역사를 조작했다고 비난했다.

실러를 잘 아는 미나는 탈망 부부에 대한 중상모략적인 비난들을 철회하라고 여러 차례 실러를 설득했다. 결국 그녀는 목표를 달성했고, 실러는 갑자기 공개적으로 사과하겠다고 수락했다. 그러나 때는 너무 늦었다. 사건은 이미 저질러졌고, 그 스캔들은 신문지면을 장식하고 있었다. 오십 년이 지났으므로 법적 강제성은 없었지만, 탈망 부부는 재판관으로 자처하며 답변을 촉구하는 역사학자들의 질문에 할 수 없이 대답해야만 했다.

재판 전날 리자는 주느비에브 탈망과 같이 저녁식사를 했다. 노부인은 낙담해 있었다. 그녀는 자신과 남편의 신용을 떨어뜨리려는 실러의 펜에 이용당하고 있는, 자신의 형리였던 크레텔의 선동으로 고소를 당한 입장이었다. 오십 년 만에 똑같은 드라마가 끝도 없이 재현되고 있었던 것이다. 그녀는 상대편 쪽에서 어떤 움직임이 있기를 기다렸다. 후회를 나타내거나 용서를 구하기를 기다렸나…… 그녀는 기다렸다. 프랑스가 용서를 구하기를. 정상참작의 여지도, 변명이나 설명의 여지도 없는 속죄할 수 없는 죄에 대한 용서를 구하기를. 용서할 수 없는 것에 대한 용서를 구하기를. 악의와 비열함, 비루함에 대한 용서를 구하기를. 절대로 용서를 구하지 않고 소름끼치는 비겁함을 굽히지 않는 프랑스의 사형집행인들에 대한 용서를 구하기를. 그리고 그녀를 계속 괴롭히는 것에 대한 용서를 구하기를 기다렸다.

"역사학자들은 죽은 자들의 기억과 살아 있는 자들의 명예에 공격을 가하는 것을 참지 못하며, 그런 의혹과 암시, 소문의 계략을 받아들일 수도 없습니다."

재판장인 콜레주 드 프랑스의 교수가 말을 시작했다.

"바로 그런 이유로, 당신이 카를 루돌프 실러가 주장한 바와 같이 레지스탕스를 배신했는지 아닌지를 판단하기 위해 우리는 당신의 말을 들어보기로 결정했습니다.

제가 그 내용을 짤막하게 설명드리겠습니다. 1943년, 레지스탕스는 내부 갈등으로 분열되었습니다. 모리스 크레텔에 의해 조직된 일제 단속은 레지스탕스의 주요 우두머리들을 검거토록 했고, 그 가운데에는 자크 탈망도 포함되어 있었습니다. 그는 부인이 조직한 탈주 계획 덕분에 몇 달 뒤 자유를 되찾았습니다. 그런데 며칠 후, 이번엔 그녀가 검거되어 강제수용되었죠. 실러에 따르면, 게슈타포가 자크 탈망의 탈주를 도와주었다고 합니다. 탈망이 게슈타포의 일원이 될 것을 수락했기 때문이지요. 이 기소장에 대해 답변할 게 있습니까?"

"주모자들과는 토론하고 싶지 않습니다. 토론하는 것은 이미 지는 것이지요. 그들의 장난에 말려들어갈 뿐입니다."

주느비에브 탈망이 대답했다.

"그렇다면 당신은 왜 이곳에 오는 것을 수락했나요?"

장 이브 르레가 개입했다.

"물론 당신이 알고 있기 때문이겠지요. 우리가 당신을 돕기 위해 여기 있다는 것을 말이에요. 우리는 어떤 공동체나 동업자의 이름으로 말하고 있는 것이 아닙니다. 우리는 이 사건에 대한 각자의 시각과 의문을 갖고 있으며 나는 그 점을 명확히 밝히고 싶습니다. 이것은 수사위원회가 아닙니다.

　물론 레지스탕스는 존재했습니다. 그것은 프랑스와 인간의 명예를 구한 특별한 사건으로 남아 있지요. 그 중요성은 오늘도 내일도 범세계적일 것입니다. 역사학자인 우리들은 레지스탕스가 전설이나 낭만적인 우화의 주제로 변하는 것을 막기 위해 개입해야 할 의무가 있습니다. 그러기 위해서는 진실을 백일하에 밝혀야 합니다. 그것이 본질입니다. 영웅들을 탈신화화하고 레지스탕스와 독일 협력자들 사이의 경계선이 그리 분명하지 않았다는 사실을 제시하는 위험을 무릅쓰고라도 말입니다. 우리는 아무것도 두렵지 않습니다. 우리에겐 금기가 없습니다. 진실, 오로지 진실만이 있을 뿐입니다. 바로 이것이 우리가 찾고 있는 것이지요."

　다른 역사학자가 한술 더 떴다.

　"카를 루돌프 실러가 주장하는 진실 말인가요?"

　자크 탈망이 물었다.

　"과학적인 차원에서 재미가 없다고 해서 책이 난잡하다고 할 수는 없지요. 고려되어야만 하는 새로운 요소들을 포함하고 있는 경우도 있으니까요."

　"그럼 실러의 책이 바로 그런 경우인가요?"

　"실러는 그 시기에 대한 정확한 지식을 갖고 있는 것 같습니다. 그렇기 때문에 우리 역사학자들의 작업방식으로 볼 때 흥미를 느끼는 것입니다. 자료들을 근거로 하여 확인된 것과 정당성이 인증된 다른 출처들을 통해 검증되어 수긍할 만한 것, 그리고 단순한 추측 차원에 머무는 것으로 구분하는 것이 바로 우리의 작업방식입니다."

　"그럼 당신은 우리들의 증언을 그 세번째 분류에 포함시켰고, 실러의 증언은 첫번째 분류에 넣었다는 건가요?"

주느비에브 탈망이 물었다.

"그렇게 받아들이지는 마십시오."

르레가 다시 말했다.

"이건 우정 어린 요청입니다. 우리는 당신들이 레지스탕스였다는 것에 경의를 표하고 있고 바로 그런 우리가 당신들을 소환했습니다. 우리는 당신들이 국가의 종속화를 거부했던 최초의 사람들 중 하나였다는 것을 알고 있습니다. 당신들은 고개를 빳빳이 들고 조금도 굽히지 않았지요. 그때는 그렇게 한 사람이 참으로 적었습니다. 그러나 우리는 또한 이곳에 역사학자로 참석하고 있습니다. 이 점을 말해야겠군요. 실러의 책은 문제를 제기하고 있고, 우리는 그가 내세우는 자료와 상당한 분량의 증거물들을 소홀히 다룰 수 없습니다. 그중 미공개된 어떤 것들은 본질적인 문제를 제기하고 해명을 요구하기까지 합니다."

다섯째 역사학자인 레지스탕스 전문가가 개입했다.

"우선 제가 당신들에게 존경을 품고 있다는 것을 말씀드리고 싶습니다. 그리고 단언하건대, 이 존경심은 실러의 책으로 인해 하나도 손상되지 않았습니다. 그러나 우리 동료들에게 제가 말하고 싶은 것은 한마디로 역사의 당사자들과 토론하는 것은 쓸데없는 일일 수 있다는 것입니다. 왜냐하면 그들은 진실을 고백할 수 없기 때문입니다. 그들이 진실을 넘겨줄 수 있다고 믿는 것은 기억의 가장 초보적인 구성 메커니즘을 무시하는 처사지요. 우리가 잘 알고 있다시피, 모든 개인은 자기 욕망과 갈망으로부터 출발하여 사실들을 재구성합니다. 우리가 원하건 원하지 않건 기억은 사실을 변질시키므로 어떤 증인에 대해서 그가 진실을 말해주기를 바랄 수는 없습니다. 게다가 흘러간 시간 또한 무시할 수 없습니다. 오십 년, 이건 상당한 시간입니다. 오늘날 탈망 부부가 우리에게 이렇게 말한다고 가정해봅시다. '우리가 여태까지 말했던 것은 잘못된 것입니다. 자, 사실의 새로운 버전은 바로 이것입니다.' 그렇다고 그 말이 탈망 부부의 예전 말보다 더 신뢰할 만한 것이겠습니까? 근본적인 작업을 해야 할 필요가 있습니다. 다시 말해서 자료들을 하나씩 검토하고 그것들을 서로 비교해야 하는 것입니다. 인간의 기억이라는 함정에 빠지기보다는 자료에 근거해야 합니다. 자료란 우리가 말하는 것에 대한 믿을 수 있는 증거들인 셈이지요."

"나는 개인적으로 탈망 부부가 속했던 조직을 연구했습니다."

여섯째 역사학자가 대화를 이었다.

"자크와 주느비에브 탈망이 한 말 속에는 사실 어림짐작도 있고 모순된 진술들도 있습니다."

"당신은 협력을 거부했다고 계속 주장할 겁니까?"

르레가 물었다.

"우리는 역사를 바로 세우는 작업을 하는 것이 아니라 기억을 바로 세우는 작업을 하고 있군요."

주느비에브 탈망이 대답했다.

"당신이 표명할 것은 그게 선부인가요?"

재판장이 캐물었다.

부부는 피곤한 얼굴로 고개를 끄덕였다.

"자크 탈망 씨, 대답하시오. 당신은 감금되었을 때 게슈타포 요원이 되었습니까?"

일곱째 역사학자가 계속했다.

"자크 탈망 씨, 당신은 당신의 보좌관들을 넘겨주었습니까?"

여덟째 역사학자가 물었다.

탈망 부부는 계속 입을 다물고 있었다.

"당신은 크레텔의 요구에 따라 가석방되었습니까?"

아홉째 심사위원이 물었다.

"당신은 레지스탕스들을 게슈타포에 넘겨주었습니까?"

"주느비에브 탈망 씨, 당신은 남편의 탈옥을 혼자 계획했습니까, 아니면 크레텔의 도움을 받았습니까?"

"그랬다면 당신은 그 대가로 무엇을 받았습니까?"

"자크 탈망 씨, 실러가 주장했듯이 당신은 부인의 체포에 협조했습니까?"

열셋째 역사학자가 물었다.

그러자 자크 탈망이 부인의 손을 잡았다. 자기를 쳐다보는 남편의 시선 속에서 그녀는 깨달았다. 그가 그 모든 암울했던 시간 동안 절망하지 않고, 활활 타오르는 불 대신 미세한 섬광이나마 가슴속에 간직하고 있었다고 해도, 이 순간 그것을, 그가 간직했던 불꽃을 상실해버렸다는 것을. 남편이 이상을 상실했다는 것을.

리자가 그 '소송'에 참여했다고 르레를 비난했을 때, 그는 그녀에게 '탈망 부부의 전략에는 결함이 있었다'고 대답했다. 그의 말에 따르면, 그들은 자신들의 과거를 더욱더 흥미로운 것으로 만들기 위해 엄정한 사실에 만족하지 않고 사건들을 지어내기 시작했으며 역사적인 이야기와 픽션을 혼동했다는 것이었다. 그리고 그들이 그렇게 하지 못하도록 하는 것이 역사학자인 자신들에게 부과된 의무이며, 사건을 제자리에 배치시키는 것, 이야기를 진실의 빛 아래 본래 자리에 되돌려놓고 적당한 균형에 따라 다시 환원시키는 것이 역사학자의 본분이라고 했다.

"어떻게 그런 말을 할 수 있었을까요?"

리자는 담배꽁초를 신경질적으로 끄며 입술을 떼었다.

"나만큼 분개했던 벨라는 그에게 혐오감을 느끼기 시작했고 곧 이어 격렬하게 증오하기 시작했어요. 내가 장 이브를 만날 때마다 벨라는 나에게 싸움을 걸었어요. 나는 벨라가 때때로 상식을 벗어날 때도 있고 상태가 좋지 않을 때도 있다는 것을 알고 있었어요. 그렇지만 최악은, 근본적으로 그가 대개는 옳았다는 것이었어요. 어떻게 장 이브가 나에게 그렇게 할 수 있어요? 탈망 부부는 내 친구였고 내 가족의 친구이기도 했어요."

"아마도 그 질문에 대한 답은 크레텔의 서류 속에서 찾을 수 있겠죠."

펠릭스가 암시했다.

"르레는 1994년 여름 동안 미셸 페로와 만났고, 10월에 크레텔의 재판과 탈망 사건이 전개되었죠. 당신 생각으로는 그의 태도가 돌변하기 시작한 게 언제인 것 같소?"

"1994년 여름과 가을 사이요."

"그렇다면 그것이 그가 페로와 크레텔에 대해 작성해놓은 기록과 어떤 관계가 있는 걸까? 그는 그들의 편이었을까, 아니면 더 많은 것을 알아내기 위해 그들의 입장을 신봉하는 척했을까? 또 르레와 실러는 어떤 관계였을까?"

펠릭스가 갑자기 조그맣게 휘파람 소리를 냈다.

"크레텔의 재판, 이것이 바로 그 공통점이거나 합류점인 셈이야. 실러와 르레는 둘 다 증인 자격으로 거기에 소환되었네. 실러는 전후 크레텔을 도와주고 그가 직업적으로 건전한 상태를 회복할 수 있도록 돌

봐준 성직자의 일원이었어. 장 이브 르레, 그는 독일 점령 시대 전문가로 불려왔지. 일개 역사학자가 전쟁과 관련된 사건에 증인으로 소환된 것은 처음이었어."

그러므로 르레는 그 재판 때 실러와 알게 됐을 수도 있다. 그렇지만 의문은 여전히 남았다. 그는 왜 실러를 원망했을까? 그가 실러에게 보낸 협박 편지들의 의미는 무엇이었을까? 그가 실러의 암살자였을까?

"이젠 크레텔 재판에 대한 기록에 몰두하는 일만 남아 있는 셈이야."

펠릭스가 결론을 내렸다.

몹시 늦은 시각이었다. 리자를 택시 타는 데까지 바래다준 뒤 나는 펠릭스와 함께 잠시 서 있었다.

"나는 그녀가 우리에게 모든 것을 다 이야기하지 않았다는 확신이 들어."

멀어지는 택시를 쳐다보면서 그가 중얼거렸다.

"그렇게 생각하나? 자넨 아직도 그녀가 르레에 대해 우리에게 뭔가 감추고 있다고 생각하는 건가?"

내 눈앞에 마레에서의 장면이 끊임없이 떠올랐다. '정말이지 내 사랑하는 여동생은 항상 나를 놀라게 한단 말이야'라고 말하던 굵고 우렁찬 벨라의 목소리도 분명하게 들렸다. 만약 프란시스 신부의 말이 옳다면? 리자가 나를 속이기 위해서 일부러 접근해 유혹한 거라면?

"아니야, 나는 실러를 생각하고 있었네. 그녀는 실러에 대해 우리에게 전부 다 말해주지 않았어."

펠릭스가 말했다.

그날 밤도 나는 쉽게 잠들지 못했다. 그 긴 시간 리자가 말했던 모든 것, 장 이브 르레, 카를 루돌프 실러, 모리스 크레텔에 관해서 우리가 밝혀낸 모든 것이 머릿속을 빙빙 맴돌며 미칠 듯한 속도로 뒤섞였다. 나는 끔찍한 꿈속으로 빠져들었다. 그 꿈속에서 나는 동물로 변한 여자들이 복수심을 채우기 위하여 밤의 탐험 속으로 몸을 던지는 것을 보았다. 그녀들은 밤 속을 날아다니면서 지나가는 길마다 증오와 폭풍우 혹은 질병을 퍼뜨렸다.

하르피아이, 세이렌, 반인반마의 괴물들, 거대한 괴물들, 무시무시한 용들, 커다란 뱀들이 내 정신의 주인들이었다. 나는 달밤에 눈을 반짝이는 긴 손톱에 검은 옷을 입은 악마 같은 사람들을 보았다. 어떤 늙은 사람들은 쉰 목소리에, 무엇과도 닮지 않은 사악한 시선을 하고 있었다. 그들은 모두 어디서 훔쳤는지도 모를 물건들을 손에 들고 있었다. 핸드백, 유리와 크리스털, 보석들이었다. 그들 주위로는 염소기름 향이 물씬 풍기는 아주 독한 냄새, 구역질 나는 악취가 풍겼다. 모두 이상한 음모를 꾸미고 있었다. 그들은 음모를 부추기며 알 수 없는 성분이 들어 있는 괴상한 요리들을 세심하게 준비하고 있었다. 하늘을 날아다니다가 뿌리 뽑힌 나무나 구운 진흙 항아리, 덧문, 돗자리, 수레바퀴, 빵삽 위에 걸터앉기도 했다. 헝클어진 머리, 삐걱거리는 이빨, 불빛이 관통하는 눈, 핏기 없는 코, 귀, 입을 가진 그들은 뒤집힌 배, 말, 소, 거대한 낙타의 해골 위에 걸터앉아 뱀, 용의 꼬리, 곰의 머리를 휘두르고 있었다. 그들의 아이들, 그 끔찍한 어린애들은 밤에 거대한 불 주위를 날며 모여들었다. 찜질약을 몸에 바르고 동물로 둔갑한 그들은 주민을 몰살시킬 독을 준비해 샘과 우물, 강물 속으로 퍼뜨렸다. 그들은 건강한 사람들에게 문둥병을 옮기고 도시와 시골을 장악하려고 했다. 저항하는 자들에게는 끔찍한 조처를 취했다. 죄를 인정한 자들은 불에 태웠고, 다른 자들은 고문을 가해 자백을 받아낸 뒤 불태웠다. 그들은 어디에서고 병과 죽음을 불러들였고 아이들을 휩쓸어갔으며 마법과 무서운 둔갑을 위한 도구로 신생아들의 살을 이용하기도 했다.

그런데 가장 나쁜 것, 그것은 나 자신이었다. 나는 이 마법의 집회에 초대된 풋내기였다. 침을 질질 흘리는 두꺼비들이 내 입에 키스를 했다. 나는 창백하고 소름끼치는 한 남자 앞에 서 있었다. 그의 눈은 까만색이었는데, 몸이 어찌나 말랐던지 살이 아예 없는 사람 같았다. 나는 얼음같이 차가운 이 수수께끼의 남자를 마치 두꺼비처럼 껴안았다. 우리 둘레의 벽은 자주색이었다. 불빛의 뿌리는 새빨갰고, 해체된 해골, 박제된 동물들이 사방에서 튀어나왔다. 그의 주위에는 꼬리를 하늘로 치켜세운, 개처럼 큰 고양이들이 물결을 이루고 있었다. 검은 옷을 입은 남자가 말했다. "몸을 굽히시오." 그러면 나는 말했다. "주여, 우리는 알고 있습니다." 세번째 목소리가 울렸다. "우리는 복종할 것입니다." 남자의 창백하고 반투명한 얼굴이 끊임없이 나를 괴롭혔다. 그의 상체는 태양처럼 빛났으나 까칠까칠한 피부는 고슴도치처럼 털로 뒤덮여 있었다. 밤이 끝날 무렵 그는 마침내 자신의 얼굴을 드러냈다. 그것은 바로 내 얼굴이었다.

나는 땀에 젖어 잠에서 깨어났다. 그리고 리자를 생각했다. 그녀에 대해서 생각했던 모든 것이 쓰라리게 그리웠다. 그리고 그녀만이 내 영혼의 두려움을 가라앉혀줄 수 있을 거라는 생각이 들었다. 달콤한 꿈속에서 나는 그녀를 사랑한다고, 그녀를 황홀할 정도로, 전적으로, 미칠 정도로, 절대적으로 사랑한다고, 이런 감정은 처음이라고 말했다. 그녀에 대한 나의 사랑은 밤거리의 거지와 같아서 나는 추위와 배고픔에 몸을 떨고 있다고 그녀에게 말했다. 단 한 번의 미소, 하나의 불꽃은 그

거지가 애타게 기다린, 새벽까지 그를 따뜻하게 해줄 작은 동전과도 같은 것이라고 말했다. 나는 그녀에게 이 사랑은 고통스럽고 무분별한 것이며, 또한 우리 가족이 그녀의 가족에게 겪게 했던 것으로, 나는 그녀에게 감히 눈도 들지 말았어야 했다고 말했다. 우리 선조들, 우리 부모가 오점으로 생각했을 그녀에게, 그들이 말하듯 아름다운 유대인 여자, 아름답고 더러운 유대인 여자인 그녀에게 감히 손을 얹지 말았어야 했다고 말했다. 사랑에 빠진 사람이 사랑받지 못할 때, 불면증에 걸려 결핍과 분열의 고통스런 고독 속에서 홀로 번민할 때, 악이란 얼마나 터무니없는 것이고 사랑은 또 얼마나 미친 짓이며 희망은 무슨 소용이 있겠는가. 내가 그녀를 알게 된 후로 이 공포의 환영, 내가 보았던 두 토막으로 잘린 남자, 자기 자신으로부터 떨어져나와 고인 피 속에 젖어 있던 남자, 그 반 토막 인간, 그것이 바로 나 자신인 듯 느껴졌다.

꿈속에서 나는 잔인하고 끔찍한 울부짖음을 들었다. 그 소리는 내 영혼의 밑바닥에서부터 나를 소스라치게 했다. 한밤중에 떨면서 잠을 깬 사람은 그녀의 아버지였다. 나는 어린 그녀가 그의 곁으로 가서 그의 얼굴을 쓸어내리며 조용히 이야기하는 것을 보았다. 그에 비하면 뭉크의 〈절규〉는 미소였다. 그의 얼굴, 그것이 바로 공포였다.

이튿날인 1995년 4월 10일, 나는 리자를 수영장에서 만나 저녁식사를 한 뒤 집까지 바래다주었다.

우리는 데자르 다리 위에 있었다. 센 강이 우리 발치에서 달과 별을 불꽃처럼 반사하고 있었다. 우리 앞에 흐르고 있는 센 강은 생명의 근원이었다. 거기에서는 태양의 거울인 달에 의해 다시 데워진 신비로운 존재들이 항해를 하고 있었다. 검은 사막처럼 칠흑 같은 어둠 속에서

봄의 맑은 강물이 조용히 살랑거리고, 무한한 어둠 속에서 불빛 중에서도 가장 밝은 불빛 하나가 반짝였는데, 그것은 바로 별이 총총한 리자의 파란 눈이었다.

나는 취했다. 그녀 영혼의 숨결에서 장미와 백단향이 풍겨나왔다. 나는 그 향기를 들이마셔 내 몸 속으로 모조리 빨아들였다. 하늘에는 별과 유성이 물처럼 흐르고 있었다.

그날 저녁 나는 모든 것을 잊었다. 그 최대의 분열을 일으킨 자, 혼란의 씨를 뿌린 자, 유일한 창조물을 이원화한 어둠의 왕자, 땅 위의 하늘, 낮은 곳과 높은 곳, 선과 악을 모두 망각해버렸다. 나는 인간을 두 토막으로 잘라놓은 자, 두 토막으로 잘린 몸의 주인을 더이상 생각하지 않았다. 그렇다. 그날 저녁 악은 행실을 고쳤다.

나는 오늘밤 영원히 그녀와 결합하고 싶었다. 내가 리자를 포옹한 것도 그 때문이었다. 그녀에 대한 나의 사랑과 소유욕은 너무나 격렬했다. 내가 그녀를 두 팔로 조인 것은 고통과 참회 때문이었고 그녀가 나를 받아들인 것은 바로 고통과 아량 때문이었다.

저 높은 곳 천사들의 별빛 아래서, 하늘의 정령들의 성좌 아래서, 나는 그녀에게 엘가의 음악처럼 세차고도 부드러우며 무시무시하고도 감미로운, 밤하늘의 어둠 속에서 활활 타고 있는 마음속의 불꽃을 고백했다.

"리자, 나의 아내가 되어주겠소?"

그녀는 놀라서 나를 쳐다보았다. 그리고 나는 마치 혼잣말처럼 그녀가 중얼거리는 소리를 들었다.

"거절할 이유도 없죠."

나는 그녀를 곧바로 쳐다보지 않았다. 하지만 그녀는 내 심장을 꿰뚫는 듯한 야릇한 미소를 보냈다.

3

그 다음날 리자는 우리가 결혼할 거라는 소식을 부모님에게 알렸다.

그들의 첫 반응이 어땠는지 나로서는 알 수 없다. 리자는 그들과 단독으로 이야기하고 싶어했다. 나는 미나가 유대인과 비유대인의 결혼을 반대한다는 것을 알고 있었다. 그러나 페를망 가족은 나를 높이 평가하고 있었으므로, 리자가 '고이'와 결혼하는 데서 오는 미나의 실망감이 상대가 나라는 사실, 내가 그들의 친구요 리자를 이 세상 누구보다 사랑하고 있다는 사실로 상쇄되리라 생각하고 있었다.

나는 이 결정이 불러일으킨 파문을 리자와 함께 그들의 집을 방문했을 때에야 비로소 알게 되었다. 의기소침한 사미는 평소보다 훨씬 더 자기 자신과 다른 사람들에게 무심한 태도를 보였고, 미나는 눈 밑에 보라색 그늘이 졌으며 안색이 나빠 보였다.

"라파엘, 난 당신에게 개인적으로는 아무 감정도 없어요."

그녀는 말했다.

"하지만 이 일은 좀더 깊이 생각해주길 바라요. 우리에게 결혼은 형이상학적인 의미를 지녀요. 남성과 여성 간의 만남은 성스런 결합의 재구성이지요. 옛날부터 나는 총체적 결합이 무엇인지, 사람 사이의 거리를 소멸시키는 절대적 관계가 무엇인지 리자에게 가르쳐왔어요.

유대인만큼 결합에 대한 욕망이 강한 민족도 없어요. 히브리어에서는 지(知)와 사랑을 지칭하는 말이 같답니다. 지의 깨달음과 본디 밀접한 성질인 남녀관계를 연계시키는 거죠. 죄와 실수는 분리와 차이에서 비롯되는 거예요. 진정한 사랑의 완수는 금욕이나 현실의 변화를 통해서만 가능하고요. 그렇지만 같은 종교를 갖고 있지 않고, 공동의 정신성이라는 깃발 아래 함께 있지도 않고, 세상에 대해 같은 시각을 가질수도 없는 두 사람이 부부라는 실체를 어떻게 확립할 수 있겠어요? 만약 리자가 당신과 결혼한다면 두 사람은 불완전한 자아로 각자 상대방속에서 자신을 잃어버리는 것과 같은 거예요. 비유대인의 아내로 그애는 뭘 할 수 있겠어요? 또 우리에게 그애가 무엇이 되는 거죠? 불성실한 유대인, 자신을 부정하는 유대인이 되는 것 아닌가요?"

"그건 내게 문제가 안 돼요, 엄마. 그건 엄마 문제예요. 제가 이미 말씀드렸잖아요."

리자는 내가 들어본 적이 없는 날카로운 어조로 미나의 말을 잘랐다.

그녀는 담배를 집어들고 신경질적으로 불을 붙였다. 나는 무슨 말을 해야 할지 알 수 없어 거북하고 걱정 어린 심정으로 그녀를 바라보았다.

"넌 네 근본을 잊어버릴 수 있을 거라고 생각하니?"

미나가 매서운 목소리로 쏘아붙였다.

"네가 추구하는 것이 바로 그거였어? 네가 유대인임을 느끼지 않으려면 그렇게 느끼는 것만큼이나 주의를 해야 하는 거야. 알겠니? 애야,

그럴수록 넌 네가 유대인이라는 사실에 더욱더 민감해질 뿐이야."

그녀는 매서운 눈으로 덧붙였다.

"넌 네가 누구라는 것을 느끼지 않기 위해, 그런 식으로 다른 사람들과 닮으려고 노력하는 데 너의 온 에너지를 낭비하게 될 거야. 넌 그들의 생활방식과 사고방식만을 좇다가 지쳐버리고 말 거야. 매 순간 자신의 배신을 자책하며 마음속 깊은 곳에는 유대인이 있음을 깨닫게 될 거란 말이야."

"그럼 라파엘은요? 엄마는 라파엘 생각은 해봤어요? 나와 결혼하면 그 역시 자신을 부인하게 될 거라는 것은 왜 말하지 않는 거죠?"

리자가 말했다.

미나는 적의 없는 시선을 내게 던졌다.

"고이들에겐 상황이 다르지. 모든 것을 포기한 유대인은 설사 배신을 했을지라도 유대인으로 남아 있게 되거든. 리자야, 비록 도망간다 해도 네 눈은 항상 메시아에게 고정되어 있을 거야. 넌 결코 시온으로의 귀환을 잊어버릴 수 없어. 그리고 절대로 편한 잠을 이루지 못할 거야. 왜냐하면 너의 메시아는 오지 않았으니까. 넌 이스라엘에 대해 몹시 걱정하게 될 테고, 길에서 암살당한 이스라엘 어린이들에 대해 고통을 느끼게 될 거야. 그러는 순간 너의 가슴은 분개할 테고, 그 순간 넌 너의 민족이 너에게 속하듯 네가 너의 민족에 속한다는 것을 깨닫게 될 거란 말이야."

미나가 일어섰다. 관자놀이의 정맥이 하얀 피부 밑에서 뛰고 있었다. 주름진 두 눈은 자기 딸을 강렬하게 응시했으며 입술은 떨리고 있었다.

"넌 벗어날 수 있을 거라 생각하겠지만 반유대주의자들의 시선 밑에서 너의 양식과 너의 잠에는 독이 들어가게 될 거야. 너는 너 자신을 부인하고 싶겠지. 그러나 그것은 너 자신을 더 잘 입증해줄 뿐이야. 너는 잊으려고 애쓰겠지. 하지만 그것은 너를 더욱더 강경하게 만들고 다시 일어나도록 부추길 뿐이야. 너는 유대인이고, 계속 유대인으로 남게 될 거야. 수많은 국가들 한가운데 있더라도, 지상의 모든 민족 한가운데 있더라도 너의 이마에는 이스라엘의 이름이 새겨져 있어. 부르주아로서의 너, 아내와 엄마로서의 너는 네 속에 항상 거역하는 여자, 유대인 여자가 있음을 알게 될 거야. 내가 우리 모랄리 삼촌 이야기를 네게 자주 들려주곤 했지, 리자. 그게 바로 너의 처지란다. 온순한 여자, 시민, 고이의 부인이 된다 해도 네가 유대인 여자라는 사실은 변하지 않아. 네가 그 사실을 잊어버린다 해도 다른 사람들이 그것을 상기시켜줄 거야. 설사 네가 그렇게 되는 것이 두려워서, 네 죄의식의 콤플렉스 때문에 정당하지 않은 법을 따른다 해도 그들은 네가 그들과 완전히 같지 않다는 것을, 네가 전적으로 그렇게 될 수 없다는 것을 항상 느끼게 할 거야. 만약 부끄러움 때문에 네가 이름을 바꾼다 해도, 반역자나 변절자로 낙인찍히지 않으려고 하찮은 꾀를 피운다 해도, 이 사실은 너를 떠나지 않을 거야. 헛되이 자신을 부인하려고 하는 진위불명의 유대인인 거지. 어쨌든 다른 사람의 눈에 너는 언제나 유대인일 뿐이야. 반유대적인 교만을 통해서 확인된 유대인 말이야. 그것이 바로 네 운명의 계시, 슬픈 계시인 셈이지. 힘도 기쁨도 없는 운명의 계시. 승천일이 아니라 주현절이지. 왜냐하면 네게는 책임이 없으니까. 부끄러운 변절자인 유대인이라도 어쨌든 유대인인 거야. 결함으로 인해 현기증을 일으키는 유대인, 너는 점점 더 그렇게 될 테고, 그것이 너를 구속하게 되겠지. 왜냐하면 너는 너의 순응주의적 욕구 때문에 다른 사람 앞에서 꼼짝 못 하게 될 테니까. 너는 자신의 정당함을 내세워야만 하고 순응함으로써 달라져야만 하기 때문이지. 그리고 리자, 네가 갈 부르주아의 길모퉁이에서는 반유대주의자들이 너를 감시하고 있을 거야. 그들은 공손하게 당신은 '유대교도'인가요, 혹은 아주 완곡하게 '이스라엘 사람'인가요 하고 물을 거야. 그들은 '유대인'이라는 말을 할 수가 없어. 그들에겐 발음하기 어려운 단어지. 민주주의자도 그렇게 말할 거야. 왜냐하면 너는 드러나지 않는 미묘한 차이점 때문에 그를 거북하게 만들 테니까. 공화주의자 또한 그렇게 생각할 거야. 너는 그에게 완전한 프랑스인으로 보이지 않기 때문이지. 그는 어떻게 유대인이면서 동시에 프랑스인이 될 수 있는지 이해하지 못하니까. 그리고 만약 네가 이스라엘을 위해 정의를 요구한다면 그들은 너에게 이중 국적에 대해 말할 거야. 그러면 리자, 너는 거기, 네가 사랑하는 너의 적과 네가 경멸하는 너의 옹호자 사이에 서게 될 거다. 부정적인 방식이 아니고는 결코 너 자신을 정의내릴 수 없을 테고, 네 묘한 운명은 네가 거부하는 그 신과의 관계, 네가 부끄러워하는 그 민족과의 관계 속에서 지지도, 안락함도 찾을 수 없을 거란 말이야. 유대인이라는 너의 현실은 네 문제, 멍에, 고통, 내부의 균열이 되겠지. 왜냐하면 너의 거짓말은 너를 항상 유대인으로 보는 다른 사람들의 눈과 마찬가지로 너 자신의 눈에도 하찮게 보일 테니까. 네가 너 자신을 리자 심머로 부튼나 해도 소용없딘다. 그들에게 너는 언제나 리자 페를망일 테니까."

리자는 두 손으로 머리를 감쌌다. 그녀의 어머니는 동요하지 않고 말을 이었다. 두 눈은 빛으로 번쩍였고 입은 분노로 삐죽거리며 비틀어졌다. 그녀는 '변절자'를 향해 비난의 손가락을 겨누었다. 떨리고 무서운 손가락으로 리자를 겨냥했다.

"너는 유대인이야. 네 속에 있는 유대인 기질을 두려움과 수치심 속에서 절망적으로 부인하더라도 너는 계속 유대인일 수밖에 없어. 네가 두려움과 수치심을 느끼는 것, 그 점이 바로 네가 유대인이라는 증거야. 넌 떠나고 싶어하지, 리자. 너는 네 민족을 떠나길 원해. 하지만 유대인의 징표, 그것은 영영 너를 떠나지 않을 거다. 그것은 너의 살 속에 할례 자국처럼 남아 있게 될 거야. 신과의 계약의 흔적은 네 몸 속에 이미 새겨져 있어. 리자, 만약 네가 그것을 거부한다면 네 인생에서 평화는 영영 사라지고 말 거야. 우리는 자신 속에 있는 인간의 본질과 그 본질이 함축하고 있는 악을 거부할 수 없으니까. 또한 그 본질이 명령하는 악과의 싸움을 거부할 수 없으니까.

리자, 이것은 죽음의 유혹이란다. 너에게 이러한 결혼을 부추기는 것은 바로 죽음의 유혹이야. 그 품안에 몸을 던지는 것은 자신에 대한 증오심의 발로일 뿐이야. 그것이 설사 우리에게 아픔을 주는 것이라 해도 너의 첫번째 희생자는 바로 너 자신인 셈이야. 하지만 너에게 수치심 대신 유대인이라는 자부심과 기쁨을 주입시키지 않은 것은 분명 내 잘못이겠지.”

이 말에 리자는 고개를 들고 소리쳤다.

“대체 누가 엄마한테 수치심 운운한 거죠? 엄마는 아세요? 기쁨을요? 엄마는 아마 행복했겠죠? 그들이 엄마를 학대했을 때 엄마는 행복했나요? 엄마가 유대인이라서 기뻤나요? 그래요, 그들이 엄마를 수용소에 넣었을 때, 엄마는 큰 보상을 받았다고 느꼈겠군요!”

이 말에 미나는 눈을 휘둥그렇게 떴다. 그녀의 두 손이 벌벌 떨렸다. 사미는 형용할 수 없는 시선을 딸에게 던졌다.

“그래요, 난 잊어버렸어요. 그 대가는 하늘에서 갑절로 받을 거예요. 하지만 엄마 아빠는 구원받았다고 믿기 위해 스스로를 다른 사람으로 착각하고 있진 않나요? 유대인들이 지상의 소금이라고 말한 사람은 예언자겠지요. 유대인들은 국가들 속에 녹아들 수가 없어요. 유대인들은 지상의 소금이니까. 쇼아는요? 그런 사소한 일로 풀이 죽어 있지는 않겠죠. 유대인들은 인간들을 비추는 세상의 빛이니까요. 인간이 하늘 높이 있는 신의 이름을 찬양하도록 말이에요. 그 신은 너무나 높이 있어 쇼아를 보지 못했다고 유대인들에게 말하지요…… 신의 선택을 받은 민족에게 불을 지르려고 했던 것이 아니라면서요. 하지만 유대인도 유대인 나름이에요. 이스라엘의 후손이라고 해서 모두 다 유대인인 건 아니라구요."

"유대인 중엔 충실한 신자도 있고 비신자도 있지."

미나가 대답했다.

"분열된 유대인도 있고 무식한 유대인도 있지만 유대인 기질은 누구에게나 다 있어. 그리고 그들의 사명의식 또한 항상 그들 안에 있어. 그것은 연륜에서 나오기 때문이야. 유대인은 그래, 대화나 책 속의 문장 중간중간에서 '유대인'이라는 단어를 번갯불처럼 포착하지. 예루살렘에 테러가 일어나면 우리는 피맺힌 고통을 느끼지. 인간의 고통이 있는 곳이면 어디에든 유대인의 가슴이 뛰어. 그것을 원하든 원치 않든 간에 말이야…… 리자, 말해보렴. 네 가슴이 유대인들을 위해 뛰지 않았다고, 신문에 이스라엘에 관한 기사가 나도 특별히 세심하게 읽은 적이 없다고 말해봐! 이스라엘이 전쟁을 할 때 승리를 바라지 않았다고 말해봐!"

"그건 엄마 민족이지 제 민족은 아니에요."

리자는 고함을 쳤다.

"난 달라요. 나는 엄마가 느끼는 것을 조금도 느낄 수 없어요. 그건 내 민족이 아니라구요. 나는 다른 사람들과 같아요. 저이처럼요."

그녀는 나를 가리키며 덧붙였다.

"나는 저이와 다르지 않아요. 유대인은 신 앞에서 스스로를 규정할 뿐이지 다른 사람들 앞에서는 그렇게 하지 않아요. 그것을 말해준 사람은 엄마예요."

"하지만 유대인은 사람들 앞에서, 그들 가운데서 자기의 길을 추구해야만 해. 이스라엘은 예수처럼 국민들에게 거짓 가치에 대한 반항과 이웃을 향한 진정한 사랑을 가져다줬어."

"그 대가로 그들이 받은 것은 치욕과 순교예요."

"하지만 이스라엘은 어떠한 희생을 치르더라도 이 메시지를 계속 간직할 거야."

"저도 알아요…… 유대인은 모세가 본 불에 타면서도 사그라들지 않는 가시덤불이 되겠지요. 왜 그것이 가시덤불인지 말해줄까요?"

"가시덤불은 정원을 보호하는 울타리이기 때문이야. 이스라엘은 세상의 울타리지."

"아니에요. 가시나무는 고통의 나무이기 때문이에요."

"만약 덤불 속의 불이 타지 않는다면, 그것은 고통이 너를 태우듯이 이스라엘을 태우는 것을 신이 원치 않으시기 때문이야, 리자."

"고통, 그것이 우리에게 남아 있는 전부죠. 내가 내 자식들에게 남겨줄 것도 바로 그 고통이구요."

"네 자식들은 아마 유대인일지도 모르지. 그렇지만 너의 손자들, 그들은 아닐 거야. 넌 혼자가 아니란다, 리자. 너는 양 어깨 위에 사천 년의 역사를 걸머지고 있어. 지금 네가 하려고 하는 일은 한 세대에서 삼십팔 세기를 죽이는 일이야. 서구 역사가 이천 년이 넘도록 이뤄내지 못했던 일이지."

그 말에 리자는 자리에서 벌떡 일어나 내게 손을 내밀었다. 그리고 출입문 쪽으로 걸어갔다.

"내가 삼십팔 세기를 죽였다고요? 히틀러처럼요? 내가 그의 업적을 완수한다는 건가요? 엄마가 그에게 한 말이 바로 그건가요? 실러한테 한 말 말이에요. 엄마가 그에게 한 말이 바로 그거냐구요?"

그날 저녁 나는 뤼테시아에서 펠릭스를 만났다. 나는 그에게 오후에 일어난 사건에 대해 이야기해주었다.

"나는 유대인, 기독교인 그리고 반유대주의자들로만 구성된 세계를 이해할 수 없네. 미나는 자네나 나처럼 그 카테고리에 속하지 않는 사람들도 있다는 것을 상상할 수 없나보지?"

그는 말했다.

"자네는 자신이 그 카테고리 중 어디에도 속하지 않는다고 장담할 수 있나?"

내가 물었다.

"나는 무신론자일세."

펠릭스가 대답했다.

"나는 모든 종교를 존중할 뿐만 아니라 관심도 가지고 있지. 외부의 관점을 온전히 견지하면서 말이야."

"우월적인 견지에서 말인가?"

"아니야, 그런 것과는 달라. 나는 보편적이고 합리적인 가치만 믿네. 자유와 평등을 보장하는, 종교와 무관한 세속의 가치 말일세."

"자네가 말했지만, 세속의 모든 가치는 세속화된 성서적 가치와 하나도 다를 바 없지."

펠릭스는 이야기를 멈추고 중요한 정보에 몰두해 있었다. 그는 크레텔의 재판 기록을 얻어낸 것이다.

"공식적으로 장 이브 르레는 역사학자로서 재판에 소환됐었어. 내 생각에는 르레와 페로 사이에 공모가 있었던 것 같네. 그는 증인으로 섰지만 법정에 출두한 진짜 이유는 페로의 부탁에 따라 사람들이 말하는 내용을 감시하기 위해서였다는 생각이 들어."

"그는 원고측 증인이었다고 생각되는데?"

"맞네. 게다가 르레는 법정에서 완벽하게 진상을 밝혀주었네. 그는 비시 체제는 독일의 명령만 기다리는 소극적인 정부가 아니었으며, '국가혁명'은 나라의 획일화를 예견한 야심찬 계획으로, 다시 말해 새로운 유럽을 준비하기 위해 유대인, 공산주의자, 프리메이슨을 배제시키는 계획이었다고 설명했네. 그는 이 점을 강조했지. 비시 정부는 결코 더블 플레이를 하지 않았고, 더군다나 점령군에게 저항은 하지 않았다고…… 레지스탕스, 그것을 찾아볼 수 있는 곳은 마키*라고 그는 말했네.

그러자 크레텔의 변호사는 역사학자는 법정에 출두할 수 없음을 지적하고 그의 발언의 효과를 축소시키려 하면서 이렇게 말했지. '증인이란 사건 현장에 있던 사람을 뜻합니다. 반면 역사학자는 소문에 근거해 말하지요. 당신은 그 시기에 관해 나름의 의견을 가지고 있지만 당신의 동료들 중 몇몇은 당신과는 상이한 견해를 보이고 있습니다. 당신 뒤에 증언할 사람들은 기꺼이 당신의 말에 반박할 것입니다. 비시 역사

---

* maquis, 제2차 세계대전중 프랑스에서 항독운동을 한 조직.

에 대한 당신의 의견은 지엽적인 것에 불과합니다. 그 점이 당신을 신뢰할 만한 증인으로 만들 수 있을까요? 나는 그렇게 생각하지 않습니다. 정의의 임무는 역사의 임무와 다릅니다. 배심원님들.' 그는 배심원들을 향해 덧붙였네. '여러분은 판결을 내려야만 합니다. 그렇지만 사물을 바꾸는 데는 역사학자들의 생각과는 반대로 책 한 권 정도로 충분하지 않습니다. 왜냐하면 그것에는 사람의 목숨이 달려 있고, 재판상의 오류는 역사의 오류와 비교할 수 없기 때문입니다.'

그 다음날은 주느비에브 탈망이 진술할 차례였지. 아주 끔찍했어. 자네도 그 소란을 기억하고 있지?"

"그래, 어렴풋이 기억나. 재판장 입구에서 사람들이 '탈망, 더러운 거짓말쟁이들'이라고 씌어진 플래카드를 들고 데모를 했었지."

"그것은 실러의 책에서부터 시작된 논쟁의 결과였어. 주느비에브 탈망의 증언은 폐부를 찌르는 듯했지. 스무 살 되던 해에 자기 남편을 석방시키고 난 후, 그녀는 크레텔의 명령에 따라 친독 용병들에게 체포되어 게슈타포에 넘겨졌네. 그녀는 자신의 형리인 한 독일인과 마주 앉았어. 그는 조용하고 침착하게 그녀가 아름답다고 말했네. 그녀의 머리를 쓰다듬으며 아주 나직한 목소리로. 그리고 아우슈비츠로 그녀를 보내기 전 삼 일 동안 두 손으로 그녀를 때리고 고문했네."

"그럼 실러는?"

"그는 변호인측 증인으로 소환됐네. 사람들은 그에게서 너그러운 성직자의 역할, 몇 해 동안 크레텔을 보호해온 자의 역할을 기대하고 있었지. 그 몇 해 동안 그는 크레텔의 정신적 지도자요 친구였네. 모두 그가 자기의 책에 썼던 내용대로 주느비에브 탈망의 증언을 무효화하고 웃음거리로 만들어주기를 기대했지. 그러나 정반대의 일이 일어나서 사람들은 모두 크게 놀랐네.

'나는 대혼란 속에 빠져 있습니다.' 그는 선언했지. '나는 이해해보려 하지만 그것이 불가능할까봐 두렵습니다. 여러분들은 제가 모리스 크레텔이 괴물임을 확인해주기를 원하죠? 네, 정말 그렇습니다. 여러분께 말하건대, 내 눈에 비친 모리스 크레텔은 괴물입니다.'

홀 안에서는 항의의 고함소리가 터져나왔네. 크레텔은 울부짖기 시작했지. '실러, 나쁜 놈. 널 죽이고 말 거야!' 하지만 그것은 실러의 말에 더욱 신뢰를 부여할 뿐이었네. 몹시 당황한 크레텔의 변호사는 그를 진정시키려고 애썼지만, 실은 그 역시 당황하고 있었지. 그는 무슨 일이 일어났는지 잘 깨닫고 있었네. 실러는 크레텔의 유죄 판결에 서명한 셈이었지.

법정이 진정되자 검사는 실러에게 질문했네. 실러는 빠짐없이 대답했고 모든 것을 뒤흔들어놓았지. 크레텔이 아우슈비츠의 '상투어'에 대해 언명했던 것, '증오의 희생자'인 나치 루돌프 헤스에 대해 했던 말까지. 실러는 이렇게 말했네. '슬픔도 동정심도 없는' 저 남자, 저 신도는 일말의 죄책감도 느끼지 않고 있습니다. 만약 오늘 그가 과거와 똑같은 위치에 선다면 다시 시작하려 들 것입니다."

"크레텔이 쓰러진 것이 바로 그 순간이었나?"

"그는 실러의 증언 후에 진술했네. 그는 이렇게 말했어. '나는 누구든 간에 그가 유대인이라는 이유로 체포하지는 않았습니다. 나는 최대한 많은 죄수들을 석방시키기 위해 최선을 다했습니다. 나는 인도주의적인 정치를 하고 싶습니다. 그런데 오늘 여기에 반인륜적인 죄로 기소되었습니다.'

그는 기억을 아주 잘하고 있더군. 전쟁의 공포, 허기, 목마름까지. 그가 몸을 숨겨야 했을 때 갔던 친구 집, 그에게 마음을 열어준 성직자의 집에서 먹은 수프까지 죄다 기억해내는데, 거의 감동적이기까지 했네. 진술하고 있는 사람은 피해자나 다름없어 보였어. 그는 자신이 1만 2884명에 이르는 사람들을 강제수용하는 계획의 시발점에 있었다는 것을 제외하고는 전부 다 기억해냈네.

판사가 벨 디브 일제 단속에 대해 말하기를 요구했을 때, 그는 다음과 같이 대답했네. '그것이 진정 당신이 원하는 일이라면 말하겠습니다. 그러나 그 결과에 대해서는 각오해야 할 겁니다.'

실러의 책 덕분에 그는 주느비에브 탈망의 증언에 대한 의심을 퍼뜨리는 데는 성공했지만, 신학자의 태도 돌변이 그를 파멸시켰지. 이제 더이상 잃을 것이 없는 그는 거리낄 것이 없었네. 그가 말했어. '나는 미셸 페로에 관한 이야기를 해야만 하겠소.' 그러자 원고측 변호사가 이렇게 말했어. '미셸 페로 장관은 이 사건과 아무 관련이 없습니다. 오, 그래요. 제가 쉽게 설명해드리죠.'

그 순간 판사는 태도를 달리했네. 그때까지 그는 크레텔을 일개 사건의 죄인, 악당이나 거짓말쟁이로 취급했었네. 그런데 갑자기 그는 자신의 실수를 깨달은 것 같았어. '거짓 정보로 우리들의 관심을 다른 곳으로 돌리지 마시오. 당신이 왜 여기 있는지 상기하시오. 당신은 프랑스의 유대인 남자, 여자 그리고 아이들을 제거하는 세력에 협력했기 때문에 이곳에 있는 것이오.'

이 말을 하고 그는 휴정을 선언했네. 홀은 텅 비고, 잠시 후 바깥에서 총소리가 들려왔지. 크레텔은 그 자리에서 즉사했네."

펠릭스는 말을 마치며 덧붙였다.

"그가 재판을 받게 하는 데 도합 이십 년 동안의 소송 절차가 필요했네. 그리고 마침내 거기에 도달하기 직전 어떤 남자, 페로에게 사주를 받은 정신이상자가 그를 죽였던 거야. 한 가지는 확실하네. 크레텔은 페로를 거북하게 만들 요소를 폭로하려고 했던 걸세. 어쩌면 그 내용은 그들이 우리에게서 훔쳐간 그 서류 속에 있을지 몰라. 자네도 봤지? 내가 그에게 혁명비밀결사대에 대해 이야기했을 때 페로는 겁내지 않았네. 그는 마치 속으로 이렇게 말하는 것 같았어. '좋아, 알 수 있었던 건 그게 다겠지.' 자네는 그런 인상을 받지 않았나? 나는 줄곧 우리가 그 서류 속에서 뭔가 본질적인 것을 놓쳤다는 생각이 드네…… 바로 그렇기 때문에 나는 그 소송 이전에 있었던 소송에 관한 서류들을 찾아볼 생각이 들었던 걸세."

"그래서?"

내가 묻자 펠릭스는 시가에 불을 붙였다.

"첫번째 원고의 이름을 발견하고 나는 얼마나 놀랐는지 모르네……"

"그가 누군가?"

나는 호기심에 차서 물었다.

"론 브론스타인."

내가 아연실색하자 그는 만족해하며 빙그레 웃었다.

"그리고 가장 충격적인 것은 그 사건이 소송 절차가 개시된 후의 일이라는 걸세. 그는 1990년에 고소를 취하했거든."

"그렇다면 모든 것이 브론스타인에게로 귀결되는군. 프란시스 신부가 처음에 말한 대로 말일세…… 자네도 기억하지?"

"될 수 있는 한 빨리 그를 찾아야 하네. 그는 텔 아비브 교외의 부르주아 동네인 라마트 아비브에 살고 있어. 그의 전화번호는 갖고 있는데, 아직 연락이 닿지 않네."

우리는 나머지 시간을 담배 피우고 술을 마시며 리자와 나의 결혼에 대한 이야기를 하면서 보냈다.

"자네, 그녀 어머니의 태도가 리자에게 문제를 야기시킬 수 있을 거라고 생각하나? 그녀가 나와 결혼하겠다고 한 결정을 번복할 거라고 생각해?"

나는 펠릭스에게 물었다.

"그녀가 고이와 결혼하는 것은 그녀 어머니로서는 끔찍한 일이지. 그러나 리자에게도 마찬가지라고 난 생각하네. 중요한 건 그녀가 알고 있는 것을 그녀 아이들에게 전달하는 것이지. 다시 말하자면 실제로는 별것 아니라는 걸세. 나는 리자가 유대교에 대해 어느 정도 거리를 두고 있다는 느낌이 들어. 자네 말대로 그녀는 샤바트도 중지했고, 자기 어머니처럼 빠짐없이 유대교 회당에 출석하지도 않잖나. 그렇지?"

"그래, 리자는 어렸을 때 일반 초등학교에 가려고 자기 어머니가 입학시킨 유대학교를 그만뒀다고 했네. 그녀는 욤 키푸르 날*이 끔찍했었다고 얘기했어. 그녀는 결석을 했고 다시금 자신을 다른 사람처럼, 이방인인 양 느꼈다고 했네. 그 다음날 그녀는 선생님과 학생들에게 모든 것을 설명해야 했는데, 그들의 경악 어린 시선 속에서 자신을 변명해야 할 것처럼 느꼈다더군. 그때 그녀가 바랐던 것이라곤 그저 다른 사람들처럼 사는 것이었다는 거야. 자신을 남들과 구별짓지 않는 것 말일세."

"그녀가 유대인 남자와 결혼하고 싶어했다고는 생각되지 않아."

"하지만 자네는 그녀가 자기 부모의 의지에 반해서 행동할 거라고

---

* 속죄일. 죄를 참회하고 지난 일 년을 돌아보며 반성하는 유대교 최대의 명절.

확신할 수 있나?"

그의 눈이 더욱 어두워졌다. 그는 슬픈 미소를 지으며 나를 바라봤다.

"그녀는 자네와 결혼하기 위해서라면 무슨 일이든 다 할 것 같다는 느낌이 드네, 라파엘."

4

1995년 5월 6일 오후 네시 삼십분, 나는 파리 5구 구청에서 리자 페를망과 결혼했다.

그녀는 흰 투피스를 입고 종 모양의 모자를 썼다. 영국식 컬을 넣은 긴 고수머리가 모자 밑으로 흘러내렸다. 그날 그녀의 눈은 특별한 광채로 반짝였다. 그 눈은 시종일관 나를 바라보며 세심하게 살폈다. 그것은 그녀가 아틀리에에서 조각을 할 때와 똑같은 눈빛이었다. 주의깊고 진지하며 즐겁고 감탄 어린 표정. 그 눈은 시야가 닿는 범위 내에서 가장 좋은 것을 보고 있는 것 같았다. 그녀는 자신의 시선으로 영혼을 고양시켰고 아름답게 만들었다. 그녀는 나를 다시 그렸고 다시 창조했다.

페를망 가족은 결국 식에 참석하기로 했다. 그들은 로지에 가에 몇몇 친구들과 가족을 불러 작은 연회까지 열었다.

손님들이 도착하기 전 나는 두 손으로 얼굴을 가리고 있는 미나를 보고 깜짝 놀랐다. 그녀는 울고 있었다.

리자는 신경 쓰지 말라고 내게 속삭이며, 나 때문이 아니라고 안심시켰다. 그 연회는 과거와의 고통스런 끈이었고 친구도 가족도 없이 계속되는 한 편의 드라마였다.

물론 내 쪽 친척은 없었다. 나는 리자 페를망과의 결혼을 결혼식 이주 전에야 부모님에게 알렸다. 그들은 거리가 너무 멀어 참석하지 못할 것 같다고 내게 알려왔다. 나는 내가 유대인 여자와 결혼하는 것에 그들이 화가 났으리라 생각했다.

나는 안심했다. 리자가 그들을 만나게 되면 끔찍이 거북해할 테니까.

리자의 아버지는 유리잔을 하나 가져와 땅바닥에 놓더니 발로 세게 밟아 깨부수었다. 산산조각난 유리잔은 사방으로 날아가 흩어졌다. 그것은 수많은 잿가루나 무수히 많은 불똥, 헤아릴 수 없이 많은 운명처럼 부서진 거울 조각, 마지막 잔광에 반짝이는 불빛, 지혜의 보석, 다이아몬드, 옥이나 에메랄드처럼, 그리고 먼 해안의 강물처럼 구르며 흘러갔다. 그 강물은 마침내 신의 가슴받이 속에 다시 모인 분산되었던 유대 민족 같았고 태양, 달, 별, 마노, 루비, 녹주석, 반짝이는 줄마노, 산, 낮처럼 밝은 강물, 옛날의 순수한 물처럼 투명하고 맑은 강물을 다시 덮어주는 태양의 불과도 같았다. 나는 내 발밑에 떨어진 유리조각 하나를 집었다. 작은 유리조각의 예리한 칼날에 손가락을 베였다. 주홍빛 핏방울이 흘러내렸다. 나는 그 유리조각을 기념 삼아 호주머니 속에 집어넣었다.

"이 깨진 유리잔은 흥겨워하는 모든 사람들에게 여호와 신전의 파괴를 상기시켜주죠. 원래는 신랑이 깨뜨리는 거예요."

리자가 설명했다.

유대 전통의 모든 관습 중에서 페를망 가족이 단지 그 관습만을 택한 것은 조금 의외였다.

폴과 틸라는 나를 뜨겁게 축하해주었다. 벨라는 반은 빈정거리고 반은 건방진 표정으로 내게 입을 비죽거렸다. 게다가 내 어깨를 손바닥으로 치는 바람에 나는 포도주 잔을 입에 비스듬히 대고 마셔야 했다.

결혼식 내내 대리석처럼 굳어 있던 사미는 연민과 슬픔의 미소를 살짝 지었다. 아우슈비츠 후에 시를 쓰는 것이 불가능하다면, 쇼아에 대한 글을 쓸 때 페이지 하단에 메모를 하는 것이 외설적이라면, 그 큰 불행 뒤에 올리는 결혼식은 야만적이지 않을까?

우리는 프란츠 신부도 초대했다. 사복을 입은 그는 놀랄 만치 당당한 풍채를 가지고 있었다. 초록색 눈은 수염 때문에 다소 근엄해 보이는 그의 얼굴에 압도적인 인상을 부여했다. 근시 때문에 동공이 너무 확대되어 있어서 마치 시선이 사람들 사이를 뚫고 지나가는 것 같았다.

그는 웃으면서 내게 악수를 청했다.

"행복을 빕니다, 라파엘 씨. 이 기회를 빌려 당신에게 충고를 하나 해도 될까요."

그는 내 쪽으로 몸을 기울이더니 속삭였다.

"프란시스 신부를 가까이하지 마시오. 그를 멀리해야 해요. 그는 마치 악마와 같습니다. 이건 그와 실러가 우정으로 맺어졌을 때 내가 이미 실러에게 이야기했던 것입니다."

"왜 내가 프란시스 신부를 피해야 합니까?"

"그 위험한 남자는 모종의 목적을 갖고 당신에게 접근하려 해요, 모르겠소?"

"모르겠는데요?"

"그는 악마와 거래를 했소."

펠릭스도 거기 있었다. 그는 구석에 혼자 서서 얼굴을 찌푸린 채 내게서 시선을 떼지 않았다. 꼭 마지막으로 나를 보고 있는 것만 같았다. 그리고 영원히 나를 잃을 거라고 생각하는 것처럼 보였다. 나는 잠시 그와 함께 있어주었다. 그를 안심시키고 이 결혼이 우리 우정의 끝이 아니라는 것을, 그에게 내주었던 내 마음의 한 부분을 리자에게 도둑맞은 것이 아니라는 것을 알려주기 위해서였다. 그는 또렷하고 날카로운 눈으로 나를 바라보았다. 그리고 파티가 끝나기를 기다려 내게 선물을 주었다.

그것은 베를린의 고서점에서 찾아낸 고문서였다. 1935년 뉘른베르크 법*에 따른 결혼법을 명시해놓은 문서였다. 나는 그 문서를 읽어보았다.

다음과 같은 경우에는 허락한다. 독일 남성과 독일 여성 사이의 결혼, 조부모 중 한쪽이 유대인인 사람과 독일인 사이의 결혼, 조부모 모두 유대인이지만 유대인에 예속되지 않은 사람과 조부모 중 한쪽만 유대인인 사람 사이의 결혼. 그러나 다음과 같은 경우엔 특별 허가를 받아야만 한다. 독일인과 조부모 모두 유대인인 사람 사이의 결혼, 조부모 중 한쪽만 유대인인 사람과 조부모 모두 유대인인 사람 사이의 결혼. 다만 다음과 같은 경우는 결혼을 금지한다. 독일인과 유대인 사이의 결혼, 조부모 중 한쪽이 유대인인 사람과 유대인의 결혼, 조부모 모두 유대인인 자들 사이의 결혼.

* 1935년 9월 15일 나치에 의해 제정된 '독일제국시민법'과 '순혈보호법'을 가리킨다. 유대인 학살의 법적 토대가 되었다.

274

떠나기 전 그는 나에게 포옹을 했다. 마치 아주 긴 여행을 떠나기 전에 친구에게 마지막 작별을 고하는 것 같았다.

그 다음날 우리는 이스라엘로 날아갔다. 그 생각을 해낸 사람은 바로 나였다. 그것은 미나에게 바쳐야 할 공물과도 같았다. 나는 리자를 설득했고 그녀는 과거와 화해하는 표시로 결국 수락했다.

이스라엘에 대해서는 특별히 기억나는 것이 없다. 그것은 〈하워즈 엔드〉와도 같았다. 나는 리자의 미소와 햇빛에 눈부셔하는 그녀의 두 눈, 석양의 부드러운 빛에 환하게 빛나는 그 눈을 기억한다. 홀리듯이 밤새도록 그녀를 바라보고 있었다. 나는 내 생에 처음이자 분명 마지막으로 남편이 되었다는 사실을 기억한다. 자기 아내를 배려해야 하는 남편, 그의 목표는 매일, 매 시간, 매분 그녀를 행복하게 만드는 것이었다.

나는 모든 것을 잊기로 결심했다. 미나의 저주, 펠릭스가 하고 있는 모든 조사, 각자를 짓누르는 의심을 잊기로 했다. 격투도 멈췄다. 마침내 나는 저 높은 곳에 있는 세계, 휴식의 장소에 도달했다. 나는 한 번도 그와 같은 영혼의 휴식을 느껴본 적이 없었다. 더이상 달리지 않아도 되는, 마침내 쓰러지듯 주저앉게 해준, 부난한 갈구를 통해 얻은 휴식이었다.

낮은 빛이었고 밤은 신비였다. 리자는 여태껏 본 적이 없는 광채로 그 밤을 밝혔다. 전능한 그녀는 무에서 유를 창조해냈고 나는 두려움과 감탄이 섞인 동요된 감정으로 그것을 바라보았다. 그녀 없이는 모든 신비가 이해되지 않았다. 그것은 순수한 기쁨으로 나를 감쌌다. 나의 가슴은 진정되었고, 우리는 서로의 눈을 응시했다. 그녀 눈 속의 어두운 거울에 비친 내 얼굴은 처음으로 크나큰 행복을 표현하고 있었다.

결혼을 하는 것은 단지 두 사람이 아니었다. 그것은 육체와 정신, 물질과 형상 사이의 결혼이자 화해이기도 했다. 부부의 침실 속에 감도는 분위기에 나는 사로잡혔다. 리자를 볼 때마다 그리고 그 나라를 볼 때마다 그들의 모습이 친숙하게 느껴졌다. 어딘지는 알 수 없으나 근원으로부터 멀지 않은, 제일 첫번째 집 어딘가에서 이미 만난 적이 있는 것처럼.

맑은 물이 출렁이는 강가에서 내 곁에 누운 그녀는 삶에 눈뜬 것이 아니었다. 그녀가 삶 자체였기 때문이다. 그녀의 좁은 상체와 허리는 내 몸의 행복한 발아와도 같았다. 흰 꽃잎들이 총총히 박힌 타는 듯한 푸른 눈은 어떤 꽃보다도 아름다웠다. 새까만 눈썹은 긴 속눈썹이 있는 눈가에 그늘을 드리우고, 높은 광대뼈는 뾰족한 코를 둘러싸고 있었으며, 뾰로통하지는 않으나 꼭 다문 입은 자그맣고 하얀 조약돌을 가지런히 정돈해놓은 것과 같았다. 턱은 생과일 맛이 날 듯 둥그란 모습을 하고 있었다. 반투명한 베일 같은 피부, 가느다란 파란 실이 모여 있는 유난히 매끄러운 피부는 샘물보다 더한 순수함을 구현하는 연약하고 반짝거리는 보호막으로 얼굴을 감싸고 있었다. 그녀는 내가 한 번도 가져보지 못한 가장 고매한 이상을 가장 민감한 것을 통해 자신의 몸에 품고 있었다.

그녀는 꽃 위에 맺힌 진주 같은 이슬방울보다 더 신선했고, 대지의 뱃속보다 더 뜨거웠다. 그녀의 아름다움은 한낮의 태양보다 더 나를 눈멀게 했다. 그것은 하늘보다 청명한 힘이었다. 그녀의 숨결은 미지근하고 따스한 바람이었고, 그녀의 머리카락은 산을 따라 흘러내려가고, 그녀의 두 눈은 달빛에 하얗게 타오르는 별들이었다.

그녀는 나에게 누구를 떠올리게 했나? 나는 어디에서 그녀를 만났던 가? 먼 곳, 피에타보다 좀더 먼 곳에서일 것이다. 내가 사랑한 것은 그 녀 안의 피에타가 아니었음을 이제야 알게 되었으므로. 나는 피에타 속에서 그녀를 발견한 것이었다. 빛과 어둠 사이에 있는 그녀는 내 정 신의 석양과도 같았다. 명암, 별들이 반짝이는 약속의 밤, 가장 높은 꼭 대기에서 온 성좌였다. 그녀는 세상에서 가장 아름다웠다. 그녀와 더불 어 어둠은 낮보다 훨씬 더 밝아졌고, 밤은 어둡지 않았다. 엷은 보랏빛 의 밤은 활활 타오르고 있었다. 밤은 곧 떠오를 해에 대한 열렬한 기다 림이었다.

도대체 어디에서 나는 그녀와 마주쳤던가? 이 어렴풋한 기억은 무엇 인가? 태양이 관통하는 듯한 광선을 흩뿌리는 그 눈을 나는 어디서 보 았던 것일까? 내 몸에 전율을 일으켰던 그 감미로운 목소리를 어디서 들었던 것일까? 그 자주색 입술은?

우리 머리 위에 태양이 있었다. 사물들은 고유한 빛을 가지고 있지 않기 때문에 커다란 천체의 빛을 반사한다. 반짝거리는 빛 아래 지구가 존속하고 우리는 지구에서 빛을 빌려와 어머니의 젖가슴에서처럼 영 양을 섭취한다.

에메랄드빛과 보랏빛의 수풀과 이웃해 있는 금갈색 그루터기는 자 주색과 청색, 올리브색, 금박 입힌 은색 등 끝없이 다채로운 광채를 발 했다.

언제, 어디서 나는 그녀를 보았던가?

"텔 아비브의 한 카페 테라스에서 어느 날 아침 내가 벨라에게 당신 과 결혼하고 싶다고 말했을 때, 그가 물었어요. '십 년 후에 네가 그 사람과 두 아이와 함께 있는 것을 상상할 수 있니?' 그때 내가 뭐라고 대답했는지 알아요?"

"글쎄?"

"그래요, 나는 그에게 그렇다고 대답했어요. 우리 부모님 집에서 처음으로 당신을 봤을 때, 당신은 마치 내가 잘 알고 있는 사람 같았어요. 아주 오래 전 어디선가 당신과 이미 한 번 마주쳤던 것 같은 느낌이 들었어요. 당신은 먼 추억, 어린 시절의 추억 같은 것이었어요."

"처음 본 순간부터 나를 사랑했소?"

"사랑했냐구요? 아니요…… 하지만 뭔가를 느꼈어요. 무시무시한 공포, 현기증 같은 것 말이에요. 그러고 나서 라파엘, 난 당신의 눈을 봤어요. 당신의 눈이 나를 매혹시켰죠. 그 눈이 나를 쳐다보면 내 가슴은 소스라치게 놀랐어요. 그 눈은 내 영혼의 밑바닥을 휘저어놓았어요."

"그리고 또 뭐가 있소?"

"당신의 미소. 그보다는 당신의 미소들이라고 하는 편이 나을 것 같네요. 왜냐하면 당신의 미소는 여러 가지니까요. 매혹하는 미소도 있고, 농락하는 미소도 있어요. 때로는 행복하고 조용한 미소를 지어 보이는가 하면 보조개가 패는 끝없는 웃음도 있어요. 보조개가 움푹 패면서 장난꾸러기 같은 그림자를 그려내는 것을 보면 사랑스러워요. 그리고 당신의 손……"

그녀는 내 손을 잡으며 덧붙였다.

"이 손은 커다랗고 하얗죠. 너무나 하얘서 정맥들이 드러나 있는 게 모두 보일 정도예요. 당신도 아세요? 나는 이 정맥들을 모두 잘 알고 있어요. 어떤 것들은 회미하고 무기력하지만 어떤 것들은 불쑥 두드러져 있고 두꺼워요. 이건 견고하고 남성적인 손인 동시에 섬세하기도 해

278

요. 나는 당신 피부에 난 작은 점들, 떠나가는 것을 원치 않는 어린 시절의 흔적 같은 이 적갈색 점들을 사랑해요. 나는 당신 손을 보면서 그것을 조각하고 싶다는 욕망을 자주 느끼곤 해요. 언젠가는 꼭 그렇게 할 거예요."

"그러면 워싱턴에서 내가 당신 쪽으로 손을 내밀었을 땐 왜 밀쳐냈소?"

"난 두려웠어요, 라파엘. 당신을 사랑할까봐 겁이 났던 거예요."

나는 지칠 줄 모르고 그녀를 바라보았다. 그녀의 맑고 파란 눈 속으로 몰입했다. 어디서 나는 그녀를 보았던가? 어느 길에서 우리는 서로 만난 것일까? 우리는 어떤 수레바퀴를 함께 빌렸던가?

태초에, 세상의 제일 처음에 아담과 이브가 선악과를 먹고 돌이킬 수 없는 죄를 지었을 때, 불경한 자들의 우두머리인 뱀은 불과 연기로 자욱한 그의 의자에 조용히 앉아 자기의 과업을 완성하기 위해 그들을 지켜보고 있었다.

5

펠릭스는 내가 떠나기 전에, 텔 아비브로 가면 론 브론스타인을 만나
도록 힘써보겠다는 다짐을 받아냈다. 여러 번의 헛된 시도 끝에 텔 아
비브를 떠나기 전날, 마침내 나는 이스라엘의 철학자 론 브론스타인을
만나는 데 성공했다. 우리는 디젠고프 광장 분수대 근처에서 만나기로
했다. 시간은 오후 세시 삼십분경이었다. 나는 나이 많은 노인들이 여
러 명 있는 벤치 옆에 앉았다. 다른 사람들도 차츰차츰 모이더니 이내
활기찬 작은 그룹을 형성했다.

그들은 매일 오후 이맘때쯤 만나는 것 같았다. 그들이 나누는 이야기
가 무엇인지 알기 위해서라면 비싼 값도 치렀을 것이다. 그들은 내게
완전히 낯선 언어도 아니고 완전히 정통한 언어도 아닌 말로 대화하고
있었다. 나는 몇 마디의 독일어만을 알아들을 수 있을 뿐이었다. 그들
은 전쟁에 대해 언급하고 있는 듯했다. 때는 봄이었고 날씨는 벌써 많
이 더웠다. 그들은 모두 반소매 차림이었는데, 그중 여럿은 팔에 번호

가 문신으로 새겨져 있었다. 인생의 황혼기에 접어든 그 사람들은 동물처럼 낙인이 찍혀 있었다. 그들은 곧 죽을 것이다. 그리고 이 지워지지 않는 쇼아의 자국도 사라질 것이다.

그들의 늙은 얼굴엔 흘러간 시간을 증명하듯 골 깊은 주름들이 뚜렷했다. 그러나 그들의 시선 속의 불꽃은 영원을 드러냈다. 나는 미나가 했던 말을 생각했다. 그녀의 말이 옳을 수도 있지 않은가? 이 민족은 그들이 이전에 겪었던 가장 참혹한 재난을 가장 빛나는 승리로 변모시키지 않았던가? 자기 땅으로 귀환하기까지의 유대 민족의 운명보다 더 비통하고 가혹한 것은 없다고 그녀는 말했었다. 고통의 밑바닥에서 그들은 완성과 구원에 이르기 위해 다시 일어섰다. 삼십팔 세기의 역사.

갑자기 모두 입을 다물었다. 여러 노인들이 한숨을 쉬더니 그들 중 한 명이 그곳을 떠났고, 다른 사람들도 하나둘 그 뒤를 따랐다.

그때 쇼아를 연구하는 역사학자들이 모두 제기하던 문제, 아무도 풀지 못했던 그 신비가 다시 내 머릿속에 떠올랐다. 1945년 독일군은 전쟁 강화와 유대 민족의 완전한 말살 사이에서 선택의 기로에 놓였다. 후자에 우선권이 부여되었다: 유럽 유대인들의 섬멸이 패전의 위험과 독일 국가의 종말이라는 위험을 무릅쓰고라도 도달할 만한 가치 있는 목표였다는 것을 어떻게 이해할 수 있겠는가? 어떤 강력한 악의 힘이기에 한 민족이 전쟁에서 패해 자기 나라를 전멸시킬 위험을 무릅쓰고 다른 민족을 파괴할 결심에 몸을 바치도록 했던 것일까?

이 질문에 대한 대답은 쇼아의 경험의 한가운데에 도달하는 것과 같았다. 그리고 그곳은 정확하게도 실러 살인사건의 비밀이 존재하는 곳이기도 했다.

론 브론스타인이 빨간색 스포츠카를 몰고 도착한 것은 바로 그때였다. 그가 끼익 소리를 내며 브레이크를 밟았다. 그는 차에서 내려 빠른 걸음으로 내 쪽으로 왔다.

"미안합니다. 폭탄 경보 때문에 우리 동네에서 꼼짝을 못 했소."

"심각했습니까?"

"아니요, 전혀요. 이곳에선 정기적으로 일어나는 일입니다. 안심하세요. 우리는 폭발 따위가 일어나게 만들지 않소."

그는 불안한 내 눈을 들여다보며 말했다.

그는 셴킨 거리의 한 카페로 나를 이끌었다. 담배연기 자욱한 분위기, 아르누보 스타일의 실내장식과 오렌지색 불빛들. 소호의 바들을 부러워할 게 하나도 없었다. 보이시하게 머리를 자른 키가 크고 아름다운 젊은 여성들은 프랑스나 미국 여성들에게선 볼 수 없는 활기와 거친 매력을 지니고 있었다. 투명한 초록색 눈의 금발 군인이 친구들과 웃고 있었다. 그는 가장 매력적이고 돋보이게 하는 베이지색 공군 제복을 입고 있었다.

그들이 바로 유대인이라고 나는 생각했다. 미국 영화 속에서 볼 수 있는 마네킹 같은 여자들, 구릿빛 근육질의 남자들, 신화적인 군인들이었다. 모두 내가 분수대 근처에서 보았던 쇼아의 생존자인 노인들과 같은 유대인이었다. 하지만 너무나 달랐다. 나는 이 민족은 나치 독일이 그들에게 강요하고자 했던 모델과는 반대로 벤구리온*이 행한 길을 따라 단련되었음을 깨달았다. 만약 우리가 이스라엘에 있지 않았더라면 나는 '유대인을 인정하는 데' 매우 어려움을 느꼈을 것이다. 사람들은

---

* 1886~1973. 이스라엘 국가 창설에 참여한 이스라엘 정치가, 시오니즘 지도자.

그들이 빈약하고 허약하고 못생겼으며 무기력하다고 말했다. 그러나 그들은 바위처럼 단단하고 그리스 신처럼 아름다울 것이다. 사람들은 그들이 진정한 일, 흙일을 실행할 능력이 없다고 말했었다. 그러나 그들은 타고난 농부들일 것이다. 사막의 기후 속에서 그 누구도 그들만큼 경작과 농사와 원예를 뛰어나게 해낼 수는 없을 것이다. 사람들은 그들을 방황하는 유대인, 박해받는 자, 도살장에 끌려가는 어린양이라고 했다. 그러나 그들은 그들에게 속한 땅을 갖게 될 것이며 그것을 지킬 줄 알게 될 것이다. 나는 여기에 바로 새로운 유대인, 우리가 한 번도 본 적이 없는 유대인이 존재한다는 생각이 들었다. 그들은 군인, 농부, 자국의 시민들이었다.

그리하여 나는 이 민족의 비범함을 깨달았다. 완전히 소멸된 지 이천 년이 지난 후 다시 부활한 국가. 그런 국가는 세계 역사상 전무했다. 천지 사방으로 흩어졌다가 선조의 땅에 국가를 재건하기 위해 다시 모인 민족은 유사 이래 존재하지 않았다. 수천 년 전부터 이스라엘은 이 사명을 믿었고 또 특별한 운명이 그 믿음을 지속시켰다. 왜냐하면 그들이 그것을 믿었고 그들 한 사람 한 사람의 가슴, 그들 한 사람 한 사람의 힘, 그들의 모든 능력으로 그것을 원했기 때문이었다. 그것이 시간의 흐름과 역사적 개연성과 결정론을 전복시킨 것이다. 이 오래된 민족은 모든 것을 무릅쓰고, 때로는 자신들의 희생마저도 무릅쓴 채 대담하지만 단순한 사상으로 풍요롭게 다시 소생했다. 그 사상은 남이 너에게 하기를 원치 않는 것을 남에게 행하지 말라는 것이며, 모든 것에도 불구하고, 인간적 윤리적 상실, 특히 형이상학적인 상실과 제2차 세계대전이라는 우주의 비극에도 불구하고, 국경까지 물리치는 사상이었다.

"이번엔 나에게 원하는 게 뭡니까?"

반은 독일식, 반은 동양식의 불어를 사용하여 브론스타인이 물었다.

"이번엔 크레텔 사건에 관한 겁니다. 나는 당신이 모리스 크레텔을 고소한 최초의 사람이었다는 것을 알았소. 그 이유를 물어도 되겠습니까?"

몇 초 동안 그는 당황했다. 잠시 후 그가 되물었다.

"당신이 왜 나에게 이런 질문을 하는지 알아도 될까요, 심머 씨? 당신 이름은 라파엘 심머죠?"

"그렇소."

"심머라."

그는 생각에 잠긴 모습으로 말을 이었다.

"나는 유대인인 심머 가족을 알고 있어요. 그리고 라파엘이라, 그건 천사의 이름이죠. 히브리어로는 '신이 쾌유시킨다'는 뜻입니다. 혹시 당신은 유대인이 아닙니까?"

나는 갈색 머리에 단단한 구릿빛 피부를 한 이 37세의 남자를 잠시 바라보았다. 그는 나에게 미소를 짓고 있었다. 머리 위에 레이밴 선글라스를 걸쳤고, 입가엔 잔주름이 져 있었다. 슈테틀의, 폴란드 게토의 유대인들, 추운 독일, 겨울의 시베리아에 살았던 이 유대인들이 사막의 더위에 이렇게 잘 적응할 수 있었다는 게 나는 놀라웠다. 브론스타인은 사하라 한가운데 있는 펭귄 같은 인상을 주었다. 아슈케나지 유대인의 반투명한 피부, 리자의 피부처럼 섬세하고 얇은 그의 피부는 캘리포니아에서의 서핑 덕분에 금갈색으로 그을려 있었다.

"아닙니다, 전혀요. 나는 고이예요."

나는 속으로 웃었다. 조금도 불쾌하지 않았다. 오히려 약간 흐뭇하기까지 했다. 펠릭스, 그는 이런 질문을 받으면 아주 정중하게 대답했다. "아니요, 불행하게도" 혹은 "아닙니다. 하지만 그러기를 몹시 원했지요"라고.

"친구, 대답해보시오. 당신 경찰이요? 아니면 뭐죠? 말해봐요. 여전히 실러 문제 때문이오?"

브론스타인이 다시 물었다.

"네. 아니, 좀 다릅니다. 한 친구가 혐의를 받았기 때문입니다."

"아, 알겠어요…… 당신의 친구인가요?"

"네, 그렇죠…… 어떤 면에서는요."

"내 말 잘 들으세요. 크레텔을 고소한 사람은 내가 아니에요. 우리 아버지였죠. 우리 두 사람은 이름이 똑같거든요."

"무슨 이유였습니까?"

"우리 아버지는 1942년 크레텔 때문에 강제수용되었습니다. 가증스럽게도 '봄바람'이라고 명명됐던 작전 후에 일어난 일이었죠……"

"당신 아버지가 크레텔 때문에 강제수용되었다고요?"

"강제수용 명령에 서명을 한 자가 바로 그 사람이었어요."

"그러면 당신 아버지는 왜 1990년에 고소를 취하했습니까?"

"그건 도저히 견딜 수 없는 압력과 중상모략 때문이었습니다."

"무슨 말씀입니까?"

"라파엘 씨, 내가 하고 싶은 말은…… 우리 아버지는 자살하셨다는 겁니다."

"이런, 미안합니다. 전혀 몰랐습니다."

잠시 침묵이 흘렀다. 나는 담배에 불을 붙였다. 그리고 브론스타인에게도 한 대 권했다. 그는 거절했다.

"이곳은 담배를 피우기엔 너무 더워요."

"그 일이 당신에게 매우 고통스런 일이라는 것은 압니다만, 그 중상모략의 내용이 무엇이었는지 이야기해줄 수 있습니까?"

"그러니까, 우리 아버지는 수용소에서 살아남은 생존자였어요. 그가 아우슈비츠에 도착했을 땐, 채 열일곱 살도 안 되었을 때였죠. 크레텔은 아버지와 일가족을 모두 강제수용시켰어요…… 왜냐하면 그들은 파리 16구에 있는 아주 좋은 집에 살았거든요. 크레텔이 징발하고 싶어했던 특별한 저택이었죠."

"목적이 뭐였죠?"

"그 집을 비시 정부의 관리였던 자기 친구에게 주기 위해서였어요. 한마디로 선심을 쓴 것입니다."

"그 친구의 이름이 무엇입니까?"

"페로, 미셸 페로입니다. 전후에 우리 아버지가 그 집을 되찾기를 원했을 때 사람들은 돈독이 올랐다며 비난했어요. 우리 아버지는 거기까지는 생각지 못했어요. 그저 아버지로부터 물려받은 유일한 재산을 다른 데도 아닌 프랑스 정부에 강탈당했다는 것이 부당하게만 느껴졌던 거죠…… 그 사건으로 결국 그는 쇠진하고 말았어요."

"정말 죄송합니다. 고통스런 사건을 일부러 들춰내려 한 것은 아니었어요."

브론스타인은 생각에 잠긴 듯한 표정으로 잠시 나를 바라보았다. 그리고 덧붙여 말했다.

"어쩌면 그렇게 하는 편이 더 나을지도 모르죠…… 강제수용되었던 사람들에게 쏟아지는 중상모략들을 보자면…… 라파엘 씨도 아시겠죠. 그들을 고문관 취급 하는 것이 마치 이스라엘 국가를 위하는 것인

양 말입니다. 쇼아는 사람들을 너무나도 견딜 수 없게 했어요. 그래서 그들은 희생자들을 사형집행인들로 바꿔버린 것입니다. 그게 진실입니다. 그렇게 하여 그들 자신의 변신론(辯神論)을 만들어내는 겁니다. 그들은 유대인들에게 행해졌던 악덕을 회상하며 정당화해버립니다. 설사 그들이 죄를 짓지 않았더라도 결과적으로는 마땅히 벌을 받아야 했다고 말입니다. 그리고 쇼아는 조금은 예상됐던 벌이요, 예방 차원으로 부과된 고통, 당연한 고통이 돼버린 거지요. 교묘하죠, 그렇지 않은가요?"

빈정거리는 그의 미소는 다음과 같은 말을 덧붙이며 이내 굳어졌다.

"우리 아버지는 1991년 9월 28일에 자살했어요. 이틀 동안 삼만 명의 유대인이 처형당한 키예프 근처 바비 야르의 학살이 있은 지 오십 년 후였습니다."

그는 미소를 띠며 말을 마쳤다.

"자, 당신이 귀찮아서 그런 것은 아닙니다만, 난 가봐야겠군요. '리슈, 오늘 이야기는 이 정도면 충분하지?' *"

그는 단숨에 일어나 문 앞으로 가더니 한마디 더 했다.

"나도 알 수는 없지만, 당신이 우리 형이나 내 아내에 대한 정보를 얻고 싶다거나 혹은 밝혀야 할 다른 살인사건이 있으면 주저하지 마십시오. 그런 일을 위해 내가 여기 있는 게 아니겠습니까."

나는 시끄러운 테크노 음악이 다시 울리기 시작하는 카페에서 혼자 생각에 잠겼다.

아니다, 이 남자는 철학자처럼 보이지는 않는다.

---

* 유대인 생존자의 고백을 소재로 한 아트 슈피겔만의 만화 『쥐』에 나오는 마지막 대사.

떠나기 전에 리자와 나는 쇼아 박물관이 있는 야드 바솀에 갔다. 워싱턴 기념관과는 반대로 검소하고 페이소스가 없는 점이 인상적이었다. 그곳은 사실과 사진, 양초가 끊임없이 타고 있는 어두운 궁륭이었다. 우리는 돌로 된 건물 안으로 들어갔다. 긴 복도에는 쇼아의 역사와 흔적을 담은 대형 사진들이 전시되어 있었다. 짤막한 문장의 제목들, 간혹 인용문도 붙어 있었다. 작은 홀에서는 영화가 상영되었다. 첫 구간은 반유대인 법과 1933년과 1939년 사이에 벌어졌던 반유대주의자들의 격한 활약상 ― 나치 선전, 강제수용, 살인과 유대인 박해를 보여주고 있었다. 두번째 구간은 1939년에서 1941년까지 나치 세력하에 있던 유럽 유대인들에 대한 박해와 공격을 상기시키고 있었다. 사진에는 환히 웃고 있는 독일인 그룹이 한 남자의 수염을 자르는 모습, 바르샤바 게토의 벽에 줄지어선 젊은이들을 향해 군인들이 조준을 하고 있는 모습도 있었다.

세번째 홀은 1941년과 1945년 사이의 파괴과정을 상기시켜주었는데, 아이를 품에 안고 있는 여자의 뺨에 총을 겨누고 있는 독일 군인을 볼 수 있었고, 그 밖에 시체, 의학실험, 최종 타결책 등을 상기시키는 사진들도 있었다.

'세상의 문들은 닫혔다'란 제목이 붙은 구간은 세계가 유대인 난민들을 거부하기로 결정한 에비앙 회담을 보여주었다. 정박할 곳 한 군데 없이 계속 죽음에 호소하고 있는 '생 루이 호'와 '스트뤼마 호'의 사진들도 볼 수 있었다.

한 홀 전체는 게토와 산림과 숲에서의 유대인의 저항을 보여주고 있었는데, 가벼운 소총과 수류탄을 들고 있는 유격대원들의 모습을 볼 수 있었다.

마지막 방엔 이름들이 있었다. 거기엔 '망각이 유배기간을 늘리고, 해방의 비밀은 추억 속에 존재한다'고 씌어 있었다. 바로 이 말을 새기며 우리는 유대의 불빛에 눈부셔하며 밤거리로 나왔다. 예루살렘 언덕으로 향해 있는 기억의 홀, 오헬 이즈코르로 가기 위해서였다. 나는 이 신성한 공간으로 들어가기 위해 머리에 키파*를 썼다. 매우 차가운 내부의 공기가 내 몸을 감쌌다. 어둠에 익숙해지기까지는 한참이 걸렸다. 땅바닥에는 가장 큰 강제수용소들 중 스물두 개의 이름이 지리적인 순서로 배치되어 새겨져 있었다. 수용소에서 죽은 사람들의 재를 담아놓은 그릇 옆의 청동 화로에서는 영원한 불길이 타고 있었다. 허무와 부재를 상징하는 이 장소에는 희생자들에게서 남아 있는 모든 것이 존재했다.

우리는 밖으로 나왔다. 바깥에는 영웅들에게 바치는 수많은 조각들이 있었다. 위엄 있는 조각들, 주름진 것들, 커다란 기둥들이었다. 리자는 영웅들에게 바치는 기념물과 순교자들에게 바치는 기념물의 차이를 나에게 설명해주었다. 그녀는 영웅들에 대한 기념물은 강력한 현존물로 수직적이고 높은 형태로 나타나며, 순교자들의 것은 부재에 의해 상기되는 것 같다고 했다.

마지막으로 들른 곳은 어린이들을 위한 기념관이었다. 그곳에서는 수많은 작은 거울에 굴절된 다섯 개의 촛불이 어린 얼굴들을 밝혀주고 있었다. 합성된 잔잔한 음악을 배경으로 그들의 이름, 나이, 태어난 장

---

* 유대교 신자들이 머리에 쓰는 빵모자.

소들이 히브리어와 영어로 낭송되었다. 헤아릴 수 없는 별처럼 반짝이는 불빛이 탈무드의 격언을 상기시켰다. 그것에 따르면 묻히지 못한 사자(死者)들의 영혼은 끝내 휴식을 찾지 못하고 세상을 방황한다는 것이다.

얼마 전부터 야드 바솀의 종합시설 속에 추가된 이 기념관을 리자는 좋아하지 않았다. 그녀는 상기된 영상들 속에 아직 너무나 많은 열정이 담겨 있으며 음악은 무례하게까지 느껴진다고 했다.

나는 그녀가 내 옆에서 경직된 얼굴로 입을 꼭 다문 채 걷고 있는 것을 보았다. 나는 거대한 절벽 위에 나 있는 작은 구멍 속으로 휩쓸려들어가듯 이 거짓말 속으로 빨려들어갔다.

우리 주위에는 숲이 있었다. 자비로운 어머니 같은 그곳에는 인간의 생명을 구해주었던 정의에 경의를 표하는 나무들이 심어져 있었고 좀더 멀리 떨어진 곳에는 부활한 예루살렘 주위로 꽃이 핀 사막이, 좀더 떨어진 바다에는 정박할 곳을 찾지 못한 배가 산산이 부서진 세상을 향해 돌아오고 있었다. 오로지 세상을 분해하여 화장한 시체들의 재를 파도 속에 흩뿌리려고 애쓰기만 하는 그곳으로.

미나는 이스라엘을 유배와 고통 후의 속죄라고 말했고, 프란시스 신부는 유다의 배반이 없었다면 예수는 그리스도가 될 수 없었을 거라고 생각했다. 그리고 역사학자인 우리에게는 쇼아와 이스라엘 국가의 건국 사이에 분명 어떤 인과관계가 있는 것으로 보인다. 홀로코스트만이 그와 같은 움직임을 유발할 수 있었다.

악에서 선이 나오는 일이 과연 가능했을까? 유대인들은 이집트의 파라오나 페르시아의 술탄, 그리스의 왕, 로마의 황제, 신성로마제국 황제, 스페인의 종교재판관, 러시아의 황제들보다도 더 오래 살아남았다. 그러나 그들은 시온을 다시 보지 못했다.

예루살렘의 길을 열어주기 위해서는 히틀러가 존재했어야만 했는가?

그렇지만 그들이 보상받았다는 이유로, 또는 주 예수는 자신을 사랑하는 자를 벌한다는 이유로 야드 바셈에서 기뻐 펄쩍 뛰어야만 하는가?

펠릭스, 그는 시오니즘은 쇼아 바로 직전에 시작되었다고 생각했다. 그리고 바빌로니아로의 강제이주가 있은 후로 성지에는 계속 유대인들이 있어왔으며, 한 나라를 요구할 권리를 갖기 위해서 유대인들이 목숨을 잃고 고통받아야만 한다고 말하는 것은 상식 밖이라고 생각했다.

그렇지만 쇼아가 지난 후 언젠가는 위로가 찾아올 것이고 그건 의심할 여지가 없다. 그리고 위로가 존재할 수 있다면 지금 이것일 수밖에 없을 것이다.

이스라엘에서 나는 태양을 부여잡았다. 너무나 강렬하고 아름다우며, 대낮에는 번개 같고 석양에는 부드러우며 새벽에는 평온한 이스라엘의 태양.

이스라엘에서 나는 분명 내 생의 가장 아름다운 순간을 부여잡은 것이다.

그 다음날 공항에서 내가 리자와 함께 줄을 서 있을 때였다. 누군가 내 어깨를 가볍게 두드렸다. 뒤돌아보니 론 브론스타인이었다.

그는 자기에게 가까이 오라는 손짓을 했다.

"자, 당신이 이겼소. 당신은 옷 뒷자락 끝에 모사드*를 달고 있어요. 당신이 누구를 위해서 일을 하는지는 알 수 없지만 조심하세요. 당신은 몹시 위험한 게임을 시작한 겁니다."

그가 속삭였다.

"내 옷 뒷자락 끝이 어떻다고요?"

나는 큰 소리로 물었다.

브론스타인은 내 입을 자기 손으로 틀어막았다.

"안 돼요, 당신 미쳤어요? 확성기라도 하나 구해다줄까요?"

내가 알아들었다는 표시를 하자 그는 내 입을 막았던 손을 뗐다.

"당신은 알바레스 페라라와 함께 일했지요?"

그는 아주 작은 목소리로 물었다.

"네, 실러에 관한 조사를 했죠."

"페라라도 현재 이곳, 텔 아비브에 있어요. 바닷가에요. 우리들의 가장 아름다운 감옥 중 한 곳에 말입니다……"

"감옥이라뇨?"

말문이 막힌 나는 다시 물었다.

"그는 당신이 생각하는 그런 사람이 아닙니다."

"도대체 무슨 말을 하려는 겁니까? 그는 당신의 친구, 당신의 오랜 친구가 아니던가요?"

"그는 헬무트 프리츠라고 불리기도 했던 전 아우슈비츠 수용소 의사입니다. 내가 그자의 뒤를 밟은 지가 벌써 수년째죠."

나는 불행의 거미가 내 등줄기를 따라 기어가는 것을 느꼈다.

"그럼 그는 CIA 요원이 아니었나요?"

내가 물었다.

---

* 이스라엘 정보국.

"그는 CIA가 이용한 나치 비밀조직 요원이었지요. 우리가 그를 체포하려고 시도한 이래 상당한 시간이 흘렀어요…… 그가 남미로 숨어버렸던 그때부터. 백인들이 그 나라의 주인이 되기 위해서는 토착민들로부터 볼리비아를 해방시켜야 한다고 그는 주장했어요. 무슨 이야기인지 알겠죠? 사람들은 당신이 그와 함께 있는 것을 보았고, 지금은 나와 함께 있는 걸 보고 있어요. 그들은 여러 가지를 질문하려 들 거요. 이해하겠소?"

"모르겠어요."

"좋아요, 내가 더 분명하게 말해줄게요. 내가 만약 당신이라면 나는 이 사건에서 손을 떼겠소. 당신은 걱정을 사서 하는 꼴이 될 거요."

"그럼 실러 사건은 어떻게 되는 겁니까?"

브론스타인은 내 말을 듣고 있지 않았다. 그는 내 어깨 너머로 저 멀리 있는 무언가를 응시하고 있었다.

"그런데, 친구, 저기 있는 갈색 머리 여자가 당신한테 관심 있는 것 같지 않소? 계속 당신을 쳐다보고 있는데요……"

나는 뒤돌아보았다.

"내 아내입니다……"

그는 눈썹을 치켜올렸다.

"당신 아내라구……? 가만 있어보자, 내가 아는 사람 같은데…… 리자, 리자 페를망이죠?"

"네?"

나는 말문이 막혔다.

"축하해요. 그런데 충고 하나 하죠. 당신 부인…… 그리고 당신 아기를 조심하세요."

"뭐라구요? 무슨 말을 하는 겁니까?"

나는 리자를 다시 한번 쳐다보았다. 그리고 불현듯 깨달았다. 그날 그녀는 아주 부드러운 천으로 된 하얀 원피스를 입고 있어 배 아랫부분이 약간 돌출되어 보였다. 그녀는 아주 날씬한 체형이라 그것은 살집 같아 보이지는 않았다. 매일 보아오던 것이라 그 둥근 형태에 놀라지 않았지만, 멀리서 자세히 관찰해보니 허리 부분의 형태가 눈에 띄게 튀어나와 있었다. 확실한 것 같았다.

나는 브론스타인을 향해 고개를 돌렸다.

아무도 보이지 않았다. 그 동물은 사라진 것이었다.

294

옮긴이 **홍상희**

프랑스 파리 소르본 대학에서 불문학 박사학위를 받았다. 역서로 르 클레지오의 『섬』 『사막』 『성스러운 세 도시』, 아니 에르노의 『아버지의 자리』, 카뮈의 『편도나무들』, 시몬 드 보부아르의 『노년』(공역), 파트릭 사무아조의 『텍사코』(공역), 엘리에트 아베카시스의 『쿰란』 등이 있으며, 현재 부산 경성대학교 프랑스지역학과 교수로 재직하고 있다.

문학동네 세계문학

황금과 재 1

초판인쇄	2005년 6월 23일
초판발행	2005년 6월 30일

지 은 이	엘리에트 아베카시스
옮 긴 이	홍상희
펴 낸 이	강병선
책임편집	이수은 김미정
펴 낸 곳	(주)문학동네
출판등록	1993년 10월 22일 제406-2003-000045호

주 소	413-756 경기도 파주시 교하읍 문발리 파주출판도시 513-8
전자우편	editor@munhak.com
전화번호	031) 955-8888
팩 스	031) 955-8855

ISBN 89-546-0010-7 04860
ISBN 89-546-0009-3(전2권)
www.munhak.com

문학동네 역사 추리소설

눈 속의 독수리 월리스 브림 | 유향란 옮김
아카데미 영화제 5개 부문 수상에 빛나는 스펙터클 〈글래디에이터〉를 낳은 리얼리즘 역사소설. 눈 내리는 게르마니아 국경 지방을 배경으로 로마군과 이민족 사이에 벌어지는 차디찬 음모와 배신, 뜨거운 충성과 의리의 이야기를 담았다. 탁월한 고증을 통해 로마군의 생활과 전술, 전투를 생생히 되살려낸 작품.

임프리마투르 모날디 & 소르티 | 최애리 옮김
『장미의 이름』을 넘어서는 이탈리아 역사 추리소설의 새로운 발견! 절대왕정 시대, 바티칸을 뒤흔들고 유럽의 역사를 바꾼 거대한 비밀이 모습을 드러낸다. 바티칸 문서고에 현재도 실재하는 미스터리를 모티브로 하여 음악과 철학, 연금술과 정치를 촘촘히 엮어나간 놀라운 소설. 고전 문헌학과 음악학을 전공한 두 저자가 10년에 걸쳐 집필했으며, 총 네 권으로 출간될 '절대 왕정' 시리즈의 제1권.

유클리드의 막대 장 피에르 뤼미네 | 김윤진 옮김
세상 모든 학문의 모태이자 마르지 않는 지식의 원천인 알렉산드리아 도서관 이야기. 책과 학문을 사랑하는 모든 이들의 마음속에 빛나는 신화로 남은 알렉산드리아 장서관의 유구한 역사가 유클리드, 아르키메데스, 아리스타코스 등 전설적인 석학들의 일화와 함께 펼쳐진다.

돌의 집회 장 크리스토프 그랑제 | 이상해 옮김
유럽 서스펜스 스릴러의 최강자 장 크리스토프 그랑제의 화제작. 파리에서부터 시베리아의 타이가 지역까지, 경악스러운 진실을 뒤쫓는 여전사 디안의 모험이 숨가쁘다. 초자연적인 현상까지 소재로 삼는, 지적이며 세련된 상상의 세계가 펼쳐진다. 추리문학인 동시에 역사, 과학, 심리학의 영역을 넘나드는 지식소설.

나폴레옹(전5권) 막스 갈로 | 임 헌 옮김
프랑스의 진보적 역사학자 막스 갈로가 나폴레옹의 내부에 카메라를 설치한 듯 생생하게 써내려간 장편소설. 생의 걸음마다 신화를 남긴 사상 최대의 영웅이 박진감 넘치는 문체와 군더더기 없는 장면 전환, 정밀한 묘사 속에 입체적으로 되살아난다.

람세스(전5권) 크리스티앙 자크 | 김정란 옮김
프랑스에서만 250만 부가 넘게 팔려나가 공전의 베스트셀러를 기록하며 프랑스 독서계에 유례없는 이집트 열풍을 몰고 온 대하 역사로망. 이집트 역사상 가장 위대한 파라오이자, 스스로 신이 되고자 했던 람세스 2세의 일대기를 손에 잡힐 듯 그려냈다.

태양의 여왕(전2권) 크리스티앙 자크 | 홍은주 옮김
아케나톤의 셋째딸로 태어나 채 스무 살이 되기도 전에 스스로 '태양의 여왕'의 자리에 오른 불꽃같은 여성 아케자의 생애를 복원해낸 역작. 이집트 전성기인 제 18왕조를 전방위에서 재조명하며 사랑과 야망, 성취와 좌절의 드라마를 엮어냈다. 이집트 역사와 문화, 풍속이 생생하게 복원되어, 인문학적 지식을 만끽할 수 있는 작품

투탕카몬(전2권) 크리스티앙 자크 | 홍은주 옮김
사자(死者)들의 땅, 왕들의 계곡에서 부활한 투탕카몬의 신화를 추적한다. 탐욕과 시기로 얼룩진 황폐한 발굴터에서 '살아 있는 신비의 상징' 투탕카몬을 황금빛으로 부활시키기까지 고고학자 하워드 카터와 카나번 백작, 두 남자가 이루어낸 열정과 모험의 대기록이 펼쳐진다. 1992년 메종 드 라 프레스상 수상작.